Hermann Dechent

Goethes schöne Seele

Susanna Katharina von Klettenber

Hermann Dechent

Goethes schöne Seele
Susanna Katharina von Klettenber

ISBN/EAN: 9783741124136

Hergestellt in Europa, USA, Kanada, Australien, Japan

Cover: Foto ©Andreas Hilbeck / pixelio.de

Manufactured and distributed by brebook publishing software
(www.brebook.com)

Hermann Dechent

Goethes schöne Seele

Goethes Schöne Seele

Susanna Katharina v. Klettenberg.

Ein Lebensbild

im Anschlusse an eine

Sonderausgabe der Bekenntnisse einer schönen Seele

entworfen von

Dr. phil. Hermann Dechent,

Pfarrer.

Gotha.

Friedrich Andreas Perthes

1896.

Vorwort.

Daß hier ein neues Lebensbild der schönen Seele geboten wird, dürfte kein Kundiger für überflüssig ansehen, da seit dem Erscheinen der für ihre Zeit vorzüglichen Lappenbergschen „Reliquien der Fräulein v. Klettenberg" fast ein halbes Jahrhundert verstrichen ist und inzwischen eine Menge wertvollen Materials sich angesammelt hat, das jenem fleißigen Forscher noch unbekannt gewesen war. Dagegen könnte es vielleicht auffallen, daß mit dieser Arbeit ein Sonderabdruck der Bekenntnisse sich verbindet. Die innere Berechtigung einer solchen Separatausgabe wird das erste Kapitel darthun; hier sei nur noch auf einen praktischen Grund hingewiesen, der mich veranlaßt hat, die Selbstbiographie der schönen Seele mit dem von mir entworfenen Lebensbild verbunden, dem Leser darzubieten. Es war mein Wunsch, mit meinem Buche nicht nur eine Lücke der Litteraturgeschichte des 18. Jahrhunderts auszufüllen, sondern auch mitzuhelfen, daß die Bekenntnisse einer schönen Seele mehr in unserem Volke gelesen werden. Berühren sie doch so manche Fragen, welche für alle ernster gerichtete Naturen, besonders für unsere Frauenwelt, gründlicher Erwägung wert sind! Wilhelm Meisters Lehrjahre aber setzen ein weit reiferes litterarisches Verständnis und Interesse voraus, als die Bekenntnisse, welche man vielen in die Hände legen kann, die diesen Goetheschen Roman nicht richtig zu würdigen im stande sind und deshalb

selten bis zum sechsten Buche vordringen, das ihnen wohl
faßlicher wäre. Wir hoffen besonders, daß manche deutsche
Jungfrau die Aufzeichnungen einer der edelsten ihres Ge-
schlechtes gern lesen wird, nachdem sie hier in neuem Rahmen
geboten werden.

Andrerseits wird für reifere Leser das Büchlein wohl ein
Anlaß werden, auch Wilhelm Meisters Lehrjahre selbst zur
Hand zu nehmen; und in diesem Sinne wird, was manchen
warmen Verehrern Goethes im ersten Augenblick fast pietät-
los erscheinen möchte, doch dazu dienen, das Interesse für den
großen Dichter zu fördern, der mit Susanna v. Klettenberg
in seiner Jugend so innig verbunden war und bis an sein
Ende ihr Andenken stets hochgehalten hat.

Frankfurt am Main, im Oktober 1895.

Dr. H. Dechent, Pfarrer.

Inhalt.

Anmerkung: Der Text der „Bekenntnisse einer schönen Seele" entspricht
der von Prof. Düntzer besorgten Ausgabe von Wilhelm Meister
(Hempel, Berlin), allerdings mit Berücksichtigung der neueren Ortho=
graphie, die auch sonst in diesem Buche angewandt ist.

Bekenntnisse einer schönen Seele.

Bis in mein achtes Jahr war ich ein ganz gesundes Kind, weiß mich aber von dieser Zeit so wenig zu erinnern, als von dem Tage meiner Geburt. Mit dem Anfange des achten Jahres bekam ich einen Blutsturz, und in dem Augenblicke war meine Seele ganz Empfindung und Gedächtnis. Die kleinsten Umstände dieses Zufalls stehen mir noch vor Augen, als hätte er sich gestern ereignet.

Während des neunmonatlichen Krankenlagers, das ich mit Geduld aushielt, ward, so wie mich dünkt, der Grund zu meiner ganzen Denkart gelegt, indem meinem Geiste die ersten Hilfs- mittel gereicht wurden, sich nach seiner eigenen Art zu ent- wickeln.

Ich litt und liebte, das war die eigentliche Gestalt meines Herzens. In dem heftigsten Husten und abmattenden Fieber war ich stille wie eine Schnecke, die sich in ihr Haus zieht: so- bald ich ein wenig Lust hatte, wollte ich etwas Angenehmes fühlen, und da mir aller übrige Genuß versagt war, suchte ich mich durch Augen und Ohren schadlos zu halten. Man brachte mir Puppenwerk und Bilderbücher, und wer Sitz an meinem Bette haben wollte, mußte mir etwas erzählen.

Von meiner Mutter hörte ich die biblischen Geschichten gern an; der Vater unterhielt mich mit Gegenständen der Natur. Er besaß ein artiges Kabinet. Davon brachte er gelegentlich eine Schublade nach der andern herunter, zeigte mir die Dinge und erklärte sie mir nach der Wahrheit. Getrocknete Pflanzen und Insekten und manche Arten von anatomischen Präparaten, Menschenhaut, Knochen, Mumien und dergleichen kamen auf das Krankenbette der Kleinen; Vögel und Tiere, die er auf der Jagd erlegte, wurden mir vorgezeigt, ehe sie nach der Küche gingen. Und damit doch auch der Fürst der Welt eine Stimme in dieser Versammlung behielte, erzählte mir die Tante Liebesgeschichten und Feenmärchen. Alles ward angenommen, und alles faßte Wurzel. Ich hatte Stunden, in denen ich mich lebhaft mit dem unsichtbaren Wesen unterhielt; ich weiß noch einige Verse, die ich der Mutter damals in die Feder diktierte.

Oft erzählte ich dem Vater wieder, was ich von ihm gelernt hatte. Ich nahm nicht leicht eine Arznei, ohne zu fragen: „Wo wachsen die Dinge, aus denen sie gemacht ist? Wie sehen sie aus? Wie heißen sie?" Aber die Erzählungen meiner Tante waren auch nicht auf einen Stein gefallen. Ich dachte mich in schöne Kleider und begegnete den allerliebsten Prinzen, die nicht ruhen noch rasten konnten, bis sie wußten, wer die unbekannte Schöne war. Ein ähnliches Abenteuer mit einem reizenden kleinen Engel, der in weißem Gewand und goldenen Flügeln sich sehr um mich bemühte, setzte ich so lange fort, daß meine Einbildungskraft sein Bild fast bis zur Erscheinung erhöhte.

Nach Jahresfrist war ich ziemlich wiederhergestellt; aber es war mir aus der Kindheit nichts Wildes übrig geblieben. Ich konnte nicht einmal mit Puppen spielen, ich verlangte nach Wesen, die meine Liebe erwiderten. Hunde, Katzen und Vögel, dergleichen mein Vater von allen Arten ernährte, vergnügten mich sehr; aber was hätte ich nicht gegeben, ein Geschöpf zu be= sitzen, das in einem der Märchen meiner Tante eine sehr wichtige Rolle spielte? Es war ein Schäfchen, das von einem Bauer= mädchen in dem Walde aufgefangen und ernährt worden war; aber in diesem artigen Tiere stak ein verwünschter Prinz, der sich endlich wieder als schöner Jüngling zeigte und seine Wohlthäterin durch seine Hand belohnte. So ein Schäfchen hätte ich gar zu gerne besessen!

Nun wollte sich aber keines finden, und da alles neben mir so ganz natürlich zuging, mußte mir nach und nach die Hoffnung auf einen so köstlichen Besitz fast vergehen. Unterdessen tröstete ich mich, indem ich solche Bücher las, in denen wunderbare Begebenheiten beschrieben wurden. Unter allen war mir der christliche Deutsche Herkules der liebste; die andächtige Liebesgeschichte war ganz nach meinem Sinne. Begegnete seiner Valiska irgendetwas, und es begegneten ihr grausame Dinge, so betete er erst, ehe er ihr zu Hilfe eilte, und die Gebete standen ausführlich im Buche. Wie wohl gefiel mir das! Mein Hang zu dem Unsichtbaren, den ich immer auf eine dunkle Weise fühlte, ward dadurch nur vermehrt; denn ein für allemal sollte Gott auch mein Vertrauter sein. Als ich weiter heranwuchs, las ich, der Himmel weiß was, alles durcheinander; aber die römische Octavia behielt vor allen den Preis. Die Verfolgungen der ersten Christen, in einen Roman gekleidet, erregten bei mir das lebhafteste Interesse.

Nun fing die Mutter an, über das stete Lesen zu schmählen; der Vater nahm ihr zuliebe mir einen Tag die Bücher aus der Hand und gab sie mir den andern wieder. Sie war klug genug, zu bemerken, daß hier nichts auszurichten war, und drang nur darauf, daß auch die Bibel ebenso fleißig gelesen wurde. Auch dazu ließ ich mich nicht treiben, und ich las die heiligen Bücher mit vielem Anteil. Dabei war meine Mutter immer sorgfältig, daß keine verführerischen Bücher in meine Hände kämen, und ich selbst würde jede schändliche Schrift aus der Hand geworfen haben; denn meine Prinzen und Prinzessinnen waren alle äußerst tugendhaft, und ich mußte übrigens von der natürlichen Geschichte des menschlichen Geschlechts mehr, als ich merken ließ, und hatte es meistens aus der Bibel gelernt. Bedenkliche Stellen hielt ich mit Worten und Dingen, die mir vor Augen kamen, zusammen und brachte bei meiner Wißbegierde und Kombinations-

gabe die Wahrheit glücklich heraus. Hätte ich von Hexen ge=
hört, so hätte ich auch mit der Hexerei bekannt werden müssen.
Meiner Mutter und dieser Wißbegierde hatte ich es zu danken,
daß ich bei dem heftigen Hang zu Büchern doch kochen lernte;
aber dabei war etwas zu sehen. Ein Huhn, ein Ferkel aufzu=
schneiden, war für mich ein Fest. Dem Vater brachte ich die
Eingeweide, und er redete mit mir darüber, wie mit einem jungen
Studenten, und pflegte mich oft mit inniger Freude seinen miß=
ratenen Sohn zu nennen.

Nun war das zwölfte Jahr zurückgelegt. Ich lernte Fran=
zösisch, Tanzen und Zeichnen und erhielt den gewöhnlichen Reli=
gionsunterricht. Bei dem letzten wurden manche Empfindungen
und Gedanken rege, aber nichts, was sich auf meinen Zustand
bezogen hätte. Ich hörte gern von Gott reden, ich war stolz
darauf, besser als meinesgleichen von ihm reden zu können; ich
las nun mit Eifer manche Bücher, die mich in den Stand setzten,
von Religion zu schwatzen: aber nie fiel es mir ein, zu denken,
wie es denn mit mir stehe, ob meine Seele auch so gestaltet sei,
ob sie einem Spiegel gleiche, von dem die ewige Sonne wider=
glänzen könnte; das hätte ich ein für allemal schon vorausgesetzt.

Französisch lernte ich mit vieler Begierde. Mein Sprach=
meister war ein wackerer Mann. Er war nicht ein leichtsinniger
Empiriker, nicht ein trockener Grammatiker: er hatte Wissen
schaften, er hatte die Welt gesehen. Zugleich mit dem Sprach
unterrichte sättigte er meine Wißbegierde auf mancherlei Weise.
Ich liebte ihn so sehr, daß ich seine Ankunft immer mit Herz=
klopfen erwartete. Das Zeichnen fiel mir nicht schwer, und ich
würde es weiter gebracht haben, wenn mein Meister Kopf und
Kenntnisse gehabt hätte; er hatte aber nur Hände und Übung.

Tanzen war anfangs nur meine geringste Freude; mein
Körper war zu empfindlich, und ich lernte nur in der Gesellschaft
meiner Schwester. Durch den Einfall unseres Tanzmeisters, allen
seinen Schülern und Schülerinnen einen Ball zu geben, ward
aber die Lust zu dieser Übung ganz anders belebt.

Unter vielen Knaben und Mädchen zeichneten sich zwei Söhne des Hofmarschalls aus: der jüngste so alt wie ich, der andere zwei Jahre älter, Kinder von einer solchen Schönheit, daß sie nach dem allgemeinen Geständnis alles übertrafen, was man je von schönen Kindern gesehen hatte. Auch ich hatte sie kaum er= blickt, so sah ich niemand mehr vom ganzen Haufen. In dem Augenblick tanzte ich mit Aufmerksamkeit und wünschte schön zu tanzen. Wie es kam, daß auch diese Knaben unter allen anderen mich vorzüglich bemerkten? -- genug, in der ersten Stunde waren wir die besten Freunde, und die kleine Lustbarkeit ging noch nicht zu Ende, so hatten wir schon ausgemacht, wo wir uns nächstens wiedersehen wollten. Eine große Freude für mich! Aber ganz entzückt war ich, als beide den andern Morgen, jeder in einem galanten Billet, das mit einem Blumenstrauß begleitet war, sich nach meinem Befinden erkundigten.

So fühlte ich nie mehr, wie ich da fühlte! Artigkeiten wurden mit Artigkeiten, Briefchen mit Briefchen erwidert. Kirche und Promenaden wurden von nun an zu Rendezvous: unsere jungen Bekannten luden uns schon jederzeit zusammen ein; wir aber waren schlau genug, die Sache dergestalt zu verdecken, daß die Eltern nicht mehr davon einsahen, als wir für gut hielten.

Nun hatte ich auf einmal zwei Liebhaber bekommen. Ich war für keinen entschieden; sie gefielen mir beide, und wir standen aufs beste zusammen. Auf einmal ward der Ältere sehr krank; ich war selbst schon oft sehr krank gewesen und wußte den Leidenden durch Übersendung mancher Artigkeiten und für einen Kranken schicklicher Leckerbissen zu erfreuen, daß seine Eltern die Auf= merksamkeit dankbar erkannten, der Bitte des lieben Sohnes Gehör gaben und mich samt meinen Schwestern, sobald er nur das Bette verlassen hatte, zu ihm einluden. Die Zärtlichkeit, womit er mich empfing, war nicht kindisch, und von dem Tage an war ich für ihn entschieden. Er warnte mich gleich, vor seinem Bruder geheim zu sein; allein das Feuer war nicht mehr zu verbergen, und die Eifersucht des Jüngeren machte den Roman vollkommen. Er spielte uns tausend Streiche; mit Lust vernichtete er unsere Freude und vermehrte dadurch die Leidenschaft, die er zu zerstören suchte.

Nun hatte ich denn wirklich das gewünschte Schäfchen gefunden, und diese Leidenschaft hatte, wie sonst eine Krankheit, die Wirkung auf mich, daß sie mich still machte und mich von der schwärmenden Freude zurückzog. Ich war einsam und gerührt, und Gott fiel mir wieder ein. Er blieb mein Vertrauter, und ich weiß wohl, mit welchen Thränen ich für den Knaben, der fortkränkelte, zu beten anhielt.

So viel Kindisches in dem Vorgang war, so viel trug er zur Bildung meines Herzens bei. Unserm französischen Sprachmeister mußten wir täglich, statt der sonst gewöhnlichen Übersetzung, Briefe von unserer eigenen Erfindung schreiben. Ich brachte meine Liebesgeschichte unter dem Namen „Phyllis und Damon" zu Markte. Der Alte sah bald durch, und um mich treuherzig zu machen, lobte er meine Arbeit gar sehr. Ich wurde immer kühner, ging offenherzig heraus und war bis ins Detail der Wahrheit getreu. Ich weiß nicht mehr, bei welcher Stelle er einst Gelegenheit nahm, zu sagen: „Wie das artig, wie das natürlich ist! Aber die gute Phyllis mag sich in acht nehmen, es kann bald ernsthaft werden."

Mich verdroß, daß er die Sache nicht schon für ernsthaft hielt, und fragte ihn pikiert, was er unter ernsthaft verstehe? Er ließ sich nicht zweimal fragen und erklärte sich so deutlich, daß ich meinen Schrecken kaum verbergen konnte. Doch da sich gleich darauf bei mir der Verdruß einstellte und ich ihm übel nahm, daß er solche Gedanken hegen könne, faßte ich mich, wollte meine Schöne rechtfertigen und sagte mit feuerroten Wangen: Aber, mein Herr, Phyllis ist ein ehrliches Mädchen!

Nun war er boshaft genug, mich mit meiner ehrbaren Heldin aufzuziehen und, indem wir französisch sprachen, mit dem „honnête" zu spielen, um die Ehrbarkeit der Phyllis durch alle

Bedeutungen durchzuführen. Ich fühlte das Lächerliche und war äußerst verwirrt. Er, der mich nicht furchtsam machen wollte, brach ab, brachte aber das Gespräch bei anderen Gelegenheiten wieder auf die Bahn. Schauspiele und kleine Geschichten, die ich bei ihm las und übersetzte, gaben ihm oft Anlaß, zu zeigen, was für ein schwacher Schutz die sogenannte Tugend gegen die Aufforderungen eines Affekts sei. Ich widersprach nicht mehr, ärgerte mich aber immer heimlich, und seine Anmerkungen wurden mir zur Last.

Mit meinem guten Damon kam ich nach und nach aus aller Verbindung. Die Chikanen des Jüngeren hatten unsern Umgang zerrissen. Nicht lange Zeit darauf starben beide blühende Jünglinge. Es that mir weh, aber bald waren sie vergessen.

Phyllis wuchs nun schnell heran, war ganz gesund und fing an, die Welt zu sehen. Der Erbprinz vermählte sich und trat bald darauf nach dem Tode seines Vaters die Regierung an. Hof und Stadt waren in lebhafter Bewegung. Nun hatte meine Neugierde mancherlei Nahrung. Nun gab es Komödien, Bälle, und was sich daran anschließt, und ob uns gleich die Eltern so viel als möglich zurück hielten, so mußte man doch bei Hof, wo ich eingeführt war, erscheinen. Die Fremden strömten herbei, in allen Häusern war große Welt, an uns selbst waren einige Kavaliere empfohlen und andere introduziert, und bei meinem Oheim waren alle Nationen anzutreffen.

Mein ehrlicher Mentor fuhr fort, mich auf eine bescheidene und doch treffende Weise zu warnen, und ich nahm es ihm immer heimlich übel. Ich war keineswegs von der Wahrheit seiner Behauptung überzeugt, und vielleicht hatte ich auch damals recht, vielleicht hatte er unrecht, die Frauen unter allen Umständen für so schwach zu halten; aber er redete zugleich so zudringlich, daß mir einst bange wurde, er möchte recht haben, da ich denn sehr lebhaft zu ihm sagte: „Weil die Gefahr so groß und das menschliche Herz so schwach ist, so will ich Gott bitten, daß er mich bewahre."

Die naive Antwort schien ihn zu freuen; er lobte meinen Vorsatz; aber es war bei mir nichts weniger als ernstlich ge= meint; diesmal war es nur ein leeres Wort, denn die Empfin= dungen für den Unsichtbaren waren bei mir fast ganz verloschen. Der große Schwarm, mit dem ich umgeben war, zerstreute mich und riß mich wie ein starker Strom mit fort. Es waren die leersten Jahre meines Lebens. Tagelang von nichts zu reden, keinen gesunden Gedanken zu haben und nur zu schwärmen, das war meine Sache. Nicht einmal der geliebten Bücher wurde gedacht. Die Leute, mit denen ich umgeben war, hatten keine Ahnung von Wissenschaften; es waren deutsche Hofleute, und diese Klasse hatte damals nicht die mindeste Kultur.

Ein solcher Umgang, sollte man denken, hätte mich an den Rand des Verderbens führen müssen. Ich lebte in sinnlicher Munterkeit nur so hin, ich sammelte mich nicht, ich betete nicht, ich dachte nicht an mich, noch an Gott; aber ich seh' es als eine Führung an, daß mir keiner von den vielen schönen, reichen und wohlgekleideten Männern gefiel. Sie waren liederlich und ver steckten es nicht, das schreckte mich zurück; ihr Gespräch zierten sie mit Zweideutigkeiten, das beleidigte mich), und ich hielt mich kalt gegen sie; ihre Unart überstieg manchmal allen Glauben, und ich erlaubte mir, grob zu sein.

Überdies hatte mir mein Alter einmal vertraulich eröffnet, daß mit den meisten dieser leidigen Burschen nicht allein die Tugend, sondern auch die Gesundheit eines Mädchens in Gefahr sei. Nun graute mir erst vor ihnen, und ich war schon besorgt, wenn mir einer auf irgend eine Weise zu nahe kam. Ich hütete mich vor Gläsern und Tassen wie vor dem Stuhle, von dem einer aufgestanden war. Auf diese Weise war ich moralisch und physisch sehr isoliert, und alle die Artigkeiten, die sie mir sagten, nahm ich stolz für schuldigen Weihrauch auf.

Unter den Fremden, die sich damals bei uns aufhielten, zeichnete sich ein junger Mann besonders aus, den wir im Scherz Narciß nannten. Er hatte sich in der diplomatischen Laufbahn

guten Ruf erworben und hoffte bei den verschiedenen Verände=
rungen, die an unserem neuen Hofe vorgingen, vorteilhaft placiert
zu werden. Er ward mit meinem Vater bald bekannt, und seine
Kenntnisse und sein Betragen öffneten ihm den Weg in eine
geschlossene Gesellschaft der würdigsten Männer. Mein Vater
sprach viel zu seinem Lobe, und seine schöne Gestalt hätte noch
mehr Eindruck gemacht, wenn sein ganzes Wesen nicht eine Art
von Selbstgefälligkeit gezeigt hätte. Ich hatte ihn gesehen, dachte
gut von ihm, aber wir hatten uns nie gesprochen.

Auf einem großen Balle, auf dem er sich auch befand, tanz-
ten wir eine Menuet zusammen; auch das ging ohne nähere
Bekanntschaft ab. Als die heftigen Tänze angingen, die ich
meinem Vater zuliebe, der für meine Gesundheit besorgt war,
zu vermeiden pflegte, begab ich mich in ein Nebenzimmer und
unterhielt mich mit älteren Freundinnen, die sich zum Spiele
gesetzt hatten. .

Narciß, der eine Weile mit herumgesprungen war, kam auch
einmal in das Zimmer, in dem ich mich befand, und fing, nach
dem er sich von einem Nasenbluten, das ihn beim Tanzen über=
fiel, erholt hatte, mit mir über mancherlei zu sprechen an. Binnen
einer halben Stunde war der Diskurs so interessant, ob sich gleich
keine Spur von Zärtlichkeit drein mischte, daß wir nun beide
das Tanzen nicht mehr vertragen konnten. Wir wurden bald
von den anderen darüber geneckt, ohne daß wir uns dadurch irre
machen ließen. Den andern Abend konnten wir unser Gespräch
wieder anknüpfen und schonten unsere Gesundheit sehr.

Nun war die Bekanntschaft gemacht. Narciß wartete mir
und meinen Schwestern auf, und nun fing ich erst wieder an,
gewahr zu werden, was ich alles wußte, worüber ich gedacht,
was ich empfunden hatte und worüber ich mich im Gespräche
auszudrücken verstand. Mein neuer Freund, der von jeher in
der besten Gesellschaft gewesen war, hatte außer dem historischen
und politischen Fache, das er ganz übersah, sehr ausgebreitete
litterarische Kenntnisse, und ihm blieb nichts Neues, besonders

was in Frankreich herauskam, unbekannt. Er brachte und sen=
dete mir manch angenehmes und nützliches Buch, doch das mußte
geheimer als ein verbotenes Liebesverständnis gehalten werden.
Man hatte die gelehrten Weiber lächerlich gemacht, und man
wollte auch die unterrichteten nicht leiden, wahrscheinlich weil
man für unhöflich hielt, so viel unwissende Männer beschämen
zu lassen. Selbst mein Vater, dem diese neue Gelegenheit,
meinen Geist auszubilden, sehr erwünscht war, verlangte aus=
drücklich, daß dieses litterarische Kommerz ein Geheimnis bleiben
sollte.

So währte unser Umgang beinahe Jahr und Tag, und ich
konnte nicht sagen, daß Narciß auf irgendeine Weise Liebe oder
Zärtlichkeit gegen mich geäußert hätte. Er blieb artig und ver=
bindlich, aber zeigte keinen Affekt; vielmehr schien der Reiz meiner
jüngsten Schwester, die damals außerordentlich schön war, ihn
nicht gleichgültig zu lassen. Er gab ihr im Scherze allerlei
freundliche Namen aus fremden Sprachen, deren mehrere er sehr
gut sprach, und deren eigentümliche Redensarten er gern ins
deutsche Gespräch mischte. Sie erwiderte seine Artigkeiten nicht
sonderlich; sie war von einem andern Fädchen gebunden, und
da sie überhaupt sehr rasch und er empfindlich war, so wurden
sie nicht selten über Kleinigkeiten uneins. Mit der Mutter und
den Tanten wußte er sich gut zu halten, und so war er nach
und nach ein Glied der Familie geworden.

Wer weiß, wie lange wir noch auf diese Weise fortgelebt
hätten, wären durch einen sonderbaren Zufall unsere Verhältnisse
nicht auf einmal verändert worden. Ich ward mit meinen
Schwestern in ein gewisses Haus gebeten, wohin ich nicht gerne
ging. Die Gesellschaft war zu gemischt, und es fanden sich dort
oft Menschen, wo nicht vom rohsten, doch vom plattsten Schlage
mit ein. Diesmal war Narciß auch mit geladen, und um seinet=
willen war ich geneigt, hinzugehen; denn ich war doch gewiß,
jemanden zu finden, mit dem ich mich auf meine Weise unter=
halten konnte. Schon bei Tafel hatten wir manches auszustehen,

denn einige Männer hatten stark getrunken; nach Tische sollten
und mußten Pfänder gespielt werden. Es ging dabei sehr rau-
schend und lebhaft zu. Narciß hatte ein Pfand zu lösen: man
gab ihm auf, der ganzen Gesellschaft etwas ins Ohr zu sagen,
das jedermann angenehm wäre. Er mochte sich bei meiner Nach-
barin, der Frau eines Hauptmanns, zu lange verweilen. Auf
einmal gab ihm dieser eine Ohrfeige, daß mir, die ich gleich
daran saß, der Puder in die Augen flog. Als ich die Augen
ausgewischt und mich vom Schrecken einigermaßen erholt hatte,
sah ich beide Männer mit bloßen Degen. Narciß blutete, und
der andere, außer sich von Wein, Zorn und Eifersucht, konnte
kaum von der ganzen übrigen Gesellschaft zurückgehalten werden.
Ich nahm Narcissen beim Arm und führte ihn zur Thür hinaus,
eine Treppe hinauf in ein anderes Zimmer, und weil ich meinen
Freund vor seinem tollen Gegner nicht sicher glaubte, riegelte ich
die Thüre sogleich zu.

Wir hielten beide die Wunde nicht für ernsthaft, denn wir
sahen nur einen leichten Hieb über die Hand; bald aber wurden
wir einen Strom von Blut, der den Rücken hinunterfloß, gewahr,
und es zeigte sich eine große Wunde auf dem Kopfe. Nun
ward mir bange. Ich eilte auf den Vorplatz, um nach Hilfe zu
schicken, konnte aber niemand ansichtig werden; denn alles war
unten geblieben, den rasenden Menschen zu bändigen. Endlich
kam eine Tochter des Hauses heraufgesprungen, und ihre Munterkeit ängstigte mich nicht wenig, da sie sich über den tollen Spek-
takel und über die verfluchte Komödie fast zu Tode lachen wollte.
Ich bat sie dringend, mir einen Wundarzt zu schaffen, und sie,
nach ihrer wilden Art, sprang gleich die Treppe hinunter, selbst
einen zu holen.

Ich ging wieder zu meinem Verwundeten, band ihm mein
Schnupftuch um die Hand und ein Handtuch, das an der Thüre
hing, um den Kopf. Er blutete noch immer heftig, kein Wundarzt kam, der Verwundete erblaßte und schien in Ohnmacht zu
sinken. Niemand war in der Nähe, der mir hätte beistehen

können; ich nahm ihn sehr ungezwungen in den Arm und suchte ihn durch Streicheln und Schmeicheln aufzumuntern. Es schien die Wirkung eines geistigen Heilmittels zu thun; er blieb bei sich, aber saß totenbleich da.

Nun kam endlich die thätige Hausfrau, und wie erschrak sie, als sie den Freund in dieser Gestalt in meinen Armen liegen und uns alle beide mit Blut überströmt sah, denn niemand hatte sich vorgestellt, daß Narciß verwundet sei; alle meinten, ich habe ihn glücklich hinausgebracht.

Nun war Wein, wohlriechendes Wasser, und was nur er= quicken und erfrischen konnte, im Überfluß da; nun kam auch der Wundarzt, und ich hätte wohl abtreten können; allein Narciß hielt mich fest bei der Hand, und ich wäre, ohne gehalten zu werden, stehen geblieben. Ich fuhr während des Verbandes fort, ihn mit Wein anzustreichen, und achtete es wenig, daß die ganze Gesellschaft nunmehr umher stand. Der Wundarzt hatte geendigt, der Verwundete nahm einen stummen verbindlichen Abschied von mir und wurde nachhause getragen.

Nun führte mich die Hausfrau in ihr Schlafzimmer; sie mußte mich ganz auskleiden, und ich darf nicht verschweigen, daß ich, da man sein Blut von meinem Körper abwusch, zum ersten= mal zufällig im Spiegel gewahr wurde, daß ich mich auch ohne Hülle für schön halten durfte. Ich konnte keines meiner Klei= dungsstücke wieder anziehen, und da die Personen im Hause alle kleiner oder stärker waren als ich, so kam ich in einer seltsamen Verkleidung zum größten Erstaunen meiner Eltern nachhause. Sie waren über mein Schrecken, über die Wunden des Freundes, über den Unsinn des Hauptmanns, über den ganzen Vorfall äußerst verdrießlich. Wenig fehlte, so hätte mein Vater selbst, seinen Freund auf der Stelle zu rächen, den Hauptmann heraus= gefordert. Er schalt die anwesenden Herren, daß sie ein solches meuchlerisches Beginnen nicht auf der Stelle geahndet; denn es war nur zu offenbar, daß der Hauptmann sogleich, nachdem er geschlagen, den Degen gezogen und Narcissen von hinten ver=

wundet habe; der Hieb über die Hand war erst geführt worden,
als Narciß selbst zum Degen griff. Ich war unbeschreiblich
alteriert und affiziert, oder wie soll ich es ausdrücken? Der Affekt,
der im tiefsten Grunde des Herzens ruhte, war auf einmal los=
gebrochen, wie eine Flamme, welche Luft bekommt. Und wenn
Lust und Freude sehr geschickt sind, die Liebe zuerst zu erzeugen
und im stillen zu nähren, so wird sie, die von Natur herzhaft
ist, durch den Schrecken am leichtesten angetrieben, sich zu ent=
scheiden und zu erklären. Man gab dem Töchterchen Arznei ein
und legte es zu Bette. Mit dem frühesten Morgen eilte mein
Vater zu dem verwundeten Freund, der an einem starken Wund=
fieber recht krank darnieder lag.

Mein Vater sagte mir wenig von dem, was er mit ihm
geredet hatte, und suchte mich wegen der Folgen, die dieser Vor
fall haben könnte, zu beruhigen. Es war die Rede, ob man sich
mit einer Abbitte begnügen könne, ob die Sache gerichtlich werden
müsse, und was dergleichen mehr war. Ich kannte meinen Vater
zu wohl, als daß ich ihm geglaubt hätte, daß er diese Sache
ohne Zweikampf geendigt zu sehen wünschte; allein ich blieb still;
denn ich hatte von meinem Vater früh gelernt, daß Weiber in
solche Händel sich nicht zu mischen hätten. Übrigens schien es
nicht, als wenn zwischen den beiden Freunden etwas vorgefallen
wäre, das mich betroffen hätte; doch bald vertraute mein Vater
den Inhalt seiner weiteren Unterredung meiner Mutter. Narciß,
sagte er, sei äußerst gerührt von meinem geleisteten Beistand,
habe ihn umarmt, sich für meinen ewigen Schuldner erklärt,
bezeigt, er verlange kein Glück, wenn er es nicht mit mir teilen
sollte; er habe sich die Erlaubnis ausgebeten, ihn als Vater
ansehen zu dürfen. Mama sagte mir das alles treulich wieder,
hängte aber die wohlmeinende Erinnerung daran, auf so etwas,
das in der ersten Bewegung gesagt worden, dürfe man so sehr
nicht achten. „Ja freilich", antwortete ich mit angenommener Kälte
und fühlte, der Himmel weiß was und wie viel dabei.

Narciß blieb zwei Monate krank, konnte wegen der Wunde

an der rechten Hand nicht einmal schreiben, bezeigte mir aber inzwischen sein Andenken durch die verbindlichste Aufmerksamkeit. Alle diese mehr als gewöhnlichen Höflichkeiten hielt ich mit dem, was ich von der Mutter erfahren hatte, zusammen, und beständig war mein Kopf voller Grillen. Die ganze Stadt unterhielt sich von der Begebenheit. Man sprach mit mir davon in einem besondern Tone, man zog Folgerungen daraus, die, so sehr ich sie abzulehnen suchte, mir immer sehr nahe gingen. Was vorher Tändelei und Gewohnheit gewesen war, ward nun Ernst und Neigung. Die Unruhe, in der ich lebte, war um so heftiger, je sorgfältiger ich sie vor allen Menschen zu verbergen suchte. Der Gedanke, ihn zu verlieren, erschreckte mich, und die Möglichkeit einer näheren Verbindung machte mich zittern. Der Gedanke des Ehestandes hat für ein halbkluges Mädchen gewiß etwas Schreckhaftes.

Durch diese heftigen Erschütterungen ward ich wieder an mich selbst erinnert. Die bunten Bilder eines zerstreuten Lebens, die mir sonst Tag und Nacht vor den Augen schwebten, waren auf einmal weggeblasen. Meine Seele fing wieder an, sich zu regen: allein die sehr unterbrochene Bekanntschaft mit dem unsichtbaren Freunde war so leicht nicht wiederhergestellt. Wir blieben noch immer in ziemlicher Entfernung; es war wieder etwas, aber gegen sonst ein großer Unterschied.

Ein Zweikampf, worin der Hauptmann stark verwundet wurde, war vorüber, ohne daß ich etwas davon erfahren hatte, und die öffentliche Meinung war in jedem Sinne auf der Seite meines Geliebten, der endlich wieder auf dem Schauplatze er= schien. Vor allen Dingen ließ er sich mit verbundenem Haupt und eingewickelter Hand in unser Haus tragen. Wie klopfte mir das Herz bei diesem Besuche! Die ganze Familie war gegen- wärtig: es blieb auf beiden Seiten nur bei allgemeinen Dank= sagungen und Höflichkeiten; doch fand er Gelegenheit, mir einige geheime Zeichen seiner Zärtlichkeit zu geben, wodurch meine Un= ruhe nur zu sehr vermehrt ward. Nachdem er sich völlig wieder erholt, besuchte er uns den ganzen Winter auf eben dem Fuß wie ehemals, und bei allen leisen Zeichen von Empfindung und Liebe, die er mir gab, blieb alles unerörtert.

Auf diese Weise ward ich in steter Übung gehalten. Ich konnte mich keinem Menschen vertrauen, und von Gott war ich zu weit entfernt. Ich hatte diesen während vier wilder Jahre ganz vergessen; nun dachte ich dann und wann wieder an ihn, aber die Bekanntschaft war erkaltet: es waren nur Ceremonien-visiten, die ich ihm machte, und da ich überdies, wenn ich vor ihm erschien, immer schöne Kleider anlegte, meine Tugend, Ehr-barkeit und Vorzüge, die ich vor anderen zu haben glaubte, ihm mit Zufriedenheit vorwies, so schien er mich in dem Schmucke gar nicht zu bemerken.

Ein Höfling würde, wenn sein Fürst, von dem er sein Glück erwartet, sich so gegen ihn betrüge, sehr beunruhigt werden; mir aber war nicht übel dabei zu Mute. Ich hatte, was ich brauchte, Gesundheit und Bequemlichkeit: wollte sich Gott mein Andenken gefallen lassen, so war es gut; wo nicht, so glaubte ich doch meine Schuldigkeit gethan zu haben. So dachte ich freilich da-mals nicht von mir; aber es war doch die wahrhafte Gestalt meiner Seele. Meine Gesinnungen zu ändern und zu reinigen, waren aber auch schon Anstalten gemacht.

Der Frühling kam heran, und Narciß besuchte mich unan-gemeldet zu einer Zeit, da ich ganz allein zuhause war. Nun erschien er als Liebhaber und fragte mich, ob ich ihm mein Herz und, wenn er eine ehrenvolle, wohlbesoldete Stelle erhielt, auch dereinst meine Hand schenken wollte.

Man hatte ihn zwar in unsere Dienste genommen; allein anfangs hielt man ihn, weil man sich vor seinem Ehrgeiz fürch-tete, mehr zurück, als daß man ihn schnell emporgehoben hätte, und ließ ihn, weil er eigenes Vermögen hatte, bei einer kleinen Besoldung.

Bei aller meiner Neigung zu ihm wußte ich, daß er der Mann nicht war, mit dem man ganz gerade handeln konnte. Ich nahm mich daher zusammen und verwies ihn an meinen Vater, an dessen Einwilligung er nicht zu zweifeln schien und mit mir erst auf der Stelle einig sein wollte. Endlich sagte ich Ja, indem ich die Beistimmung meiner Eltern zur notwendigen Bedingung machte. Er sprach alsdann mit beiden förmlich; sie zeigten ihre Zufriedenheit, man gab sich das Wort auf den bald zu hoffenden Fall, daß man ihn weiter avancieren werde. Schwestern und Tanten wurden davon benachrichtigt, und ihnen das Geheimnis auf das Strengste anbefohlen.

Nun war aus einem Liebhaber ein Bräutigam geworden. Die Verschiedenheit zwischen beiden zeigte sich sehr groß. Könnte jemand die Liebhaber aller wohldenkenden Mädchen in Bräutigame verwandeln, so wäre es eine große Wohlthat für unser Geschlecht, selbst wenn auf dieses Verhältnis keine Ehe erfolgen sollte. Die Liebe zwischen beiden Personen nimmt dadurch nicht ab, aber sie wird vernünftiger. Unzählige kleine Thorheiten, alle Koketterieen und Launen fallen gleich hinweg. Äußert uns der Bräutigam, daß wir ihm in einer Morgenhaube besser als in dem schönsten Aufsatze gefallen, dann wird einem wohldenkenden Mädchen gewiß die Frisur gleichgültig, und es ist nichts natürlicher, als daß er auch solid denkt und lieber sich eine Hausfrau als der Welt eine Putzdocke zu bilden wünscht. Und so geht es durch alle Fächer durch. Hat ein solches Mädchen dabei das Glück, daß ihr Bräutigam Verstand und Kenntnisse besitzt, so lernt sie mehr, als hohe Schulen und fremde Länder geben können. Sie nimmt nicht nur alle Bildung gern an, die er ihr giebt, sondern sie sucht sich auch auf diesem Wege so immer weiter zu bringen. Die Liebe macht vieles Unmögliche möglich, und endlich geht die dem weiblichen Geschlecht so nötige und anständige Unterwerfung sogleich an; der Bräutigam herrscht nicht wie der Ehemann: er bittet nur, und seine Geliebte sucht ihm abzumerken, was er wünscht, um es noch eher zu vollbringen, als er bittet.

So hat mich die Erfahrung gelehrt, was ich nicht um vieles

miſſen möchte. Ich war glücklich, wahrhaft glücklich, wie man es in der Welt sein kann, das heißt, auf kurze Zeit.

Ein Sommer ging unter dieſen ſtillen Freuden hin. Narciß gab mir nicht die mindeſte Gelegenheit zu Beſchwerden; er ward mir immer lieber, meine ganze Seele hing an ihm, das wußte er wohl und wußte es zu ſchätzen. Inzwiſchen entſpann ſich aus anſcheinenden Kleinigkeiten etwas, das unſerem Verhältniſſe nach und nach ſchädlich wurde.

Narciß ging als Bräutigam mit mir um, und nie wagte er es, das von mir zu begehren, was uns noch verboten war. Allein über die Grenzen der Tugend und Sittſamkeit waren wir ſehr verſchiedener Meinung. Ich wollte ſicher gehen und erlaubte durchaus keine Freiheit, als welche allenfalls die ganze Welt hätte wiſſen dürfen. Er, an Näſchereien gewöhnt, fand dieſe Diät ſehr ſtreng: hier ſetzte es nun beſtändigen Widerſpruch; er lobte mein Verhalten und ſuchte meinen Entſchluß zu unter= graben. Mir fiel das ernſthaft meines alten Sprachmeiſters wiedere in und zugleich das Hilfsmittel, das ich damals dagegen angegeben hatte.

Mit Gott war ich wieder ein wenig bekannter geworden. Er hatte mir einen ſo lieben Bräutigam gegeben, und dafür wußte ich ihm Dank. Die irdiſche Liebe ſelbſt konzentrierte meinen Geiſt und ſetzte ihn in Bewegung, und meine Beſchäf= tigung mit Gott widerſprach ihr nicht. Ganz natürlich klagte ich ihm, was mich bange machte, und bemerkte nicht, daß ich ſelbſt das, was mich bange machte, wünſchte und begehrte. Ich kam mir ſehr ſtark vor und betete nicht etwa: „Bewahre mich vor Ver= ſuchung!" Über die Verſuchung war ich meinen Gedanken nach weit hinaus. In dieſem loſen Flitterſchmuck eigener Tugend er= ſchien ich dreiſt vor Gott; er ſtieß mich nicht weg; auf die ge= ringſte Bewegung zu ihm hinterließ er einen ſanften Eindruck in meiner Seele, und dieſer Eindruck bewegte mich, ihn immer wieder aufzuſuchen.

Die ganze Welt war mir außer Narcissen tot, nichts hatte
außer ihm einen Reiz für mich. Selbst meine Liebe zum Putz
hatte nur den Zweck, ihm zu gefallen; wußte ich, daß er mich
nicht sah, so konnte ich keine Sorgfalt darauf wenden. Ich
tanzte gern; wenn er aber nicht dabei war, so schien mir, als
wenn ich die Bewegung nicht vertragen könnte. Auf ein brillantes
Fest, bei dem er nicht zugegen war, konnte ich mir weder etwas
Neues anschaffen, noch das Alte der Mode gemäß aufstutzen.
Einer war mir so lieb als der andere, doch möchte ich lieber
sagen, einer so lästig als der andere. Ich glaubte, meinen Abend
recht gut zugebracht zu haben, wenn ich mir mit älteren Personen
ein Spiel ausmachen konnte, wozu ich sonst nicht die mindeste
Lust hatte, und wenn ein alter guter Freund mich etwa scherzhaft darüber aufzog, lächelte ich vielleicht das erste Mal den
ganzen Abend. So ging es mit Promenaden und allen gesellschaftlichen Vergnügungen, die sich nur denken lassen:

> Ich hatt' ihn einzig mir erkoren;
> Ich schien mir nur für ihn geboren,
> Begehrte nichts als seine Gunst.

So war ich oft in der Gesellschaft einsam, und die völlige
Einsamkeit war mir meistens lieber. Allein mein geschäftiger
Geist konnte weder schlafen noch träumen; ich fühlte und dachte
und erlangte nach und nach eine Fertigkeit, von meinen Empfindungen und Gedanken mit Gott zu reden. Da entwickelten sich
Empfindungen anderer Art in meiner Seele, die jenen nicht
widersprachen. Denn meine Liebe zu Narciß war dem ganzen
Schöpfungsplane gemäß und stieß nirgend gegen meine Pflichten
an. Sie widersprachen sich nicht und waren doch unendlich ver-
schieden. Narciß war das einzige Bild, das mir vorschwebte, auf
das sich meine ganze Liebe bezog; aber das andere Gefühl bezog
sich auf kein Bild und war unaussprechlich angenehm. Ich habe
es nicht mehr und kann es mir nicht mehr geben.

Mein Geliebter, der sonst alle meine Geheimnisse wußte, erfuhr nichts hiervon. Ich merkte bald, daß er anders dachte; er

gab mir öfters Schriften, die alles, was man Zusammenhang
mit dem Unsichtbaren heißen kann, mit leichten und schweren
Waffen bestritten. Ich las die Bücher, weil sie von ihm kamen,
und wußte am Ende kein Wort von alle dem, was darin gestanden hatte.

Über Wissenschaften und Kenntnisse ging es auch nicht ohne
Widerspruch ab; er machte es wie alle Männer, spottete über
gelehrte Frauen und bildete unaufhörlich an mir. Über alle
Gegenstände, die Rechtsgelehrsamkeit ausgenommen, pflegte er
mit mir zu sprechen, und indem er mir Schriften von allerlei Art
beständig zubrachte, wiederholte er oft die bedenkliche Lehre, daß
ein Frauenzimmer sein Wissen heimlicher halten müsse, als der
Calvinist seinen Glauben im katholischen Lande; und indem ich
wirklich auf eine ganz natürliche Weise vor der Welt mich nicht
klüger und unterrichteter als sonst zu zeigen pflegte, war er der
erste, der gelegentlich der Eitelkeit nicht widerstehen konnte, von
meinen Vorzügen zu sprechen.

Ein berühmter und damals wegen seines Einflusses, seiner
Talente und seines Geistes sehr geschätzter Weltmann fand an
unserem Hofe großen Beifall. Er zeichnete Narzissen besonders
aus und hatte ihn beständig um sich. Sie stritten auch über
die Tugend der Frauen. Narziß vertraute mir weitläufig ihre
Unterredung; ich blieb mit meinen Anmerkungen nicht dahinten,
und mein Freund verlangte von mir einen schriftlichen Aufsatz.
Ich schrieb ziemlich geläufig französisch; ich hatte bei meinem
Alten einen guten Grund gelegt. Die Korrespondenz mit meinem
Freunde war in dieser Sprache geführt, und eine feinere Bildung
konnte man überhaupt damals nur aus französischen Büchern
nehmen. Mein Aufsatz hatte dem Grafen gefallen; ich mußte
einige kleine Lieder hergeben, die ich vor kurzem gedichtet hatte.
Genug, Narziß schien sich auf seine Geliebte ohne Rückhalt etwas
zugute zu thun, und die Geschichte endigte zu seiner großen Zufriedenheit mit einer geistreichen Epistel in französischen Versen,
die ihm der Graf bei seiner Abreise zusandte, worin ihres freund-

2*

schaftlichen Streites gedacht war und mein Freund am Ende glücklich gepriesen wurde, daß er nach so manchen Zweifeln und Irrtümern in den Armen einer reizenden und tugendhaften Gattin, was Tugend sei, am sichersten erfahren würde. Dieses Gedicht ward mir vor allen und dann aber auch fast jedermann gezeigt, und jeder dachte dabei, was er wollte. So ging es in mehreren Fällen, und so mußten alle Fremden, die er schätzte, in unserem Hause bekannt werden.

Eine gräfliche Familie hielt sich wegen unseres geschickten Arztes eine Zeit lang hier auf. Auch in diesem Hause war Narciß wie ein Sohn gehalten; er führte mich daselbst ein. Man fand bei diesen würdigen Personen eine angenehme Unterhaltung für Geist und Herz, und selbst die gewöhnlichen Zeitvertreibe der Gesellschaft schienen in diesem Hause nicht so leer wie anderwärts. Jedermann wußte, wie wir zusammen standen: man behandelte uns, wie es die Umstände mit sich brachten, und ließ das Hauptverhältnis unberührt. Ich erwähne dieser einen Bekanntschaft, weil sie in der Folge meines Lebens manchen Einfluß auf mich hatte.

Nun war fast ein Jahr unserer Verbindung verstrichen, und mit ihm war auch unser Frühling dahin. Der Sommer kam, und alles wurde ernsthafter und heißer.

Durch einige unerwartete Todesfälle waren Ämter erledigt, auf die Narziß Anspruch machen konnte. Der Augenblick war nahe, in dem sich mein ganzes Schicksal entscheiden sollte, und indes Narciß und alle Freunde sich bei Hofe die möglichste Mühe gaben, gewisse Eindrücke, die ihm ungünstig waren, zu vertilgen und ihm den erwünschten Platz zu verschaffen, wendete ich mich mit meinem Anliegen zu dem unsichtbaren Freunde. Ich ward so freundlich aufgenommen, daß ich gern wiederkam. Ganz frei gestand ich meinen Wunsch, Narziß möchte zu der Stelle gelangen; allein meine Bitte war nicht ungestüm, und ich forderte nicht, daß es um meines Gebets willen geschehen sollte.

Die Stelle ward durch einen viel geringeren Konkurrenten

besetzt. Ich erschrak heftig über die Zeitung und eilte in mein
Zimmer, das ich fest hinter mir zumachte. Der erste Schmerz
löste sich in Thränen auf; der nächste Gedanke war: „Es ist aber
doch nicht von ohngefähr geschehen", und sogleich folgte die Ent=
schließung, es mir recht wohl gefallen zu lassen, weil auch dieses
anscheinende Übel zu meinem wahren Besten gereichen würde.
Nun drangen die sanftesten Empfindungen, die alle Wolken des
Kummers zerteilten, herbei; ich fühlte, daß sich mit dieser Hilfe
alles ausstehen ließ. Ich ging heiter zu Tische, zum Erstaunen
meiner Hausgenossen.

Narciß hatte weniger Kraft als ich, und ich mußte ihn trösten.
Auch in seiner Familie begegneten ihm Widerwärtigkeiten, die
ihn sehr drückten, und bei dem wahren Vertrauen, das unter
uns statthatte, vertraute er mir alles. Seine Negoziationen, in
fremde Dienste zu gehen, waren auch nicht glücklicher: alles fühlte
ich tief um seinet= und meinetwillen, und alles trug ich zuletzt
an den Ort, wo mein Anliegen so wohl aufgenommen wurde.

Je sanfter diese Erfahrungen waren, desto öfter suchte ich
sie zu erneuern, und ich suchte den Trost immer da, wo ich ihn
so oft gefunden hatte; allein ich fand ihn nicht immer: es war
mir wie einem, der sich an der Sonne wärmen will und dem
etwas im Wege steht, das Schatten macht. „Was ist das?" fragte
ich mich selbst. Ich spürte der Sache eifrig nach und bemerkte
deutlich, daß alles von der Beschaffenheit meiner Seele abhing:
wenn die nicht ganz in der geradesten Richtung zu Gott gekehrt
war, so blieb ich kalt: ich fühlte seine Rückwirkung nicht und
konnte seine Antwort nicht vernehmen. Nun war die zweite
Frage: was verhindert diese Richtung? Hier war ich in einem
weiten Felde und verwickelte mich in eine Untersuchung, die bei=
nah das ganze zweite Jahr meiner Liebesgeschichte fortdauerte.
Ich hätte sie früher endigen können, denn ich kam bald auf die
Spur; aber ich wollte es nicht gestehen und suchte tausend Aus=
flüchte.

Ich fand sehr bald, daß die gerade Richtung meiner Seele

durch thörichte Zerstreuung und Beschäftigung mit unwürdigen Sachen gestört werde; das Wie und Wo war mir bald klar genug. Nun aber wie herauskommen in einer Welt, wo alles gleich gültig oder toll ist? Gern hätte ich die Sache an ihren Ort gestellt sein lassen und hätte auf Geratewohl hingelebt wie andere Leute auch, die ich ganz wohlauf sah; allein ich durfte nicht, mein Inneres widersprach mir zu oft. Wollte ich mich der Gesellschaft entziehen und meine Verhältnisse verändern, so konnte ich nicht. Ich war nun einmal in einen Kreis hineingesperrt; gewisse Verbindungen konnte ich nicht los werden, und in der mir so angelegenen Sache drängten und häuften sich die Fatalitäten. Ich legte mich oft mit Thränen zu Bette und stand nach einer schlaflosen Nacht auch wieder so auf; ich bedurfte einer kräftigen Unterstützung, und die verlieh mir Gott nicht, wenn ich mit der Schellenkappe herumlief.

Nun ging es an ein Abwiegen aller und jeder Handlungen; Tanzen und Spielen wurden am ersten in Untersuchung genommen. Nie ist etwas für oder gegen diese Dinge geredet, gedacht oder geschrieben worden, das ich nicht aufsuchte, besprach, las, erwog, vermehrte, verwarf und mich unerhört herumplagte. Unterließ ich diese Dinge, so war ich gewiß, Narcissen zu be leidigen; denn er fürchtete sich äußerst vor dem Lächerlichen, das uns der Anschein ängstlicher Gewissenhaftigkeit vor der Welt giebt. Weil ich nun das, was ich für Thorheit, für schädliche Thorheit hielt, nicht einmal aus Geschmack, sondern bloß um seinetwillen that, so wurde mir alles entsetzlich schwer.

Ohne unangenehme Weitläufigkeiten und Wiederholungen würde ich die Bemühungen nicht darstellen können, welche ich anwendete, um jene Handlungen, die mich nun einmal zerstreuten und meinen innern Frieden störten, so zu verrichten, daß dabei mein Herz für die Einwirkungen des unsichtbaren Wesens offen bliebe, und wie schmerzlich ich empfinden mußte, daß der Streit auf diese Weise nicht beigelegt werden könne. Denn sobald ich mich in das Gewand der Thorheit kleidete, blieb es nicht bloß bei der Maske, sondern die Narrheit durchdrang mich sogleich durch und durch.

Darf ich hier das Gesetz einer bloß historischen Darstellung überschreiten und einige Betrachtungen über dasjenige machen, was in mir vorging? Was konnte das sein, das meinen Geschmack und meine Sinnesart so änderte, daß ich im zweiundzwanzigsten Jahre, ja früher, kein Vergnügen an Dingen fand, die Leute von diesem Alter unschuldig belustigen können? Warum waren sie mir nicht unschuldig? Ich darf wohl antworten: eben weil sie mir nicht unschuldig waren, weil ich nicht, wie andere meinesgleichen, unbekannt mit meiner Seele war. Nein, ich wußte aus Erfahrungen, die ich ungesucht erlangt hatte, daß es höhere Empfindungen gebe, die uns ein Vergnügen wahrhaftig gewährten, das man vergebens bei Lustbarkeiten sucht, und daß in diesen höheren Freuden zugleich ein geheimer Schatz zur zur Stärkung im Unglück aufbewahrt sei.

Aber die geselligen Vergnügungen und Zerstreuungen der Jugend mußten doch notwendig einen starken Reiz für mich haben, weil es mir nicht möglich war, sie zu thun, als thäte ich sie nicht. Wie manches könnte ich jetzt mit größer Kälte thun, wenn ich nur wollte, was mich damals irre machte, ja, Meister über mich zu werden drohte. Hier konnte kein Mittelweg gehalten werden: ich mußte entweder die reizenden Vergnügungen oder die erquickenden innerlichen Empfindungen entbehren.

Aber schon war der Streit in meiner Seele ohne mein eigentliches Bewußtsein entschieden. Wenn auch etwas in mir war, das sich nach den sinnlichen Freuden hinsehnte, so konnte ich sie doch nicht mehr genießen. Wer den Wein noch so sehr liebt, dem wird alle Lust zum Trinken vergehen, wenn er sich bei vollen Fässern in einem Keller befände, in welchem die verdorbene Luft ihn zu ersticken drohte. Reine Luft ist mehr als Wein, das fühlte ich nur zu lebhaft, und es hätte gleich von Anfang an wenig Überlegung bei mir gekostet, das Gute dem Reizenden vorzuziehen, wenn mich die Furcht, Narcissens Gunst

zu verlieren, nicht abgehalten hätte. Aber da ich endlich nach
tausendfältigem Streit, nach immer wiederholter Betrachtung auch
scharfe Blicke auf das Band warf, daß mich an ihn festhielt, ent=
deckte ich, daß es nur schwach war, daß es sich zerreißen lasse.
Ich erkannte auf einmal, daß es nur eine Glasglocke sei, die
mich in den luftleeren Raum sperrte; nur noch so viel Kraft,
sie entzwei zu schlagen, und Du bist gerettet!

Gedacht, gewagt. Ich zog die Maske ab und handelte jedes=
mal, wie mir's ums Herz war. Narcissen hatte ich immer zärt=
lich lieb; aber das Thermometer, das vorher im heißen Wasser
gestanden, hing nun an der natürlichen Luft; es konnte nicht
höher steigen, als die Atmosphäre warm war.

Unglücklicherweise erkältete sie sich sehr. Narciß fing an,
sich zurückzuziehen und fremd zu thun; das stand ihm frei; aber
mein Thermometer fiel, so wie er sich zurückzog. Meine Familie
bemerkte es, man befragte mich, man wollte sich verwundern.
Ich erklärte mit männlichem Trotz, daß ich mich bisher genug
aufgeopfert habe, daß ich bereit sei, noch ferner und bis ans
Ende meines Lebens alle Widerwärtigkeiten mit ihm zu teilen;
daß ich aber für meine Handlungen völlige Freiheit verlange,
daß mein Thun und Lassen von meiner Überzeugung abhängen
müsse, daß ich zwar niemals eigensinnig auf meiner Meinung
beharren, vielmehr jede Gründe gerne anhören wolle, aber da
es mein eigenes Glück betreffe, müsse die Entscheidung von mir
abhängen, und keine Art von Zwang würde ich dulden. So
wenig das Räsonnement des größten Arztes mich bewegen würde,
eine sonst vielleicht ganz gesunde und von vielen sehr geliebte
Speise zu mir zu nehmen, sobald mir meine Erfahrung bewiese,
daß sie mir jederzeit schädlich sei, wie ich den Gebrauch des
Kaffees zum Beispiel anführen könnte, so wenig und noch viel
weniger würde ich mir irgendeine Handlung, die mich verwirrte,
als für mich moralisch zuträglich aufdemonstrieren lassen.

Da ich mich so lange im stillen vorbereitet hatte, so waren
mir die Debatten hierüber eher angenehm als verdrießlich. Ich

machte meinem Herzen Luft und fühlte den ganzen Wert meines
Entschlusses. Ich wich nicht ein Haar breit, und wem ich nicht
kindlichen Respekt schuldig war, der wurde derb abgefertigt. In
meinem Hause siegte ich bald. Meine Mutter hatte von Jugend
auf ähnliche Gesinnungen, nur waren sie bei ihr nicht zur Reife
gediehen; keine Not hatte sie gedrängt und den Mut, ihre Überzeugung durchzusetzen, erhöht. Sie freute sich, durch mich ihre
stillen Wünsche erfüllt zu sehen. Die jüngere Schwester schien
sich an mich anzuschließen: die zweite war aufmerksam und still.
Die Tante hatte am meisten einzuwenden. Die Gründe, die sie
vorbrachte, schienen ihr unwiderleglich und waren es auch, weil
sie ganz gemein waren. Ich war endlich genötigt, ihr zu zeigen,
daß sie in keinem Sinne eine Stimme in dieser Sache habe, und
sie ließ nur selten merken, daß sie auf ihrem Sinne verharre. Auch
war sie die einzige, die diese Begebenheit von nahem ansah und
ganz ohne Empfindung blieb. Ich thue ihr nicht zu viel, wenn ich
sage, daß sie kein Gemüt und die eingeschränktesten Begriffe hatte.

Der Vater benahm sich ganz seiner Denkart gemäß. Er
sprach wenig, aber öfter mit mir über die Sache, und seine
Gründe waren verständig und als seine Gründe unwiderleglich;
nur das tiefe Gefühl meines Rechts gab mir Stärke, gegen ihn
zu disputieren. Aber bald veränderten sich diese Scenen; ich
mußte an sein Herz Anspruch machen. Gedrängt von seinem
Verstande, brach ich in die affektvollsten Vorstellungen aus. Ich
ließ meiner Zunge und meinen Thränen freien Lauf. Ich zeigte
ihm, wie sehr ich Narcissen liebte, und welchen Zwang ich mir
seit zwei Jahren angethan hatte, wie gewiß ich sei, daß ich recht
handle; daß ich bereit sei, diese Gewißheit mit dem Verlust des
geliebten Bräutigams und anscheinenden Glücks, ja, wenn es
nötig wäre, mit Hab und Gut zu versiegeln; daß ich lieber mein
Vaterland, Eltern und Freunde verlassen und mein Brot in der
Fremde verdienen, als gegen meine Einsichten handeln wolle. Er
verbarg seine Rührung, schwieg einige Zeit stille und erklärte
sich endlich öffentlich für mich.

Narciß vermied seit jener Zeit unser Haus, und nun gab mein Vater die wöchentliche Gesellschaft auf, in der sich dieser befand. Die Sache machte Aufsehen bei Hofe und in der Stadt. Man sprach darüber, wie gewöhnlich in solchen Fällen, an denen das Publikum heftigen Anteil zu nehmen pflegt, weil es ver= wöhnt ist, auf die Entschließungen schwacher Gemüter einigen Einfluß zu haben. Ich kannte die Welt genug und wußte, daß man oft von eben den Personen über das getadelt wird, wozu man sich durch sie hat bereden lassen, und auch ohne das würden mir bei meiner inneren Verfassung alle solche vorübergehende Meinungen so gut als gar nicht gewesen sein.

Dagegen versagte ich mir nicht, meiner Neigung zu Narcissen nachzuhängen. Er war mir unsichtbar geworden, und mein Herz hatte sich nicht gegen ihn geändert. Ich liebte ihn zärtlich, gleich= sam auf das neue und viel gesetzter als vorher. Wollte er meine Überzeugung nicht stören, so war ich die Seine; ohne diese Be= dingung hätte ich ein Königreich mit ihm ausgeschlagen. Mehrere Monate lang trug ich diese Empfindungen und Gedanken mit mir herum, und da ich mich endlich still und stark genug fühlte, um ruhig und gesetzt zu Werke zu gehen, so schrieb ich ihm ein höfliches, nicht zärtliches Billet und fragte ihn, warum er nicht mehr zu mir komme?

Da ich seine Art kannte, sich selbst in geringeren Dingen nicht gern zu erklären, sondern stillschweigend zu thun, was ihm gut deuchte, so drang ich gegenwärtig mit Vorsatz in ihn. Ich er= hielt eine lange und, wie mir schien, abgeschmackte Antwort, in einem weitläufigen Stil und unbedeutenden Phrasen; daß er ohne bessere Stelle sich nicht einrichten und mir seine Hand an= bieten könne, daß ich am besten wisse, wie hinderlich es ihm bis= her gegangen, daß er glaube, ein so lang fortgesetzter fruchtloser Umgang könne meiner Renommee schaden; ich würde ihm erlauben, sich in der bisherigen Entfernung zu halten; sobald er im stande wäre, mich glücklich zu machen, würde ihm das Wort, das er mir gegeben, heilig sein.

Ich antwortete ihm auf der Stelle, da die Sache aller Welt bekannt sei, möge es zu spät sein, meine Renommee zu menagieren, und für diese wären mir mein Gewissen und meine Unschuld die sicherften Bürgen; ihm aber gäbe ich hiermit sein Wort ohne Bedenken zurück und wünschte, daß er dabei sein Glück finden möchte. In eben der Stunde erhielt ich eine kurze Antwort, die im wesentlichen mit der erften völlig gleichlautend war. Er blieb dabei, daß er nach erhaltener Stelle bei mir anfragen würde, ob ich sein Glück mit ihm teilen wollte.

Man ließ das nun so viel als nichts gesagt. Ich erklärte meinen Verwandten und Bekannten, die Sache sei abgethan, und sie war es auch wirklich. Denn als er neun Monate hernach auf das erwünschteste befördert wurde, ließ er mir seine Hand nochmals antragen, freilich mit der Bedingung, daß ich als Gattin eines Mannes, der ein Haus machen müßte, meine Gesinnungen würde zu ändern haben. Ich dankte höflich und eilte mit Herz und Sinn von dieser Geschichte weg, wie man sich aus dem Schauspielhause heraus sehnt, wenn der Vorhang gefallen ist. Und da er kurze Zeit darauf, wie es ihm nun sehr leicht war, eine reiche und ansehnliche Partie gefunden hatte und ich ihn nach seiner Art glücklich wußte, so war meine Beruhigung ganz vollkommen.

Ich darf nicht mit Stillschweigen übergehen, daß einigemal, noch ehe er eine Bedienung erhielt, auch nachher, ansehnliche Heiratsanträge an mich gethan wurden, die ich aber ganz ohne Bedenken ausschlug, so sehr Vater und Mutter mehr Nachgiebigkeit von meiner Seite gewünscht hätten.

Nun schien mir nach einem stürmischen März und April das schönfte Maiwetter beschert zu sein. Ich genoß bei einer guten Gesundheit eine unbeschreibliche Gemütsruhe; ich mochte mich umsehen, wie ich wollte, so hatte ich bei meinem Verlufte noch gewonnen. Jung und voll Empfindung, wie ich war, deuchte mir die Schöpfung tausendmal schöner als vorher, da ich Gesellschaften und Spiele haben mußte, damit mir die Weile in dem schönen Garten nicht zu lang wurde. Da ich mich einmal meiner Frömmigkeit nicht schämte, so hatte ich Herz, meine Liebe zu Künsten und Wissenschaften nicht zu verbergen. Ich zeichnete, malte, las und fand Menschen genug, die mich unterstützten; statt der großen Welt, die ich verlassen hatte, oder vielmehr, die mich verließ, bildete sich eine kleinere um mich her, die weit reicher und unterhaltender war. Ich hatte eine Neigung zum gesell= schaftlichen Leben, und ich leugne nicht, daß mir, als ich meine älteren Bekanntschaften aufgab, vor der Einsamkeit grauete. Nun fand ich mich hinlänglich, ja vielleicht zu sehr entschädigt. Meine Bekanntschaften wurden erst recht weitläufig, nicht nur mit Ein= heimischen, deren Gesinnungen mit den meinigen übereinstimmten, sondern auch mit Fremden. Meine Geschichte war ruchbar ge= worden, und es waren viele Menschen neugierig, das Mädchen zu sehen, die Gott mehr schätzte als ihren Bräutigam. Es war damals überhaupt eine gewisse religiöse Stimmung in Deutsch= land bemerkbar. In mehreren fürstlichen und gräflichen Häusern war eine Sorge für das Heil der Seele lebendig. Es fehlte nicht an Edelleuten, die gleiche Aufmerksamkeiten hegten, und in den geringern Ständen war durchaus diese Gesinnung verbreitet.

Die gräfliche Familie, deren ich oben erwähnt, zog mich nun näher an sich. Sie hatte sich indessen verstärkt, indem sich einige Verwandte in die Stadt gewendet hatten. Diese schätzbaren Personen suchten meinen Umgang, wie ich den ihrigen. Sie hatten große Verwandtschaft, und ich lernte in diesem Hause einen großen Teil der Fürsten, Grafen und Herren des Reiches kennen. Meine Gesinnungen waren niemanden ein Geheimnis, und man mochte sie ehren oder auch nur schonen, so erlangte ich doch meinen Zweck und blieb ohne Anfechtung.

Noch auf eine andere Weise sollte ich wieder in die Welt geführt werden. Zu eben der Zeit verweilte ein Stiefbruder meines Vaters, der uns sonst nur im Vorbeigehen besucht hatte, länger bei uns. Er hatte die Dienste seines Hofes, wo er ge= ehrt und von Einfluß war, nur deshalb verlassen, weil nicht alles nach seinem Sinne ging. Sein Verstand war richtig und sein Charakter streng, und er war darin meinem Vater sehr ähnlich; nur hatte dieser dabei einen gewissen Grad von Weich= heit, wodurch ihm leichter ward, in Geschäften nachzugeben und etwas gegen seine Überzeugung, nicht zu thun, aber geschehen zu lassen und den Unwillen darüber alsdann entweder in der Stille für sich oder vertraulich mit seiner Familie zu verkochen. Mein Oheim war um vieles jünger, und seine Selbständigkeit ward durch seine äußeren Umstände nicht wenig bestätigt. Er hatte eine sehr reiche Mutter gehabt und hatte von ihren nahen und fernen Verwandten noch ein großes Vermögen zu hoffen: er bedurfte keines fremden Zuschusses, anstatt daß mein Vater bei seinem mäßigen Vermögen durch Besoldung an den Dienst fest geknüpft war.

Noch unbiegsamer war mein Oheim durch häusliches Un glück geworden. Er hatte eine liebenswürdige Frau und einen hoffnungsvollen Sohn früh verloren, und er schien von der Zeit an alles von sich entfernen zu wollen, was nicht von seinem Willen abhing.

In der Familie sagte man sich gelegentlich mit einiger Selbst gefälligkeit in die Ohren, daß er wahrscheinlich nicht wieder hei raten werde, und daß wir Kinder uns schon als Erben seines großen Vermögens ansehen könnten. Ich achtete nicht weiter darauf; allein das Betragen der übrigen ward nach diesen Hoff= nungen nicht wenig gestimmt. Bei der Festigkeit seines Charak ters hatte er sich gewöhnt, in der Unterredung niemand zu wider sprechen, vielmehr die Meinung eines jeden freundlich anzuhören und die Art, wie sich jeder eine Sache dachte, noch selbst durch Argumente und Beispiele zu erheben. Wer ihn nicht kannte, glaubte stets mit ihm einerlei Meinung zu sein; denn er hatte einen überwiegenden Verstand und konnte sich in alle Vorstellungs= arten versetzen. Mit mir ging es ihm nicht so glücklich, denn hier war von Empfindungen die Rede, von denen er gar keine Ahnung hatte, und so schonend, teilnehmend und verständig er

mit mir über meine Gesinnungen sprach, so war es mir doch
auffallend, daß er von dem, worin der Grund aller meiner
Handlungen lag, offenbar keinen Begriff hatte.

So geheim er übrigens war, entdeckte sich doch der End=
zweck seines ungewöhnlichen Aufenthaltes bei uns nach einiger
Zeit. Er hatte, wie man endlich bemerken konnte, sich unter uns
die jüngste Schwester ausersehen, um sie nach seinem Sinne zu
verheiraten und glücklich zu machen; und gewiß, sie konnte nach
ihren körperlichen und geistigen Gaben, besonders wenn sich ein
ansehnliches Vermögen noch mit auf die Schale legte, auf die
ersten Partieen Anspruch machen. Seine Gesinnungen gegen
mich gab er gleichfalls pantomimisch zu erkennen, indem er mir
den Platz einer Stiftsdame verschaffte, wovon ich sehr bald auch
die Einkünfte zog.

Meine Schwester war mit seiner Fürsorge nicht so zufrieden
und nicht so dankbar wie ich. Sie entdeckte mir eine Herzens=
angelegenheit, die sie bisher sehr weislich verborgen hatte; denn
sie fürchtete wohl, was auch wirklich geschah, daß ich ihr auf
alle mögliche Weise die Verbindung mit einem Manne, der ihr
nicht hätte gefallen sollen, widerraten würde. Ich that mein
möglichstes, und es gelang mir. Die Absichten des Oheims waren
zu ernsthaft und zu deutlich, und die Aussicht für meine Schwester,
bei ihrem Weltsinne, zu reizend, als daß sie nicht eine Neigung,
die ihr Verstand selbst mißbilligte, aufzugeben Kraft hätte haben
sollen.

Da sie nun den sanften Leitungen des Oheims nicht mehr
wie bisher auswich, so war der Grund zu seinem Plane bald
gelegt. Sie ward Hofdame an einem benachbarten Hofe, wo er
sie einer Freundin, die als Oberhofmeisterin in großem Ansehn stand,
zur Aufsicht und Ausbildung übergeben konnte. Ich begleitete sie zu
dem Ort ihres neuen Aufenthaltes. Wir konnten beide mit der
Aufnahme, die wir erfuhren, sehr zufrieden sein, und manchmal
mußte ich über die Person, die ich nun als Stiftsdame, als junge
und fromme Stiftsdame, in der Welt spielte, heimlich lächeln.

In früheren Zeiten würde ein solches Verhältnis mich sehr verwirrt, ja, mir vielleicht den Kopf verrückt haben; nun aber war ich bei allem, was mich umgab, sehr gelassen. Ich ließ mich in großer Stille ein paar Stunden frisieren, putzte mich und dachte nichts dabei, als daß ich in meinem Verhältnisse diese Galalivree anzuziehen schuldig sei. In den angefüllten Sälen sprach ich mit allen und jeden, ohne daß mir irgend eine Gestalt oder ein Wesen einen starken Eindruck zurückgelassen hätte. Wenn ich wieder nachhause kam, waren müde Beine meist alles Gefühl, was ich mit zurückbrachte. Meinem Verstande nützten die vielen Menschen, die ich sah; und als Muster aller menschlichen Tugenden, eines guten und edlen Betragens lernte ich einige Frauen, besonders die Oberhofmeisterin kennen, unter der meine Schwester sich zu bilden das Glück hatte.

Doch fühlte ich bei meiner Rückkunft nicht so glückliche körperliche Folgen von dieser Reise. Bei der größten Enthaltsamkeit und der genauesten Diät war ich doch nicht, wie sonst, Herr von meiner Zeit und meinen Kräften. Nahrung, Bewegung, Aufstehen und Schlafengehen, Ankleiden und Ausfahren hing nicht, wie zuhause, von meinem Willen und meinen Empfindungen ab. Im Laufe des geselligen Kreises darf man nicht stocken, ohne unhöflich zu sein, und alles, was nötig war, leistete ich gern, weil ich es für Pflicht hielt, weil ich wußte, daß es bald vorübergehen würde, und weil ich mich gesunder als jemals fühlte. Dem ohngeachtet mußte dieses fremde unruhige Leben auf mich stärker, als ich fühlte, gewirkt haben. Denn kaum war ich zuhause angekommen und hatte meine Eltern mit einer befriedigenden Erzählung erfreut, so überfiel mich ein Blutsturz, der, ob er gleich nicht gefährlich war und schnell vorüberging, doch lange Zeit eine merkliche Schwachheit hinterließ.

Hier hatte ich nun wieder eine neue Lektion aufzusagen. Ich that es freudig. Nichts fesselte mich an die Welt, und ich war überzeugt, daß ich hier das Rechte niemals finden würde, und so war ich in dem heitersten und ruhigsten Zustande, und ward, indem ich Verzicht aufs Leben gethan hatte, beim Leben erhalten.

Eine neue Prüfung hatte ich auszustehen, da meine Mutter mit einer drückenden Beschwerde überfallen wurde, die sie noch fünf Jahre trug, ehe sie die Schuld der Natur bezahlte. In dieser Zeit gab es manche Übung. Oft, wenn ihr die Bangigkeit zu stark wurde, ließ sie uns des Nachts alle vor ihr Bette rufen, um wenigstens durch unsere Gegenwart zerstreut, wo nicht gebessert zu werden. Schwerer, ja kaum zu tragen war der Druck, als mein Vater auch elend zu werden anfing. Von Jugend auf hatte er öfters heftige Kopfschmerzen, die aber aufs längste nur sechsunddreißig Stunden anhielten. Nun aber wurden sie bleibend, und wenn sie auf einen hohen Grad stiegen, so zerriß der Jammer mir das Herz. Bei diesen Stürmen fühlte im meine körperliche Schwäche am meisten, weil sie mich hinderte, meine heiligsten, liebsten Pflichten zu erfüllen, oder mir doch ihre Ausübung äußerst beschwerlich machte.

Nun konnte ich mich prüfen, ob auf dem Wege, den ich ein geschlagen, Wahrheit oder Phantasie sei, ob ich vielleicht mir nach anderen gedacht, oder ob der Gegenstand meines Glaubens eine Realität habe; und zu meiner größten Unterstützung fand ich immer das letzte. Die gerade Richtung meines Herzens zu Gott. den Umgang mit den beloved ones hatte ich gesucht und ge funden, und das war, was mir alles erleichterte. Wie der Wanderer in den Schatten, so eilte meine Seele nach diesem Schutzort, wenn mich alles von außen drückte, und kam niemals leer zurück.

In der neueren Zeit haben einige Verfechter der Religion, die mehr Eifer als Gefühl für dieselbe zu haben scheinen, ihre Mit gläubigen aufgefordert, Beispiele von wirklichen Gebetserhörungen bekannt zu machen, wahrscheinlich weil sie sich Brief und Siegel wünschten, um ihren Gegnern recht diplomatisch und juristisch zu Leibe zu gehen. Wie unbekannt muß ihnen das wahre Gefühl sein, und wie wenig echte Erfahrungen mögen sie selbst gemacht haben!

Ich darf sagen, ich kam nie leer zurück, wenn ich unter Druck und Not Gott gesucht habe. Es ist unendlich viel gesagt, und doch kann und darf ich nicht mehr sagen. So wichtig jede Erfahrung in dem kritischen Augenblicke für mich war, so matt, so unbedeutend, unwahrscheinlich würde die Erzählung werden, wenn ich einzelne Fälle anführen wollte. Wie glücklich war ich), daß tausend kleine Vorgänge zusammen so gewiß als das Atemholen Zeichen meines Lebens ist, mir bewiesen, daß ich nicht ohne Gott auf der Welt sei. Er war mir nahe, ich war vor ihm. Das ist's, was ich mit geflissentlicher Vermeidung aller theologischen Systemsprache mit größter Wahrheit sagen kann.

Wie sehr wünschte ich, daß ich mich auch damals ganz ohne System befunden hätte; aber wer kommt früh zu dem Glücke, sich seines eigenen Selbsts, ohne fremde Formen, in reinem Zusammenhang bewußt zu sein? Mir war es Ernst mit meiner Seligkeit. Bescheiden vertraute ich fremdem Ansehen; ich ergab mich völlig dem Hallischen Bekehrungssystem, und mein ganzes Wesen wollte auf keine Wege hineinpassen.

Nach diesem Lehrplan muß die Veränderung des Herzens mit einem tiefen Schrecken über die Sünde anfangen; das Herz muß in dieser Not bald mehr, bald weniger die verschuldete Strafe erkennen und den Vorschmack der Hölle kosten, der die Lust der Sünde verbittert. Endlich muß man eine sehr merkliche Versicherung der Gnade fühlen, die aber im Fortgange sich oft versteckt und mit Ernst wieder gesucht werden muß.

Das alles traf bei mir weder nahe noch ferne zu. Wenn ich Gott aufrichtig suchte, so ließ er sich finden und hielt mir von vergangenen Dingen nichts vor. Ich sah hintennach wohl ein, wo ich unwürdig gewesen, und wußte auch, wo ich es noch war; aber die Erkenntnis meiner Gebrechen war ohne alle Angst. Nicht einen Augenblick ist mir eine Furcht, vor der Hölle angekommen; ja die Idee eines bösen Geistes und eines Straf- und Quälortes nach dem Tode konnte keineswegs in dem Kreise meiner Ideen Platz finden. Ich fand die Menschen, die ohne

Gott lebten, deren Herz dem Vertrauen und der Liebe gegen den Unsichtbaren zugeschlossen war, schon so unglücklich, daß eine Hölle und äußere Strafen mir eher für sie eine Linderung zu ver= sprechen, als eine Schärfung der Strafe zu drohen schienen. Ich durfte nur Menschen auf dieser Welt ansehen, die gehässigen Ge= fühlen in ihrem Busen Raum geben, die sich gegen das Gute von irgend einer Art verstocken und sich und anderen das Schlechte aufdringen wollen, die lieber bei Tage die Augen zuschließen, um nur behaupten zu können, die Sonne gebe keinen Schein von sich - wie über allen Ausdruck schienen mir diese Menschen elend! Wer hätte eine Hölle schaffen können, um ihren Zustand zu verschlimmern!

Diese Gemütsbeschaffenheit blieb mir einen Tag wie den andern zehn Jahre lang. Sie erhielt sich durch viele Proben, auch am schmerzhaften Sterbebette meiner geliebten Mutter. Ich war offen genug, um bei dieser Gelegenheit meine heitere Ge= mütsverfassung frommen, aber ganz schulgerechten Leuten nicht zu verbergen, und ich mußte darüber manchen freundschaftlichen Verweis erdulden. Man meinte mir eben zur rechten Zeit vor= zustellen, welchen Ernst man anzuwenden hätte, um in gesunden Tagen einen guten Grund zu legen.

An Ernst wollte ich es auch nicht fehlen lassen. Ich ließ mich für den Augenblick überzeugen und wäre um mein Leben gern traurig und voll Schrecken gewesen. Wie verwundert war ich aber, da es ein= für allemal nicht möglich war! Wenn ich an Gott dachte, war ich heiter und vergnügt; auch bei meiner lieben Mutter schmerzensvollem Ende graute mir vor dem Tode nicht. Doch lernte ich vieles und ganz andere Sachen, als meine unberufenen Lehrmeister glaubten, in diesen großen Stunden.

Nach und nach ward ich an den Einsichten so mancher hoch= berühmten Leute zweifelhaft und bewahrte meine Gesinnungen in der Stille. Eine gewisse Freundin, der ich erst zu viel ein= geräumt hatte, wollte sich immer in meine Angelegenheiten mengen; auch von dieser war ich genötigt mich loszumachen, und einst sagte ich ihr ganz entschieden, sie solle ohne Mühe bleiben, ich brauche ihren Rat nicht; ich kenne meinen Gott und wolle ihn ganz allein zum Führer haben. Sie fand sich sehr beleidigt, und ich glaube, sie hat mir's nie ganz verziehen.

Dieser Entschluß, mich dem Rate und der Einwirkung meiner Freunde in geistlichen Sachen zu entziehen, hatte die Folge, daß ich auch in äußerlichen Verhältnissen meinen eigenen Weg zu gehen Mut gewann. Ohne den Beistand meines treuen, unsicht= baren Führers hätte es mir übel geraten können, und noch muß ich über diese weise und glückliche Leitung erstaunen. Niemand wußte eigentlich, worauf es bei mir ankam, und ich wußte es selbst nicht.

Das Ding, das noch nie erklärte böse Ding, das uns von dem Wesen trennt, dem wir das Leben verdanken, von dem Wesen, aus dem alles, was Leben genannt werden soll, sich unter halten muß, das Ding, das man Sünde nennt, kannte ich noch gar nicht.

In dem Umgange mit dem unsichtbaren Freunde fühlte ich den süßesten Genuß aller meiner Lebenskräfte. Das Verlangen, dieses Glück immer zu genießen, war so groß, daß ich gern unter= ließ, was diesen Umgang störte, und hierin war die Erfahrung mein bester Lehrmeister. Allein es ging mir wie den Kranken, die keine Arzenei haben und sich mit der Diät zu helfen suchen. Es thut etwas, aber lange nicht genug.

In der Einsamkeit konnte ich nicht immer bleiben, ob ich gleich in ihr das beste Mittel gegen die mir so eigene Zerstreuung der Gedanken fand. Kam ich nachher in Getümmel, so machte es einen desto größeren Eindruck auf mich. Mein eigentlichster Vorteil bestand darin, daß die Liebe zur Stille herrschend war und ich mich am Ende immer dahin wieder zurückzog. Ich er kannte, wie in einer Art von Dämmerung, mein Elend und meine Schwäche, und ich suchte mir dadurch zu helfen, daß ich mich schonte, daß ich mich nicht aussetzte.

Sieben Jahre lang hatte ich meine diätetische Vorsicht aus

geübt. Ich hielt mich nicht für schlimm und fand meinen Zu
stand wünschenswert. Ohne sonderbare Umstände und Verhält=
nisse wäre ich auf dieser Stufe stehen geblieben, und ich kam nur
auf einem sonderbaren Wege weiter. Gegen den Rat aller meiner
Freunde knüpfte ich ein neues Verhältnis an. Ihre Einwen=
dungen machten mich anfangs stutzig. Sogleich wandte ich mich
an meinen unsichtbaren Führer, und da dieser es mir vergönnte,
ging ich ohne Bedenken auf meinem Wege fort.

Ein Mann von Geist, Herz und Talenten hatte sich in der
Nachbarschaft angekauft. Unter den Fremden, die ich kennen
lernte, war auch er und seine Familie. Wir stimmten in unseren
Sitten, Hausverfassungen und Gewohnheiten sehr überein und
konnten uns daher bald aneinander schließen.

Philo, so will ich ihn nennen, war schon in gewissen Jahren
und meinem Vater, dessen Kräfte abzunehmen anfingen, in ge=
wissen Geschäften von der größten Beihilfe. Er ward bald der
innige Freund unseres Hauses, und da er, wie er sagte, an mir
eine Person fand, die nicht das Ausschweifende und Leere der
großen Welt, und nicht das Trockene und Ängstliche der Stillen
im Lande habe, so waren wir bald vertraute Freunde. Er war
mir sehr angenehm und sehr brauchbar.

Ob ich gleich nicht die mindeste Anlage noch Neigung hatte,
mich in weltliche Geschäfte zu mischen und irgend einen Einfluß
zu suchen, so hörte ich doch gerne davon und wußte gern, was
in der Nähe und Ferne vorging. Von weltlichen Dingen liebte
ich mir eine gefühllose Deutlichkeit zu verschaffen; Empfindung,
Innigkeit, Neigung bewahrte ich für meinen Gott, für die Mei=
nigen und für meine Freunde.

Diese letzten waren, wenn ich so sagen darf, auf meine neue
Verbindung mit Philo eifersüchtig und hatten dabei von mehr
als einer Seite recht, wenn sie mich hierüber warnten. Ich
litt viel in der Stille; denn ich konnte selbst ihre Einwendungen
nicht ganz für leer oder eigennützig halten. Ich war von jeher
gewohnt, meine Einsichten unterzuordnen, und doch wollte dies=

mal meine Überzeugung nicht nach). Ich flehte zu meinem Gott, auch hier mich zu warnen, zu hindern, zu leiten, und da mich hierauf mein Herz nicht abmahnte, so ging ich meinen Pfad getrost fort.

Philo hatte im ganzen eine entfernte Ähnlichkeit mit Narcissen; nur hatte eine fromme Erziehung sein Gefühl mehr zusammengehalten und belebt. Er hatte weniger Eitelkeit, mehr Charakter, und wenn jener in weltlichen Geschäften fein, genau, anhaltend und unermüdlich war, so war dieser klar, scharf, schnell und arbeitete mit einer unglaublichen Leichtigkeit. Durch ihn erfuhr ich die innersten Verhältnisse fast aller der vornehmen Personen, deren Äußeres ich in der Gesellschaft hatte kennen lernen, und ich war froh, von meiner Warte dem Getümmel von weitem zuzusehen. Philo konnte mir nichts mehr verhehlen; er vertraute mir nach und nach seine äußeren und inneren Verbindungen. Ich fürchtete für ihn, denn ich sah gewisse Umstände und Verwickelungen voraus, und das Übel kam schneller, als ich vermutet hatte; denn er hatte mit gewissen Bekenntnissen immer zurückgehalten, und auch zuletzt entdeckte er mir nur so viel, daß ich das Schlimmste vermuten konnte.

Welche Wirkung hatte das auf mein Herz! Ich gelangte zu Erfahrungen, die mir ganz neu waren. Ich sah mit unbeschreiblicher Wehmut einen Agathon, der, in den Hainen von Delphi erzogen, das Lehrgeld noch schuldig war und es nun mit schweren rückständigen Zinsen abzahlte; und dieser Agathon war mein genau verbundener Freund. Meine Teilnahme war lebhaft und vollkommen; ich litt mit ihm, und wir befanden uns beide in dem sonderbarsten Zustande.

Nachdem ich mich lange mit seiner Gemütsverfassung beschäftigt hatte, wendete sich meine Betrachtung auf mich selbst. Der Gedanke: „Du bist nicht besser als er“, stieg wie eine kleine Wolke vor mir auf, breitete sich nach und nach aus und verfinsterte meine ganze Seele.

Nun dachte ich nicht mehr bloß: „Du bist nicht besser als er;“

ich fühlte es, und fühlte so, daß ich es nicht noch einmal fühlen möchte; und es war kein schneller Übergang. Mehr als ein Jahr mußte ich empfinden, daß, wenn mich eine unsichtbare Hand nicht umschränkt hätte, ich ein Girard, ein Cartouche, ein Damiens, und welches Ungeheuer man nennen will, hätte werden können; die Anlage dazu fühlte ich deutlich in meinem Herzen. Gott, welche Entdeckung!

Hatte ich nun bisher die Wirklichkeit der Sünde in mir durch die Erfahrung nicht einmal auf das leiseste gewahr werden können, so war mir jetzt die Möglichkeit derselben in der Ahnung aufs schrecklichste deutlich geworden; und doch kannte ich das Übel nicht, ich fürchtete es nur; ich fühlte, daß ich schuldig sein könnte, und hatte mich nicht anzuklagen.

So tief ich überzeugt war, daß eine solche Geistesbeschaffen= heit, wofür ich die meinige anerkennen mußte, sich nicht zu einer Vereinigung mit dem höchsten Wesen, die ich nach dem Tode hoffte, schicken könne, so wenig fürchtete ich, in eine solche Tren= nung zu geraten. Bei allem Bösen, das ich in mir entdeckte, hatte ich Ihn lieb und haßte, was ich fühlte; ja, ich wünschte es noch ernstlicher zu hassen, und mein ganzer Wunsch war, von dieser Krankheit und dieser Anlage zur Krankheit erlöst zu werden, und ich war gewiß, daß mir der große Arzt seine Hilfe nicht versagen würde.

Die einzige Frage war: „Was heilt diesen Schaden? Tugend= übungen?" An die konnte ich nicht einmal denken. Denn zehn Jahre hatte ich schon mehr als nur bloße Tugend geübt, und die nun erkannten Greuel hatten dabei tief in meiner Seele verborgen gelegen. Hätten sie nicht auch, wie bei David, los= brechen können, als er Bathseba erblickte, und war er nicht auch ein Freund Gottes, und war ich nicht im Innersten über= zeugt, daß Gott mein Freund sei? Sollte es also wohl eine unvermeidliche Schwäche der Menschheit sein? Müssen wir uns nun gefallen lassen, daß wir irgend einmal die Herrschaft unserer Neigung empfinden, und bleibt uns bei dem besten

Willen nichts anderes übrig, als den Fall, den wir gethan, zu verabscheuen und bei einer ähnlichen Gelegenheit wieder zu fallen?

Aus der Sittenlehre konnte ich keinen Trost schöpfen. Weder ihre Strenge, wodurch sie unsere Neigung meistern will, noch ihre Gefälligkeit, mit der sie unsere Neigungen zu Tugenden machen möchte, konnte mir genügen. Die Grundbegriffe, die mir der Umgang mit dem unsichtbaren Freunde eingeflößt hatte, hatten für mich schon einen viel entschiedeneren Wert.

Indem ich einst die Lieder studierte, welche David nach jener häßlichen Katastrophe gedichtet hatte, war mir sehr auffallend, daß er das in ihm wohnende Böse schon in dem Stoff, woraus er geworden war, erblickte, daß er aber entsündigt sein wollte und daß er auf das dringendste um ein reines Herz flehte.

Wie nun aber dazu zu gelangen? Die Antwort aus den symbolischen Büchern wußte ich wohl; es war mir auch eine Bibelwahrheit, daß das Blut Jesu Christi uns von allen Sünden reinige. Nun aber bemerkte ich erst, daß ich diesen so oft wiederholten Spruch noch nie verstanden hatte. Die Fragen: „Was heißt das? Wie soll das zugehen?" arbeiteten Tag und Nacht in mir sich durch. Endlich glaubte ich bei einem Schimmer zu sehen, daß das, was ich suchte, in der Menschwerdung des ewigen Wortes, durch das alles und auch wir erschaffen sind, zu suchen sei. Daß der Uranfängliche sich in die Tiefen, in denen wir stecken, die er durchschaut und umfaßt, einstmal als Bewohner begeben habe, durch unser Verhältnis von Stufe zu Stufe, von der Empfängnis und Geburt bis zu dem Grabe, durchgegangen sei, daß er durch diesen sonderbaren Umweg wieder zu den lichten Höhen aufgestiegen, wo wir auch wohnen sollten, um glücklich zu sein — das ward mir, wie in einer dämmernden Ferne, offenbart.

O, warum müssen wir, um von solchen Dingen zu reden, Bilder gebrauchen, die nur äußere Zustände anzeigen? Wo ist vor Ihm etwas Hohes oder Tiefes, etwas Dunkles oder Helles? Wir nur haben ein Oben und Unten, einen Tag und eine Nacht.

Und eben darum ist Er uns ähnlich geworden, weil wir sonst keinen Teil an Ihm haben könnten. Wie können wir aber an dieser unschätzbaren Wohlthat teilnehmen? „Durch den Glauben", antwortet uns die Schrift. Was ist denn Glaube? Die Erzählung einer Begebenheit für wahr zu halten, was kann mir das helfen? Ich muß mir ihre Wirkungen, ihre Folgen zueignen können. Dieser zueignende Glaube muß ein eigener, dem natürlichen Menschen ungewöhnlicher Zustand des Gemütes sein.

„Nun, Allmächtiger! so schenke mir Glauben", flehte ich einst in dem größten Druck des Herzens. Ich lehnte mich auf einen kleinen Tisch, an dem ich saß, und verbarg mein bethräntes Gesicht in meinen Händen. Hier war ich in der Lage, in der man sein muß, wenn Gott auf unser Gebet achten soll, und in der man selten ist.

Ja, wer nur schildern könnte, was ich da fühlte! Ein Zug brachte meine Seele nach dem Kreuze hin, an dem Jesus einst erblaßte; ein Zug war es, ich kann es nicht anders nennen, demjenigen völlig gleich, wodurch unsere Seele zu einem abwesenden Geliebten geführt wird, ein Zunahen, das vermutlich viel wesentlicher und wahrhafter ist, als wir vermuten. So nahte meine Seele dem Menschgewordenen und am Kreuz Gestorbenen, und in dem Augenblicke wußte ich, was Glaube war.

„Das ist Glaube!" sagte ich und sprang wie halb erschreckt in die Höhe. Ich suchte nun meiner Empfindung, meines Anschauens gewiß zu werden, und in kurzem war ich überzeugt, daß mein Geist eine Fähigkeit, sich aufzuschwingen, erhalten habe, die ihm ganz neu war. Bei diesen Empfindungen verlassen uns die Worte. Ich konnte sie ganz deutlich von aller Phantasie unterscheiden; sie waren ganz ohne Phantasie, ohne Bild, und gaben doch eben die Gewißheit eines Gegenstandes, auf den sie sich bezogen, als die Einbildungskraft, indem sie uns die Züge eines abwesenden Geliebten vormalt.

Als das erste Entzücken vorüber war, bemerkte ich, daß mir

dieser Zustand der Seele schon vorher bekannt gewesen; allein ich hatte ihn nie in dieser Stärke empfunden, ich hatte ihn niemals festhalten, nie zu eigen behalten können. Ich glaube überhaupt, daß jede Menschenseele ein und das andere mal etwas davon empfunden hat. Ohne Zweifel ist er das, was einem jeden lehrt, daß ein Gott ist.

Mit dieser mich ehemals von Zeit zu Zeit nur anwandeln= den Kraft war ich bisher sehr zufrieden gewesen, und wäre mir nicht durch sonderbare Schickung seit Jahr und Tag die un= erwartete Plage widerfahren, wäre nicht dabei mein Können und Vermögen bei mir selbst außer allen Kredit gekommen, so wäre ich vielleicht mit jenem Zustande immer zufrieden geblieben. Nun hatte ich aber seit jenem großen Augenblicke Flügel be kommen. Ich konnte mich über das, was mich vorher bedrohte, aufschwingen, wie ein Vogel singend über den schnellsten Strom ohne Mühe fliegt, vor welchem das Hündchen ängstlich bellend stehen bleibt.

Meine Freude war unbeschreiblich; und ob ich gleich nie= mandem etwas davon entdeckte, so merkten doch die Meinigen eine ungewöhnliche Heiterkeit an mir, ohne begreifen zu können, was die Ursache meines Vergnügens wäre. Hätte ich doch immer geschwiegen und die reine Stimmung in meiner Seele zu erhalten gesucht! Hätte ich mich doch nicht durch Um= stände verleiten lassen, mit meinem Geheimnisse hervorzutreten! dann hätte ich mir abermals einen großen Umweg ersparen können.

Da in meinem vorhergehenden zehnjährigen Christenlauf diese notwendige Kraft nicht in meiner Seele war, so hatte ich mich in dem Fall anderer redlichen Leute auch befunden; ich hatte mir dadurch geholfen, daß ich die Phantasie immer mit Bildern erfüllte, die einen Bezug auf Gott hatten. Und auch dieses ist schon wahrhaft nützlich; denn schädliche Bilder und ihre bösen Folgen werden dadurch abgehalten. Sodann ergreift unsere Seele oft ein und das andere von den geistigen Bildern und schwingt sich ein wenig damit in die Höhe, wie ein junger Vogel von einem Zweige auf den andern flattert. So lange man nichts Besseres hat, ist doch diese Übung nicht ganz zu verwerfen.

Auf Gott zielende Bilder und Eindrücke verschaffen uns kirchliche Anstalten, Glocken, Orgeln und Gesänge, und besonders die Vorträge unserer Lehrer. Auf sie war ich ganz unsäglich begierig; keine Witterung, keine körperliche Schwäche hielt mich ab, die Kirchen zu besuchen, und nur das sonntägige Geläute konnte mir auf meinem Krankenlager einige Ungeduld verur= sachen. Unsern Oberhofprediger, der ein trefflicher Mann war, hörte ich mit großer Neigung: auch seine Kollegen waren mir wert, und ich wußte die goldenen Äpfel des göttlichen Wortes auch aus irdenen Schalen unter gemeinem Obste herauszufinden. Den öffentlichen Übungen wurden alle mögliche Privaterbauungen, wie man sie nennt, hinzugefügt und auch dadurch nur Phantasie und feinere Sinnlichkeit genährt. Ich war so an diesen Gang gewöhnt, ich respektierte ihn so sehr, daß mir auch jetzt nichts Höheres einfiel. Denn meine Seele hat nur Fühlhörner und keine Augen; sie tastet nur und sieht nicht; ach! daß sie Augen bekäme und schauen dürfte!

Auch jetzt ging ich voll Verlangen in die Predigten; aber, ach, wie geschah mir! Ich fand das nicht mehr, was ich sonst gefunden. Diese Prediger stumpften sich die Zähne an den Schalen ab, indessen ich den Kern genoß. Ich mußte ihrer nun bald müde werden; aber mich an den allein zu halten, den ich doch zu finden wußte, dazu war ich zu verwöhnt. Bilder wollte ich haben, äußere Eindrücke bedurfte ich und glaubte ein reines geistiges Bedürfnis zu fühlen.

Philos Eltern hatten mit der Herrnhutischen Gemeinde in Verbindung gestanden; in seiner Bibliothek fanden sich noch viele Schriften des Grafen. Er hatte mir einigemal sehr klar und billig darüber gesprochen und mich ersucht, einige dieser Schriften durchzublättern, und wäre es auch nur, um ein psychologisches

Phänomen kennen zu lernen. Ich hielt den Grafen für einen
gar zu argen Ketzer; so ließ ich auch das Ebersdorfer Gesangbuch
bei mir liegen, das mir der Freund in ähnlicher Absicht gleich=
sam aufgedrungen hatte.

In dem völligen Mangel aller äußeren Ermunterungsmittel
ergriff ich wie von ohngefähr das gedachte Gesangbuch und fand
zu meinem Erstaunen wirklich Lieder darin, die, freilich unter
sehr seltsamen Formen, auf dasjenige zu deuten schienen, was
ich fühlte; die Originalität und Naivetät der Ausdrücke zog mich
an. Eigene Empfindungen schienen auf eine eigene Weise aus=
gedrückt; keine Schulterminologie erinnerte an etwas Steifes
oder Gemeines. Ich ward überzeugt, die Leute fühlten, was
ich fühlte, und ich fand mich nun sehr glücklich, ein solches
Verschen ins Gedächtnis zu fassen und mich einige Tage damit
zu tragen.

Seit jenem Augenblicke, in welchem mir das Wahre geschenkt
worden war, verflossen auf diese Weise ohngefähr drei Monate.
Endlich faßte ich den Entschluß, meinem Freunde Philo alles
zu entdecken und ihn um die Mitteilung jener Schriften zu bitten,
auf die ich nun über die Maßen neugierig geworden war. Ich
that es auch wirklich, ohnerachtet mir ein Etwas im Herzen
ernstlich davon abriet.

Ich erzählte Philo die ganze Geschichte umständlich, und da
er selbst darin eine Hauptperson war, da meine Erzählung auch
für ihn die strengste Bußpredigt enthielt, war er äußerst be=
troffen und gerührt. Er zerfloß in Thränen. Ich freute mich
und glaubte, auch bei ihm sei eine völlige Sinnesänderung be=
wirkt worden.

Er versorgte mich mit allen Schriften, die ich nur verlangte,
und nun hatte ich überflüssige Nahrung für meine Einbildungs=
kraft. Ich machte große Fortschritte in der Zinzendorfischen Art,
zu denken und zu sprechen. Man glaube nicht, daß ich die Art
und Weise des Grafen nicht auch gegenwärtig zu schätzen wisse;
ich lasse ihm gern Gerechtigkeit widerfahren; er ist kein leerer

Phantast; er spricht von großen Wahrheiten meist mit einem kühnen Fluge der Einbildungskraft, und die ihn geschmäht haben, wußten seine Eigenschaften weder zu schätzen, noch zu unterscheiden. Ich gewann ihn unbeschreiblich lieb. Wäre ich mein eigener Herr gewesen, so hätte ich gewiß Vaterland und Freunde verlassen, wäre zu ihm gezogen; unfehlbar hätten wir uns verstanden, und schwerlich hätten wir uns lange vertragen.

Dank sei meinem Genius, der mich damals in meiner häuslichen Verfassung so eingeschränkt hielt! Es war schon eine große Reise, wenn ich nur in den Hausgarten gehen konnte. Die Pflege meines alten und schwächlichen Vaters machte mir Arbeit genug, und in den Ergötzungsstunden war die edle Phantasie mein Zeitvertreib. Der einzige Mensch, den ich sah, war Philo, den mein Vater sehr liebte, dessen offenes Verhältnis zu mir aber durch die letzte Erklärung einigermaßen gelitten hatte. Bei ihm war die Rührung nicht tief gedrungen, und da ihm einige Versuche, in meiner Sprache zu reden, nicht gelungen waren, so vermied er diese Materie um so leichter, als er durch seine ausgebreiteten Kenntnisse immer neue Gegenstände des Gesprächs herbeizuführen wußte.

Ich war also eine Herrnhutische Schwester auf meine eigene Hand und hatte diese neue Wendung meines Gemütes und meiner Neigungen besonders vor dem Oberhofprediger zu verbergen, den ich als meinen Beichtvater zu schätzen sehr Ursache hatte, und dessen große Verdienste auch gegenwärtig durch seine äußerste Abneigung gegen die Herrnhutische Gemeinde in meinen Augen nicht geschmälert wurden. Leider sollte dieser würdige Mann an mir und andern viele Betrübnis erleben!

Er hatte vor mehreren Jahren auswärts einen Kavalier als einen redlichen frommen Mann kennen lernen und war mit ihm als einem, der Gott ernstlich suchte, in einem ununterbrochenen Briefwechsel geblieben. Wie schmerzhaft war es daher für seinen geistlichen Führer, als dieser Kavalier sich in der Folge mit der Herrnhutischen Gemeinde einließ und sich lange unter

den Brüdern aufhielt! wie angenehm dagegen, als sein Freund
sich mit den Brüdern wieder entzweite, in seiner Nähe zu wohnen
sich entschloß und sich seiner Leitung aufs neue völlig zu überlassen schien!

Nun wurde der Neuangekommene gleichsam im Triumph
allen besonders geliebten Schäfchen des Oberhirten vorgestellt.
Nur in unser Haus ward er nicht eingeführt, weil mein Vater
niemand mehr zu sehen pflegte. Der Kavalier fand große Ap-
probation; er hatte das Gesittete des Hofes und das Einnehmende
der Gemeinde, dabei viel schöne natürliche Eigenschaften und
ward bald der große Heilige für alle, die ihn kennen lernten,
worüber sich sein geistlicher Gönner äußerst freute. Leider war
jener nur über äußere Umstände mit der Gemeinde brouilliert
und im Herzen noch ganz Herrnhuter. Er hing zwar wirklich
an der Realität der Sache; allein auch ihm war das Tändelwerk,
das der Graf darum gehängt hatte, höchst angemessen. Er war
an jene Vorstellungs- und Redensarten nun einmal gewöhnt,
und wenn er sich nunmehr vor seinem alten Freunde sorgfältig
verbergen mußte, so war es ihm desto notwendiger, sobald er
ein Häuschen vertrauter Personen um sich erblickte, mit seinen
Verschen, Litaneien und Bilderchen hervorzurücken, und er fand,
wie man denken kann, großen Beifall.

Ich wußte von der ganzen Sache nichts und tändelte auf
meine eigene Art fort. Lange Zeit blieben wir uns unbekannt.
Einst besuchte ich in einer freien Stunde eine kranke Freundin. Ich traf mehrere Bekannte dort an und merkte bald, daß
ich sie in einer Unterredung gestört hatte. Ich ließ mir nichts
merken, erblickte aber, zu meiner großen Verwunderung, an der
Wand einige Herrnhutische Bilder in zierlichen Rahmen. Ich
faßte geschwind, was in der Zeit, da ich nicht im Hause gewesen,
vorgegangen sein mochte, und bewillkommte diese neue Erscheinung mit einigen angemessenen Versen. Man denke sich das
Erstaunen meiner Freundinnen! Wir erklärten uns und waren
auf der Stelle einig und vertraut.

Ich suchte nun öfter Gelegenheit, auszugehen (leider fand ich sie nur alle drei bis vier Wochen), ward mit dem adeligen Apostel und nach und nach mit der ganzen heimlichen Gemeinde bekannt. Ich besuchte, wenn ich konnte, ihre Versammlungen, und bei meinem geselligen Sinn war es mir unendlich angenehm, das von andern zu vernehmen und andern mitzuteilen, was ich bisher nur in und mit mir selbst ausgearbeitet hatte.

Ich war nicht so eingenommen, daß ich nicht bemerkt hätte, wie nur wenige den Sinn der zarten Worte und Ausdrücke fühlten, und wie sie dadurch auch nicht mehr, als ehemals durch die kirchlich symbolische Sprache, gefördert waren. Dem ohn= geachtet ging ich mit ihnen fort und ließ mich nicht irre machen. Ich dachte, daß ich nicht zur Untersuchung und Herzensprüfung berufen sei, war ich doch auch durch manche unschuldige Übung zum Besseren vorbereitet worden. Ich nahm meinen Teil hin= weg, drang, wo ich zur Rede kam, auf den Sinn, der bei so zarten Gegenständen eher durch Worte versteckt als angedeutet wird, und ließ übrigens mit stiller Verträglichkeit einen jeden nach seiner Art gewähren.

Auf diese ruhigen Zeiten des heimlichen gesellschaftlichen Genusses folgten bald die Stürme öffentlicher Streitigkeiten und Widerwärtigkeiten, die am Hofe und in der Stadt große Bewegungen erregten und, ich möchte beinahe sagen, manchen Skandal verursachten. Der Zeitpunkt war gekommen, in welchem unser Oberhofprediger, dieser große Widersacher der herrnhuti= schen Gemeinde, zu seiner gesegneten Demütigung entdecken sollte, daß seine besten und sonst anhänglichsten Zuhörer sich sämtlich auf die Seite der Gemeinde neigten. Er war äußerst gekränkt, vergaß im ersten Augenblicke alle Mäßigung und konnte in der Folge sich nicht, selbst wenn er gewollt hätte, zurückziehen. Es gab heftige Debatten, bei denen ich glücklicherweise nicht genannt wurde, da ich nur ein zufälliges Mitglied der so sehr verhaßten Zusammenkünfte war und unser eifriger Führer meinen Vater und meinen Freund in bürgerlichen Angelegenheiten nicht ent=

behren konnte. Ich erhielt meine Neutralität mit stiller Zu friedenheit; denn mich von solchen Empfindungen und Gegen= ständen selbst mit wohlwollenden Menschen zu unterhalten, war mir schon verdrießlich, wenn sie den tiefsten Sinn nicht fassen konnten und nur auf der Oberfläche verweilten. Nun aber gar über das mit Widersachern zu streiten, worüber man sich kaum mit Freunden verstand, schien mir unnütz, ja verderblich. Denn bald konnte ich bemerken, daß liebevolle edle Menschen, die in diesem Falle ihr Herz von Widerwillen und Haß nicht rein halten konnten, gar bald zur Ungerechtigkeit übergingen und, um eine äußere Form zu verteidigen, ihr bestes Innerstes beinah zerstörten.

So sehr auch der würdige Mann in diesem Falle unrecht haben mochte und so sehr man mich auch gegen ihn aufzubringen suchte, konnte ich ihm doch niemals eine herzliche Achtung ver= sagen. Ich kannte ihn genau; ich konnte mich in seine Art, diese Sachen anzusehen, mit Billigkeit versetzen. Ich hatte niemals einen Menschen ohne Schwäche gesehen; nur ist sie auffallender bei vorzüglichen Menschen. Wir wünschen und wollen nun ein für allemal, daß die, die so sehr privilegiert sind, auch gar keinen Tribut, keine Abgaben zahlen sollen. Ich ehrte ihn als einen vorzüglichen Mann und hoffte, den Einfluß meiner stillen Neu= tralität, wo nicht zu einem Frieden, doch zu einem Waffenstill= stande zu nutzen. Ich weiß nicht, was ich bewirkt hätte; Gott faßte die Sache kürzer und nahm ihn zu sich. Bei seiner Bahre weinten alle, die noch kurz vorher um Worte mit ihm gestritten hatten. Seine Rechtschaffenheit, seine Gottesfurcht hatte niemals jemand bezweifelt.

Auch ich mußte um diese Zeit das Puppenwerk aus den Händen legen, das mir durch diese Streitigkeiten gewissermaßen in einem anderen Lichte erschienen war. Der Oheim hatte seine Pläne auf meine Schwester in der Stille durchgeführt. Er stellte ihr einen jungen Mann von Stande und Vermögen als ihren Bräutigam vor und zeigte sich in einer reichlichen Aussteuer, wie man es von ihm erwarten konnte. Mein Vater willigte mit Freuden ein; die Schwester war frei und vorbereitet und veränderte gerne ihren Stand. Die Hochzeit wurde auf des Oheims Schloß ausgerichtet; Familie und Freunde waren ein= geladen, und wir kamen alle mit heiterm Geiste.

Zum erstenmal in meinem Leben erregte mir der Eintritt in ein Haus Bewunderung. Ich hatte wohl oft von des Oheims Geschmack, von seinem italienischen Baumeister, von seinen Samm= lungen und seiner Bibliothek reden hören; ich verglich aber das alles mit dem, was ich schon gesehen hatte, und machte mir ein sehr buntes Bild davon in Gedanken. Wie verwundert war ich daher über den ernsten und harmonischen Eindruck, den ich beim Eintritt in das Haus empfand und der sich in jedem Saal und Zimmer verstärkte! Hatte Pracht und Zierat mich sonst nur zerstreut, so fühlte ich mich hier gesammelt und auf mich selbst zurückgeführt. Auch in allen Anstalten zu Feierlichkeiten und Festen erregten Pracht und Würde ein stilles Gefallen, und es war mir ebenso unbegreiflich, daß ein Mensch das alles hätte erfinden und anordnen können, als daß mehrere sich vereinigen könnten, um in einem so großen Sinne zusammenzuwirken. Und bei dem allen schienen der Wirt und die Seinigen so natürlich; es war keine Spur von Steifheit noch von leerem Zeremoniell zu bemerken.

Die Trauung selbst ward unvermutet auf eine herzliche Art eingeleitet; eine vortreffliche Vokalmusik überraschte uns, und der Geistliche wußte dieser Zeremonie alle Feierlichkeit der Wahrheit zu geben. Ich stand neben Philo, und statt mir Glück zu wün= schen, sagte er mit einem tiefen Seufzer: „Als ich die Schwester sah die Hand hingeben, war mir's, als ob man mich mit sied= heißem Wasser begossen hätte." „Warum?" fragte ich. „Es ist mir allezeit so, wenn ich eine Kopulation ansehe", versetzte er. Ich lachte über ihn und habe nachher oft genug an seine Worte zu denken gehabt.

Die Heiterkeit der Gesellschaft, worunter viel junge Leute

waren, schien noch einmal so glänzend, indem alles, was uns umgab, würdig und ernsthaft war. Aller Hausrat, Tafelzeug, Service und Tischaufsätze stimmten zu dem Ganzen; und wenn mir sonst die Baumeister mit den Konditoren aus einer Schule entsprungen zu sein schienen, so war hier Konditor und Tafel= decker bei dem Architekten in die Schule gegangen.

Da man mehrere Tage zusammenblieb, hatte der geistreiche und verständige Wirt für die Unterhaltung der Gesellschaft auf das mannigfaltigste gesorgt. Ich wiederholte hier nicht die trau= rige Erfahrung, die ich so oft in meinem Leben gehabt hatte, wie übel eine große gemischte Gesellschaft sich befinde, die, sich selbst überlassen, zu den allgemeinsten und schalsten Zeitvertreiben greifen muß, damit ja eher die guten als die schlechten Subjekte Mangel der Unterhaltung fühlen.

Ganz anders hatte es der Oheim veranstaltet. Er hatte zwei bis drei Marschälle, wenn ich sie so nennen darf, bestellt. Der eine hatte für die Freuden der jungen Welt zu sorgen: Tänze, Spazierfahrten, kleine Spiele waren von seiner Erfindung und standen unter seiner Direktion: und da junge Leute gern im Freien leben und die Einflüsse der Luft nicht scheuen, so war ihnen der Garten und der große Gartensaal übergeben, an den zu diesem Endzwecke noch einige Gallerieen und Pavillons an gebaut waren, zwar nur von Brettern und Leinwand, aber in so edlen Verhältnissen, daß man nur an Stein und Marmor dabei erinnert ward. Wie selten ist eine Fete, wobei derjenige, der die Gäste zusammenberuft, auch die Schuldigkeit empfindet, für ihre Bedürfnisse und Bequemlichkeiten auf alle Weise zu sorgen! Jagd= und Spielpartieen, kurze Promenaden, Gelegen= heiten zu vertraulichen einsamen Gesprächen waren für die älteren Personen bereitet, und derjenige, der am frühesten zu Bette ging, war auch gewiß am weitesten von allem Lärm ein= quartiert.

Durch diese gute Ordnung schien der Raum, in dem wir uns befanden, eine kleine Welt zu sein; und doch, wenn man es

bei nahem betrachtete, war das Schloß nicht groß, und man
würde ohne genaue Kenntnis desselben und ohne den Geist des
Wirtes wohl schwerlich so viele Leute darin beherbergt und jeden
nach seiner Art bewirtet haben.

So angenehm uns der Anblick eines wohlgestalteten Menschen
ist, so angenehm ist uns eine ganze Einrichtung, aus der uns
die Gegenwart eines verständigen, vernünftigen Wesens fühlbar
wird. Schon in ein reinliches Haus zu kommen, ist eine Freude,
wenn es auch sonst geschmacklos gebauet und verziert ist; denn
es zeigt uns die Gegenwart wenigstens von einer Seite gebildeter Menschen. Wie doppelt angenehm ist es uns also, wenn
aus einer menschlichen Wohnung uns der Geist einer höheren,
obgleich auch nur sinnlichen Kultur entgegen spricht!

Mit vieler Lebhaftigkeit ward mir dieses auf dem Schlosse
meines Oheims anschaulich. Ich hatte vieles von Kunst gehört
und gelesen: Philo selbst war ein großer Liebhaber von Gemälden
und hatte eine schöne Sammlung; auch ich selbst hatte viel gezeichnet; aber teils war ich zu sehr mit meinen Empfindungen
beschäftigt und trachtete nur, das Eine, was not ist, erst recht
ins reine zu bringen, teils schienen doch alle die Sachen, die ich
gesehen hatte, mich wie die übrigen weltlichen Dinge zu zerstreuen. Nun war ich zum erstenmal durch etwas Äußerliches
auf mich selbst zurückgeführt, und ich lernte den Unterschied
zwischen dem natürlichen vortrefflichen Gesang der Nachtigall
und einem vierstimmigen Hallelujah aus gefühlvollen Menschen-
kehlen zu meiner größten Verwunderung erst kennen.

Ich verbarg meine Freude über diese neue Anschauung
meinem Oheim nicht, der, wenn alles andere in sein Teil gegangen war, sich mit mir besonders zu unterhalten pflegte. Er
sprach mit großer Bescheidenheit von dem, was er besaß und
hervorgebracht hatte, mit großer Sicherheit von dem Sinne, in
dem es gesammelt und aufgestellt worden war, und ich konnte
wohl merken, daß er mit Schonung für mich redete, indem er
nach seiner alten Art das Gute, wovon er Herr und Meister zu

sein glaubte, demjenigen unterzuordnen schien, was nach meiner
Überzeugung das Rechte und Beste war.

„Wenn wir uns", sagte er einmal, „als möglich denken können,
daß der Schöpfer der Welt selbst die Gestalt seiner Kreatur an=
genommen und auf ihre Art und Weise sich eine Zeit lang auf
der Welt befunden habe, so muß uns dieses Geschöpf schon un
endlich vollkommen erscheinen, weil sich der Schöpfer so innig
damit vereinigen konnte. Es muß also in dem Begriff des
Menschen kein Widerspruch mit dem Begriff der Gottheit liegen;
und wenn wir auch oft eine gewisse Unähnlichkeit und Entfernung
von ihr empfinden, so ist es doch um desto mehr unsere Schuldig=
keit, nicht immer, wie der Advokat des bösen Geistes, nur auf
die Blößen und Schwächen unserer Natur zu sehen, sondern eher
alle Vollkommenheiten aufzusuchen, wodurch wir die Ansprüche
unserer Gottähnlichkeit bestätigen können."

Ich lächelte und versetzte: „Beschämen Sie mich nicht zu sehr,
lieber Oheim, durch die Gefälligkeit, in meiner Sprache zu reden!
Das, was Sie mir zu sagen haben, ist für mich von so großer
Wichtigkeit, daß ich es in Ihrer eigensten Sprache zu hören
wünschte, und ich will alsdann, was ich mir davon nicht ganz
zueignen kann, schon zu übersetzen suchen."

„Ich werde", sagte er darauf, „auch auf meine eigenste Weise,
ohne Veränderung des Tons, fortfahren können. Des Menschen
größtes Verdienst bleibt wohl, wenn er die Umstände so viel
als möglich bestimmt und sich so wenig als möglich von ihnen
bestimmen läßt. Das ganze Weltwesen liegt vor uns, wie ein
großer Steinbruch vor dem Baumeister, der nur dann den Namen
verdient, wenn er aus diesen zufälligen Naturmassen ein in
seinem Geiste entsprungenes Urbild mit der größten Ökonomie,
Zweckmäßigkeit und Festigkeit zusammenstellt. Alles außer uns
ist nur Element, ja, ich darf wohl sagen, auch alles an uns;
aber tief in uns liegt diese schöpferische Kraft, die das zu er=
schaffen vermag, was sein soll, und uns nicht ruhen und rasten
läßt, bis wir es außer uns oder an uns, auf eine oder die

4*

andere Weise, dargestellt haben. Sie, liebe Nichte, haben vielleicht das beste Teil erwählt; Sie haben Ihr sittliches Wesen,
Ihre tiefe liebevolle Natur mit sich selbst und mit dem höchsten
Wesen übereinstimmend zu machen gesucht, indes wir anderen
wohl auch nicht zu tadeln sind, wenn wir den sinnlichen Menschen
in seinem Umfange zu kennen und thätig in Einheit zu bringen
suchen.

Durch solche Gespräche wurden wir nach und nach vertrauter,
und ich erlangte von ihm, daß er mit mir ohne Kondeszendenz
(wie mit sich selbst) sprach. „Glauben Sie nicht", sagte der Oheim
zu mir, „daß ich Ihnen schmeichle, wenn ich Ihre Art zu denken
und zu handeln lobe. Ich verehre den Menschen, der deutlich
weiß, was er will, unablässig vorschreitet, die Mittel zu seinem
Zwecke kennt und sie zu ergreifen und zu brauchen weiß; in
wiefern sein Zweck groß oder klein sei, Lob oder Tadel verdiene,
das kommt bei mir erst nachher in Betrachtung. Glauben Sie
mir, meine Liebe, der größte Teil des Unheils und dessen, was
man bös in der Welt nennt, entsteht bloß, weil die Menschen zu
nachlässig sind, ihre Zwecke recht kennen zu lernen und, wenn
sie solche kennen, ernsthaft darauf loszuarbeiten. Sie kommen
mir vor wie Leute, die den Begriff haben, es könne und müsse
ein Turm gebauet werden, und die doch an den Grund nicht
mehr Steine und Arbeit verwenden, als man allenfalls einer
Hütte unterschlüge. Hätten Sie, meine Freundin, deren höchstes
Bedürfnis war, mit ihrer innern sittlichen Natur ins reine zu
kommen, anstatt der großen und kühnen Aufopferungen, sich
zwischen Ihrer Familie, einem Bräutigam, vielleicht einem Gemahl, nur so hin beholfen, Sie würden, in einem ewigen Widerspruch mit Sich selbst, niemals einen zufriedenen Augenblick genossen haben.

„Sie brauchen", versetzte ich hier, „das Wort Aufopferung,
und ich habe manchmal gedacht, wie wir einer höheren Absicht,
gleichsam wie einer Gottheit, das Geringere zum Opfer darbringen,
ob es uns schon am Herzen liegt, wie man ein geliebtes Schaf

für die Gesundheit eines verehrten Vaters gern und willig zum Altar führen würde."

„Was es auch sei", versetzte er, „der Verstand oder die Empfindung, das uns eins für das andere hingeben, eins vor dem anderen wählen heißt, so ist Entschiedenheit und Folge nach meiner Meinung das Verehrungswürdigste am Menschen. Man kann die Ware und das Geld nicht zugleich haben; und der ist eben so übel daran, dem es immer nach der Ware gelüstet, ohne daß er das Herz hat, das Geld hinzugeben, als der, der den Kauf reut, wenn er die Ware in Händen hat. Aber ich bin weit entfernt, die Menschen deshalb zu tadeln; denn sie sind eigentlich nicht schuld, sondern die verwickelte Lage, in der sie sich befinden und in der sie sich nicht zu regieren wissen. So werden Sie zum Beispiel im Durchschnitt weniger üble Wirte auf dem Lande als in den Städten finden, und wieder in kleinen Städten weniger als in großen; und warum? Der Mensch ist zu einer beschränkten Lage geboren; einfache, nahe, bestimmte Zwecke vermag er einzusehen, und er gewöhnt sich, die Mittel zu benutzen, die ihm gleich zur Hand sind; sobald er aber ins Weite kommt, weiß er weder, was er will, noch, was er soll, und es ist ganz einerlei, ob er durch die Menge der Gegenstände zerstreut, oder ob er durch die Höhe und Würde derselben außer sich gesetzt werde. Es ist immer sein Unglück, wenn er veranlaßt wird, nach etwas zu streben, mit dem er sich durch eine regelmäßige Selbstthätigkeit nicht verbinden kann."

„Fürwahr", fuhr er fort, „ohne Ernst ist in der Welt nichts möglich, und unter denen, die wir gebildete Menschen nennen, ist eigentlich wenig Ernst zu finden; sie gehen, ich möchte sagen, gegen Arbeiten und Geschäfte, gegen Künste, ja gegen Vergnügungen nur mit einer Art von Selbstverteidigung zu Werke; man lebt, wie man ein Pack Zeitungen liest, nur damit man sie los werde, und es fällt mir dabei jener junge Engländer in Rom ein, der abends in einer Gesellschaft sehr zufrieden erzählte, daß er doch heute sechs Kirchen und zwei Galerieen beiseite gebracht habe. Man will mancherlei wissen und kennen, und gerade das, was einen am wenigsten angeht, und man bemerkt nicht, daß kein Hunger dadurch gestillt wird, wenn man nach der Luft schnappt. Wenn ich einen Menschen kennen lerne, frage ich sogleich: ‚Womit beschäftigt er sich? und wie? und in welcher Folge?‘ und mit der Beantwortung der Frage ist auch mein Interesse an ihm auf zeitlebens entschieden."

Sie sind, lieber Oheim, versetzte ich darauf, vielleicht zu strenge und entziehen manchem guten Menschen, dem Sie nützlich sein könnten, Ihre hilfreiche Hand.

„Ist es dem zu verdenken", antwortete er, „der so lange vergebens an ihnen und um sie gearbeitet hat? Wie sehr leidet man nicht in der Jugend von Menschen, die uns zu einer angenehmen Lustpartie einzuladen glauben, wenn sie uns in die Gesellschaft der Danaiden oder des Sisyphus zu bringen versprechen! Gott sei Dank, ich habe mich von ihnen losgemacht, und wenn einer unglücklicherweise in meinen Kreis kommt, suche ich ihn auf die höflichste Art hinaus zu komplimentieren; denn gerade von diesen Leuten hört man die bittersten Klagen über den verworrenen Lauf der Welthändel, über die Seichtigkeit der Wissenschaften, über den Leichtsinn der Künstler, über die Leerheit der Dichter, und was alles noch mehr ist. Sie bedenken am wenigsten, daß eben sie selbst und die Menge, die ihnen gleich ist, gerade das Buch nicht lesen würden, das geschrieben wäre, wie sie es fordern, daß ihnen die echte Dichtung fremd sei, und daß selbst ein gutes Kunstwerk nur durch Vorurteil ihren Beifall erlangen könne. Doch lassen Sie uns abbrechen! Es ist hier keine Zeit, zu schelten noch zu klagen."

Er leitete meine Aufmerksamkeit auf die verschiedenen Gemälde, die an der Wand aufgehängt waren; mein Auge hielt sich an die, deren Anblick reizend, oder deren Gegenstand bedeutend war. Er ließ es eine Weile geschehen; dann sagte er: „Gönnen Sie nun auch dem Genius, der diese Werke hervorgebracht hat, einige Aufmerksamkeit. Gute Gemüter sehen so gerne den Finger

Gottes in der Natur; warum sollte man nicht auch der Hand seines Nachahmers einige Betrachtung schenken?" Er machte mich sodann auf unscheinbare Bilder aufmerksam und suchte mir begreiflich zu machen, daß eigentlich die Geschichte der Kunst allein uns den Begriff von dem Wert und der Würde eines Kunstwerks geben könne, daß man erst die beschwerlichen Stufen des Mechanismus und des Handwerks, an denen der fähige Mensch sich jahrhundertelang hinaufarbeitet, kennen müsse, um zu begreifen, wie es möglich sei, daß das Genie auf dem Gipfel, bei dessen bloßem Anblick uns schwindelt, sich frei und fröhlich bewege.

Er hatte in diesem Sinne eine schöne Reihe zusammengebracht, und ich konnte mich nicht enthalten, als er mir sie auslegte, die moralische Bildung hier wie im Gleichnisse vor mir zu sehen. Als ich ihm meine Gedanken äußerte, versetzte er: „Sie haben vollkommen recht, und wir sehen daraus, daß man nicht wohl thut, der sittlichen Bildung einsam, in sich selbst verschlossen, nachzuhängen; vielmehr wird man finden, daß derjenige, dessen Geist nach einer moralischen Kultur strebt, alle Ursache hat, seine feinere Sinnlichkeit zugleich mit auszubilden, damit er nicht in Gefahr komme, von seiner moralischen Höhe herabzugleiten, in dem er sich den Lockungen einer regellosen Phantasie übergiebt und in den Fall kommt, seine edlere Natur durch Vergnügen an geschmacklosen Tändeleien, wo nicht an etwas Schlimmerm herabzuwürdigen."

Ich hatte ihn nicht in Verdacht, daß er auf mich ziele; aber ich fühlte mich getroffen, wenn ich zurückdachte, daß unter den Liedern, die mich erbaut hatten, manches abgeschmackte mochte gewesen sein und daß die Bildchen, die sich an meine geistlichen Ideen anschlossen, wohl schwerlich vor den Augen des Oheims würden Gnade gefunden haben.

Philo hatte sich indessen öfters in der Bibliothek aufgehalten und führte mich nunmehr auch in selbiger ein. Wir bewunderten die Auswahl und dabei die Menge der Bücher. Sie waren in jedem Sinne gesammelt; denn es waren beinahe auch nur solche darin zu finden, die uns zur deutlichen Erkenntnis führen oder uns zur rechten Ordnung anweisen; die uns entweder rechte Materialien geben, oder uns von der Einheit unseres Geistes überzeugen. Ich hatte in meinem Leben unsäglich gelesen, und in gewissen Fächern war mir fast kein Buch unbekannt; um desto angenehmer war mir's hier, von der Übersicht des Ganzen zu sprechen und Lücken zu bemerken, wo ich sonst nur eine beschränkte Verwirrung oder eine unendliche Ausdehnung gesehen hatte.

Zugleich machten wir die Bekanntschaft eines sehr interessanten stillen Mannes. Er war Arzt und Naturforscher und schien mehr zu den Penaten als zu den Bewohnern des Hauses zu gehören. Er zeigte uns das Naturalienkabinett, das, wie die Bibliothek, in verschlossenen Glasschränken zugleich die Wände der Zimmer verzierte und den Raum veredelte, ohne ihn zu verengern. Hier erinnerte ich mich mit Freuden meiner Jugend und zeigte meinem Vater mehrere Gegenstände, die er ehemals auf das Krankenbette seines kaum in die Welt blickenden Kindes gebracht hatte. Dabei verhehlte der Arzt so wenig als bei folgenden Unterredungen, daß er sich mir in Absicht auf religiöse Gesinnungen nähere, lobte dabei den Oheim außerordentlich wegen seiner Toleranz und Schätzung von allem, was den Wert und die Einheit der menschlichen Natur anzeige und befördere; nur verlange er frei- lich von allen anderen Menschen ein Gleiches und pflege nichts so sehr als individuellen Dünkel und ausschließende Beschränkt- heit zu verdammen oder zu fliehen.

Seit der Trauung meiner Schwester sah dem Oheim die Freude aus den Augen, und er sprach verschiedene Male mit mir über das, was er für sie und ihre Kinder zu thun denke. Er hatte schöne Güter, die er selbst bewirtschaftete, und die er in dem besten Zustande seinen Neffen zu übergeben hoffte. Wegen des kleinen Gutes, auf dem wir uns befanden, schien er besondere Gedanken zu hegen. „Ich werde es", sagte er, „nur einer Person überlassen, die zu kennen, zu schätzen und zu genießen weiß, was

es enthält, und die einsieht, wie sehr ein Reicher und Vor-
nehmer, besonders in Deutschland, Ursache habe, etwas Muster-
mäßiges aufzustellen."

Schon war der größte Teil der Gäste nach und nach ver-
flogen; wir bereiteten uns zum Abschied und glaubten die letzte
Scene der Feierlichkeit erlebt zu haben, als wir aufs neue durch
seine Aufmerksamkeit, uns ein würdiges Vergnügen zu machen,
überrascht wurden. Wir hatten ihm das Entzücken nicht verbergen können, das wir fühlten, als bei meiner Schwester Trauung
ein Chor Menschenstimmen sich ohne alle Begleitung irgend
eines Instrumentes hören ließ. Wir legten es ihm nahe genug,
uns das Vergnügen noch einmal zu verschaffen; er schien nicht
darauf zu merken. Wie überrascht waren wir daher, als er
eines Abends zu uns sagte: „Die Tanzmusik hat sich entfernt;
die jungen, flüchtigen Freunde haben uns verlassen: das Ehepaar
selbst sieht schon ernsthafter aus, als vor einigen Tagen, und. in
einer solchen Epoche voneinander zu scheiden, da wir uns vielleicht nie, wenigstens anders wiedersehen, regt uns zu einer
feierlichen Stimmung, die ich nicht edler nähren kann, als durch
eine Musik, deren Wiederholung Sie schon früher zu wünschen
schienen."

Er ließ durch das indes verstärkte und im stillen noch mehr
geübte Chor uns vier- und achtstimmige Gesänge vortragen, die
uns, ich darf wohl sagen, wirklich einen Vorschmack der Seligkeit
gaben. Ich hatte bisher nur den frommen Gesang gekannt, in
welchem gute Seelen oft mit heiserer Kehle, wie die Waldvöglein,
Gott zu loben glauben, weil sie sich selbst eine angenehme Empfindung machen; dann die eitle Musik der Konzerte, in denen
man allenfalls zur Bewunderung eines Talents, selten aber auch
nur zu einem vorübergehenden Vergnügen hingerissen wird. Nun
vernahm ich eine Musik, aus dem tiefsten Sinne der trefflichsten
menschlichen Naturen entsprungen, die durch bestimmte und geübte Organe in harmonischer Einheit wieder zum tiefsten besten
Sinne des Menschen sprach und ihn wirklich in diesem Augen-

blicke seine Gottähnlichkeit lebhaft empfinden ließ. Alles waren lateinische geistliche Gesänge, die sich wie Juwelen in dem golgenen Ringe einer gesitteten weltlichen Gesellschaft ausnahmen und mich, ohne Anforderung einer sogenannten Erbauung, auf das geistigste erhoben und glücklich machten.

Bei unserer Abreise wurden wir alle auf das edelste beschenkt. Mir überreichte er das Ordenskreuz meines Stifts, kunstmäßiger und schöner gearbeitet und emailliert, als man es sonst zu sehen gewohnt war. Es hing an einem großen Brillanten, wodurch es zugleich an das Band befestigt wurde, und den er als den edelsten Stein einer Naturaliensammlung anzusehen bat.

Meine Schwester zog nun mit ihrem Gemahl auf seine Güter; wir anderen kehrten alle nach unseren Wohnungen zurück und schienen uns, was unsere äußeren Umstände anbetraf, in ein ganz gemeines Leben zurückgekehrt zu sein. Wir waren wie aus einem Feenschloß auf die platte Erde gesetzt und mußten uns wieder nach unserer Weise benehmen und behelfen.

Die sonderbaren Erfahrungen, die ich in jenem neuen Kreise gemacht hatte, ließen einen schönen Eindruck bei mir zurück: doch blieb er nicht lange in seiner ganzen Lebhaftigkeit, obgleich der Oheim ihn zu unterhalten und zu erneuern suchte, indem er mir von Zeit zu Zeit von seinen besten und gefälligsten Kunstwerken zusandte und, wenn ich sie lange genug genossen hatte, wieder mit anderen vertauschte.

Ich war zu sehr gewohnt, mich mit mir selbst zu beschäftigen, die Angelegenheiten meines Herzens und meines Gemütes in Ordnung zu bringen und mich davon mit ähnlich gesinnten Personen zu unterhalten, als daß ich mit Aufmerksamkeit ein Kunstwerk hätte betrachten sollen, ohne bald auf mich selbst zurückzukehren. Ich war gewohnt, ein Gemälde und einen Kupferstich nur anzusehen wie die Buchstaben eines Buches. Ein schöner Druck gefällt wohl; aber wer wird ein Buch des Druckes wegen in die Hand nehmen? So sollte mir auch eine bildliche Darstellung etwas sagen, sie sollte mich belehren, rühren, bessern;

und der Oheim mochte in seinen Briefen, mit denen er seine Kunstwerke erläuterte, reden, was er wollte, so blieb es mit mir immer beim alten.

Doch mehr als meine eigene Natur zogen mich äußere Begebenheiten, die Veränderungen in meiner Familie von solchen Betrachtungen, ja, eine Weile von mir selbst ab; ich mußte dulden und wirken, mehr als meine schwachen Kräfte zu ertragen schienen.

Meine ledige Schwester war bisher mein rechter Arm gewesen; gesund, stark und unbeschreiblich gütig, hatte sie die Besorgung der Haushaltung über sich genommen, wie mich die persönliche Pflege des alten Vaters beschäftigte. Es überfällt sie ein Katarrh, woraus eine Brustkrankheit wird, und in drei Wochen liegt sie auf der Bahre. Ihr Tod schlug mir Wunden, deren Narben ich jetzt noch nicht gerne ansehe.

Ich lag krank zu Bette, ehe sie noch beerdigt war; der alte Schaden auf meiner Brust schien aufzuwachen; ich hustete heftig und war so heiser, daß ich keinen lauten Ton hervorbringen konnte.

Die verheiratete Schwester kam vor Schrecken und Betrübnis zu früh in die Wochen. Mein alter Vater fürchtete, seine Kinder und die Hoffnung seiner Nachkommenschaft auf einmal zu verlieren. Seine gerechten Thränen vermehrten meinen Jammer; ich flehte zu Gott um Herstellung einer leidlichen Gesundheit und bat ihn nur, mein Leben bis nach dem Tode des Vaters zu fristen. Ich genas und war nach meiner Art wohl, konnte wieder meine Pflichten, obgleich nur auf kümmerliche Weise, erfüllen.

Meine Schwester ward wieder guter Hoffnung. Mancherlei Sorgen, die in solchen Fällen der Mutter anvertraut werden, wurden mir mitgeteilt; sie lebte nicht ganz glücklich mit ihrem Manne, das sollte dem Vater verborgen bleiben. Ich mußte Schiedsrichter sein und konnte es um so eher, da mein Schwager Zutrauen zu mir hatte und beide wirklich gute Menschen waren, nur daß beide, anstatt einander nachzusehen, miteinander rechteten und aus Begierde, völlig miteinander überein zu leben, niemals einig werden konnten. Nun lernte ich auch die weltlichen Dinge mit Ernst angreifen und das ausüben, was ich sonst nur ge sungen hatte.

Meine Schwester gebar einen Sohn; die Unpäßlichkeit meines Vaters verhinderte ihn nicht, zu ihr zu reisen. Beim Anblick des Kindes war er unglaublich heiter und froh, und bei der Taufe erschien er mir gegen seine Art wie begeistert, ja, ich möchte sagen als ein Genius mit zwei Gesichtern; mit dem einen blickte er freudig vorwärts in jene Regionen, in die er bald einzugehen hoffte, mit dem anderen auf das neue, hoffnungsvolle irdische Leben, das in dem Knaben entsprungen war, der von ihm ab= stammte. Er ward nicht müde, auf dem Rückwege mich von dem Kinde zu unterhalten, von seiner Gestalt, seiner Gesundheit und dem Wunsche, daß die Anlagen dieses neuen Weltbürgers glück= lich ausgebildet werden möchten. Seine Betrachtungen hierüber dauerten fort, als wir zuhause anlangten, und erst nach einigen Tagen bemerkte man eine Art Fieber, das sich nach Tisch ohne Frost durch eine etwas ermattende Hitze äußerte. Er legte sich jedoch nicht nieder, fuhr des Morgens aus und versah treulich seine Amtsgeschäfte, bis ihn endlich anhaltende, ernsthafte Sym= ptome davon abhielten.

Nie werde ich die Ruhe des Geistes, die Klarheit und Deut= lichkeit vergessen, womit er die Angelegenheiten seines Hauses, die Besorgung seines Begräbnisses, als wie das Geschäft eines anderen, mit der größten Ordnung vornahm. Mit einer Heiter= keit, die ihm sonst nicht eigen war und die bis zu einer leb= haften Freude stieg, sagte er zu mir: „Wo ist die Todesfurcht hingekommen, die ich sonst noch wohl empfand? Sollt' ich zu sterben scheuen? Ich habe einen gnädigen Gott, das Grab erweckt mir kein Grauen, ich habe ein ewiges Leben."

Mir die Umstände seines Todes zurückzurufen, der bald dar= auf erfolgte, ist in meiner Einsamkeit eine meiner angenehmsten

Unterhaltungen, und die sichtbaren Wirkungen einer höheren Kraft dabei wird mir niemand wegräsonnieren.

Der Tod meines lieben Vaters veränderte meine bisherige Lebensart. Aus dem strengsten Gehorsam, aus der größten Ein= schränkung kam ich in die größte Freiheit, und ich genoß ihrer wie eine Speise, die man lange entbehrt hat. Sonst war ich selten zwei Stunden außer dem Hause; nun verlebte ich kaum einen Tag in meinem Zimmer. Meine Freunde, bei denen ich sonst nur abgerissene Besuche machen konnte, wollten sich meines anhaltenden Umgangs, so wie ich mich des ihrigen, erfreuen; öfter wurde ich zu Tische geladen, Spazierfahrten und kleine Lustreisen kamen hinzu, und ich blieb nirgends zurück. Als aber der Zirkel durchlaufen war, sah ich, daß das unschätzbare Glück der Freiheit nicht darin besteht, daß man alles thut, was man thun mag und wozu uns die Umstände einladen, sondern daß man das ohne Hindernis und Rückhalt auf dem geraden Wege thun kann, was man für recht und schicklich hält; und ich war alt genug, in diesem Falle ohne Lehrgeld zu der schönen Über= zeugung zu gelangen.

Was ich mir nicht versagen konnte, war, sobald als nur möglich, den Umgang mit den Gliedern der herrnhutischen Ge= meine fortzusetzen und fester zu knüpfen, und ich eilte, eine ihrer nächsten Einrichtungen zu besuchen; aber auch da fand ich keines= weges, was ich mir vorgestellt hatte. Ich war ehrlich genug, meine Meinung merken zu lassen, und man suchte mir hinwieder beizubringen, diese Verfassung sei gar nichts gegen eine ordent= lich eingerichtete Gemeine. Ich konnte mir das gefallen lassen; doch hätte nach meiner Überzeugung der wahre Geist aus einer kleinen so gut als aus einer großen Anstalt hervorblicken sollen.

Einer ihrer Bischöfe, der gegenwärtig war, ein unmittelbarer Schüler des Grafen, beschäftigte sich viel mit mir; er sprach voll= kommen englisch, und weil ich es ein wenig verstand, meinte er, es sei ein Wink, daß wir zusammengehörten; ich meinte es aber ganz und gar nicht: sein Umgang konnte mir nicht im geringsten gefallen. Er war ein Messerschmied, ein geborener Mähre; seine Art zu denken konnte das Handwerksmäßige nicht verleugnen. Besser verstand ich mich mit dem Herrn von L*, der Major in französischen Diensten gewesen war; aber zu der Unterthänigkeit, die er gegen seinen Vorgesetzten bezeigte, fühlte ich mich niemals fähig; ja, es war mir, als wenn man mir eine Ohrfeige gäbe, wenn ich die Majorin und andere mehr oder weniger angesehene Frauen dem Bischof die Hand küssen sah. Indessen wurde doch eine Reise nach Holland verabredet, die aber, und gewiß zu meinem Besten, niemals zustande kam.

Meine Schwester war mit einer Tochter niedergekommen, und nun war die Reihe an uns Frauen, zufrieden zu sein und zu denken, wie sie dereinst uns ähnlich erzogen werden sollte. Mein Schwager war dagegen sehr unzufrieden, als in dem Jahre darauf abermals eine Tochter erfolgte; er wünschte bei seinen großen Gütern Knaben um sich zu sehen, die ihm einst in der Verwaltung beistehen könnten.

Ich hielt mich bei meiner schwachen Gesundheit still und bei einer ruhigen Lebensart ziemlich im Gleichgewicht; ich fürchtete den Tod nicht, ja, ich wünschte zu sterben; aber ich fühlte in der Stille, daß mir Gott Zeit gebe, meine Seele zu untersuchen und ihm immer näher zu kommen. In den vielen schlaflosen Nächten habe ich besonders etwas empfunden, das ich eben nicht deutlich beschreiben kann. Es war, als wenn meine Seele ohne Gesell= schaft des Körpers dächte; ich sah den Körper selbst als ein ihr fremdes Wesen an, wie man etwa ein Kleid ansieht. Sie stellte sich mit einer außerordentlichen Lebhaftigkeit die vergangenen Zeiten und Begebenheiten vor und fühlte daraus, was folgen werde. Alle diese Zeiten sind dahin; was folgt, wird auch dahin= gehen; der Körper wird wie ein Kleid zerreißen, aber Ich), das wohlbekannte Ich, Ich bin.

Diesem großen, erhabenen und tröstlichen Gefühle so wenig als nur möglich nachzuhängen, lehrte mich ein edler Freund, der sich mir immer näher verband. Es war der Arzt, den ich in dem Hause meines Oheims hatte kennen lernen, und der sich von der Verfassung meines Körpers und meines Geistes sehr gut unterrichtet hatte: er zeigte mir, wie sehr diese Empfindungen, wenn wir sie unabhängig von äußern Gegenständen in uns nähren, uns gewissermaßen aushöhlen und den Grund unseres Daseins untergraben. „Thätig zu sein", sagte er, „ist des Menschen erste Bestimmung, und alle Zwischenzeiten, in denen er auszuruhen genötigt ist, sollte er anwenden, eine deutliche Erkenntnis der äußerlichen Dinge zu erlangen, die ihm in der Folge abermals seine Thätigkeit erleichtert."

Da der Freund meine Gewohnheit kannte, meinen eigenen Körper als einen äußern Gegenstand anzusehen, und da er wußte, daß ich meine Konstitution, mein Übel und die medizinischen Hilfsmittel ziemlich kannte, und ich wirklich durch anhaltende eigene und fremde Leiden ein halber Arzt geworden war, so leitete er meine Aufmerksamkeit von der Kenntnis des menschlichen Körpers und der Spezereien auf die übrigen nachbarlichen Gegenstände der Schöpfung und führte mich wie im Paradiese umher, und nur zuletzt, wenn ich mein Gleichnis fortsetzen darf, ließ er mich den in der Abendkühle im Garten wandelnden Schöpfer aus der Entfernung ahnen. Wie gerne sah ich nunmehr Gott in der Natur, da ich ihn mit solcher Gewißheit im Herzen trug! Wie interessant war mir das Werk seiner Hände, und wie dankbar war ich, daß er mich mit dem Atem seines Mundes hatte beleben wollen!

Wir hofften aufs neue mit meiner Schwester auf einen Knaben, dem mein Schwager so sehnlich entgegensah und dessen Geburt er leider nicht erlebte. Der wackere Mann starb an den Folgen eines unglücklichen Sturzes vom Pferde, und meine Schwester folgte ihm, nachdem sie der Welt einen schönen Knaben gegeben hatte. Ihre vier hinterlassenen Kinder konnte ich nur mit Wehmut ansehen. So manche gesunde Person war vor mir, der Kranken, hingegangen; sollte ich nicht vielleicht von diesen hoffnungsvollen Blüten manche abfallen sehen? Ich kannte die Welt genug, um zu wissen, unter wie vielen Gefahren ein Kind, besonders in dem höhern Stande, heranfwächst, und es schien mir, als wenn sie seit der Zeit meiner Jugend sich für die gegenwärtige Welt noch vermehrt hätten. Ich fühlte, daß ich bei meiner Schwäche wenig oder nichts für die Kinder zu thun imstande sei; um desto erwünschter war mir des Oheims Entschluß, der natürlich aus seiner Denkungsart entsprang, seine ganze Aufmerksamkeit auf die Erziehung dieser liebenswürdigen Geschöpfe zu verwenden. Und gewiß, sie verdienten es in jedem Sinne; sie waren wohlgebildet und versprachen, bei ihrer großen Verschiedenheit, sämtlich gutartige und verständige Menschen zu werden.

Seitdem mein guter Arzt mich aufmerksam gemacht hatte, betrachtete ich gern die Familienähnlichkeit in Kindern und Verwandten. Mein Vater hatte sorgfältig die Bilder seiner Vorfahren aufbewahrt, sich selbst und seine Kinder von leidlichen Meistern malen lassen; auch war meine Mutter und ihre Verwandten nicht vergessen worden. Wir kannten die Charaktere der ganzen Familie genau, und da wir sie oft untereinander verglichen hatten, so suchten wir nun bei den Kindern die Ähnlichkeiten des Äußeren und Inneren wieder auf. Der älteste Sohn meiner Schwester schien seinem Großvater väterlicher Seite zu gleichen, von dem ein jugendliches Bild, sehr gut gemalt, in der Sammlung unseres Oheims aufgestellt war; auch liebte er, wie jener, der sich immer als ein braver Offizier gezeigt hatte, nichts so sehr als das Gewehr, womit er sich immer, so oft er mich besuchte, beschäftigte. Denn mein Vater hatte einen sehr schönen Gewehrschrank hinterlassen, und der Kleine hatte nicht eher Ruhe, bis ich ihm ein Paar Pistolen und eine Jagdflinte schenkte, und bis er herausgebracht hatte, wie ein deutsches Schloß aufzuziehen sei. Übrigens war er in seinen Handlungen und seinem ganzen Wesen nichts weniger als rauh, sondern vielmehr sanft und verständig.

Die älteste Tochter hatte meine ganze Neigung gefesselt, und es mochte wohl daher kommen, weil sie mir ähnlich sah, und weil sie sich von allen vieren am meisten zu mir hielt. Aber ich kann wohl sagen, je genauer ich sie beobachtete, da sie heranwuchs, desto mehr beschämte sie mich, und ich konnte das Kind nicht ohne Bewunderung, ja, ich darf beinahe sagen, nicht ohne Verehrung ansehen. Man sah nicht leicht eine edlere Gestalt, ein ruhiger Gemüt und eine immer gleiche, auf keinen Gegenstand eingeschränkte Thätigkeit. Sie war keinen Augenblick ihres Lebens unbeschäftigt, und jedes Geschäft ward unter ihren Händen zur würdigen Handlung. Alles schien ihr gleich, wenn sie nur das verrichten konnte, was in der Zeit und am Platz war, und eben so konnte sie ruhig, ohne Ungeduld, bleiben, wenn sie nichts zu thun fand. Diese Thätigkeit ohne Bedürfnis einer Beschäftigung habe ich in meinem Leben nicht wieder gesehen. Unnachahmlich war von Jugend auf ihr Betragen gegen Notleidende und Hilfsbedürftige. Ich gestehe gern, daß ich niemals das Talent hatte, mir aus der Wohlthätigkeit ein Geschäft zu machen; ich war nicht karg gegen Arme, ja, ich gab oft in meinem Verhältnisse zu viel dahin; aber gewissermaßen kaufte ich mich nur los, und es mußte mir jemand angeboren sein, wenn er mir meine Sorgfalt abgewinnen wollte. Gerade das Gegenteil lobe ich an meiner Nichte. Ich habe sie niemals einem Armen Geld geben sehen, und was sie von mir zu diesem Endzweck erhielt, verwandelte sie immer erst in das nächste Bedürfnis. Niemals erschien sie mir liebenswürdiger, als wenn sie meine Kleider und Wäschschränke plünderte; immer fand sie etwas, das ich nicht trug und nicht brauchte, und diese alten Sachen zusammenzuschneiden und sie irgendeinem zerlumpten Kinde anzupassen, war ihre größte Glückseligkeit.

Die Gesinnungen ihrer Schwester zeigten sich schon anders; sie hatte vieles von der Mutter, versprach schon frühe, sehr zierlich und reizend zu werden, und scheint ihr Versprechen halten zu wollen; sie ist sehr mit ihrem Äußeren beschäftigt und wußte

sich von früher Zeit an auf eine in die Augen fallende Weise
zu putzen und zu tragen. Ich erinnere mich noch immer, mit
welchem Entzücken sie sich als ein kleines Kind im Spiegel be=
sah, als ich ihr die schönen Perlen, die mir meine Mutter hinter=
lassen hatte und die sie von ungefähr bei mir fand, umbinden
mußte.

Wenn ich diese verschiedenen Neigungen betrachtete, war es
mir angenehm, zu denken, wie meine Besitzungen nach meinem
Tode unter sie zerfallen und durch sie wieder lebendig werden
würden. Ich sah die Jagdflinten meines Vaters schon wieder
auf dem Rücken des Neffen im Felde herumwandeln und aus
seiner Jagdtasche schon wieder Hühner herausfallen; ich sah meine
sämtliche Garderobe bei der Osterkonfirmation, lauter kleinen
Mädchen angepaßt, aus der Kirche herauskommen und mit meinen
besten Stoffen ein sittsames Bürgermädchen an ihrem Brauttage
geschmückt; denn zu Ausstattung solcher Kinder und ehrbarer
armer Mädchen hatte Natalie eine besondere Neigung, ob sie
gleich, wie ich hier bemerken muß, selbst keine Art von Liebe
und, wenn ich so sagen darf, kein Bedürfnis einer Anhänglichkeit
an ein sichtbares oder unsichtbares Wesen, wie es sich bei mir
in meiner Jugend so lebhaft gezeigt hatte, auf irgend eine Weise
merken ließ. Wenn ich nun dachte, daß die Jüngste an eben
demselben Tage meine Perlen und Juwelen nach Hofe tragen
werde, so sah ich mit Ruhe meine Besitzungen wie meinen Körper
den Elementen wiedergegeben.

Die Kinder wuchsen heran und sind zu meiner Zufriedenheit
gesunde, schöne und wackere Geschöpfe. Ich ertrage es mit Ge=
duld, daß der Oheim sie von mir entfernt hält, und sehe sie,
wenn sie in der Nähe oder auch wohl gar in der Stadt sind,
selten. Ein wunderbarer Mann, den man für einen französischen
Geistlichen hält, ohne daß man recht von seiner Herkunft unter=
richtet ist, hat die Aufsicht über die sämtlichen Kinder, welche an
verschiedenen Orten erzogen werden und bald hier, bald da in
der Kost sind.

Ich konnte anfangs keinen Plan in dieser Erziehung sehen, bis mir mein Arzt zuletzt eröffnete, der Oheim habe sich durch den Abbé überzeugen lassen, daß, wenn man an der Erziehung des Menschen etwas thun wolle, müsse man sehen, wohin seine Neigungen und Wünsche gehen. Sodann müsse man ihn in die Lage versetzen, jene sobald als möglich zu befriedigen, diese sobald als möglich zu erreichen, damit der Mensch, wenn er sich geirrt habe, früh genug seinen Irrtum gewahr werde und, wenn er das getroffen hat, was für ihn paßt, desto eifriger daran halte und sich desto emsiger fortbilde. Ich wünsche, daß dieser sonderbare Versuch gelingen möge; bei so guten Naturen ist es vielleicht möglich.

Aber das, was ich nicht an diesen Erziehern billigen kann, ist, daß sie alles von den Kindern zu entfernen suchen, was sie zu dem Umgange mit sich selbst und mit dem unsichtbaren, einzigen treuen Freunde führen könne. Ja, es verdrießt mich oft von dem Oheim, daß er mich deshalb für die Kinder für gefährlich hält. Im Praktischen ist doch kein Mensch tolerant. Denn wer auch versichert, daß er jedem seine Art und Wesen gerne lassen wolle, sucht doch immer diejenigen von der Thätigkeit auszuschließen, die nicht so denken, wie er.

Diese Art, die Kinder von mir zu entfernen, betrübt mich desto mehr, je mehr ich von der Realität meines Glaubens überzeugt sein kann. Warum sollte er nicht einen göttlichen Ursprung, nicht einen wirklichen Gegenstand haben, da er sich im Praktischen so wirksam erweiset? Werden wir durchs Praktische doch unseres eigenen Daseins selbst erst recht gewiß: warum sollten wir uns nicht auch auf eben dem Wege von jenem Wesen überzeugen können, das uns zu allem Guten die Hand reicht?

Daß ich immer vorwärts, nie rückwärts gehe, daß meine Handlungen immer mehr der Idee ähnlich werden, die ich mir von der Vollkommenheit gemacht habe, daß ich täglich mehr Leichtigkeit fühle, das zu thun, was ich für recht halte, selbst bei der Schwäche meines Körpers, der mir so manchen Dienst ver sagt läßt sich das alles aus der menschlichen Natur, deren Verderben ich so tief eingesehen habe, erklären? Für mich nun einmal nicht.

Ich erinnere mich kaum eines Gebotes; nichts erscheint mir in Gestalt eines Gesetzes; es ist ein Trieb, der mich leitet und mich immer recht führet; ich folge mit Freiheit meinen Gesinnungen und weiß so wenig von Einschränkung als von Reue. Gott sei Dank, daß ich erkenne, wem ich dieses Glück schuldig bin, und daß ich an diese Vorzüge nur mit Demut denken darf. Denn niemals werde ich in Gefahr kommen, auf mein eigenes Können und Vermögen stolz zu werden, da ich so deutlich erkannt habe, welch Ungeheuer in jedem menschlichen Busen, wenn eine höhere Kraft uns nicht bewahrt, sich erzeugen und nähren könne.

I.

Die Bekenntnisse einer schönen Seele eine Selbstbiographie.

Es ist bekannt, daß die bedeutendsten Frauengestalten, welche in Goethes Dichtungen uns entgegentreten, Züge von solchen Personen an sich tragen, die dem Dichter selbst im Leben begegnet sind. Manche Beobachtung dieser Art ist über allen Zweifel erhaben, andere haben wenigstens viel Wahrscheinlichkeit für sich, wenn auch Übertreibungen und Fehlschlüsse in dieser Hinsicht nicht ausgeblieben sind. Eine Frauengestalt aber hat Goethe unmittelbar, so wie sie leibte und lebte, in eines seiner dichterischen Werke aufgenommen, nur den Namen verschweigend und die äußeren Verhältnisse ein wenig verhüllend — Susanna Katharina v. Klettenberg, die treue Freundin seiner Jugendjahre. Es ist dies zugleich diejenige Frauengestalt aus dem Bekanntenkreise des Dichters, welche vom christlichen Standpunkte aus das höchste Interesse erweckt, weil sie auf Goethes religiöse Entwickelung eine Zeit lang einen segensreichen Einfluß ausgeübt hat. Wenn aber überhaupt die Werdezeit jedes genialen Menschen besonders anziehend ist, so erklärt sich daraus, daß diese „schöne Seele", deren Bekenntnisse Goethe veröffentlicht hat, weit über den Kreis der Kirchlichgesinnten hinaus Bewunderung und Verehrung gefunden hat. Ja es läßt sich nicht leugnen, daß man vielfach die Selbstbiographie des Fräulein v. Klettenberg lediglich litterarhistorisch und ästhetisch gewertet hat und die Bedeutung derselben für das religiöse Leben zu sehr in den Hintergrund treten ließ. Dazu trug besonders der Umstand bei, daß die „Bekennt= nisse" in einer sehr fremdartigen Umgebung erscheinen. Man mag über Wilhelm Meister urteilen, wie man will — wir gehören durchaus nicht zu denen, welche die eigenartige Bedeutung dieses Werkes verkennen, wenn es auch Thatsache ist, daß die gegen= wärtige Generation ihm weniger Geschmack abgewinnt als frühere Geschlechter — aber die Tendenz des Romans ist doch so ver- schieden von dem Geiste, der die Aufzeichnungen der frommen Susanna durchweht, daß diese Einschaltung für viele etwas Be= fremdendes, für manche sogar etwas Verletzendes hat. Dieser Eindruck hat sofort beim ersten Erscheinen von Wilhelm Meister einen sehr kräftigen Ausdruck gefunden, und zwar von den ver= schiedensten Seiten her. Fromme Gemüter nahmen Anstoß an der Umgebung, in welcher der Dichter seiner Freundin dieses Denkmal, „dauernder als Erz", errichtet hat; Weltkinder fanden ihrerseits keinen Geschmack an dieser religiös gehaltenen Episode innerhalb eines Werkes, das sonst in jeder Hinsicht freiesten Tendenzen huldigt. Einige Zeugnisse mögen zur Bestätigung dienen ¹).

Graf Friedrich Leopold von Stolberg verbrannte den Roman feierlich in Gegenwart seiner Freunde, wie er einst als Jüngling mit seinen Freunden vom Hainbund am Bilde Wielands ein Autodafe im heiligen Zorne vollzogen hatte; das sechste Buch aber hatte er zuvor herausgenommen, um es besonders binden zu lassen. Ganz ebenso ging Goethes eigener Schwager, Johann Georg Schlosser, vor, indem auch er das sechste Buch heraus= schnitt und den Rest in den Ofen warf. Noch nach Jahren äußerte er seinen Verdruß in drastischer Weise darüber, daß Goethe dieser reinen Seele einen solchen Platz angewiesen habe. Von anderer Seite her ist eine Äußerung Wielands bemerkens= wert, daß die Bekenntnisse von einer verstorbenen Dame her= rührten und von Goethe nur nach seiner Art zugeschnitten seien,

wie man denn denselben das Frembartige an jedem Worte an=
sehe ²). Auch hier äußert sich also ein gewisses Mißbehagen an
dieser Einschaltung, wenn auch von entgegengesetztem Stand=
punkte aus.

Und dennoch sind wir dem Dichter Dank dafür schuldig, daß
er jene Aufzeichnungen des Fräulein v. Klettenberg überhaupt
vor dem Untergange bewahrt hat. Sie sind durch die Aufnahme
in einen Goetheschen Roman der ganzen gebildeten Welt bekannt
geworden; und viele, die eine fromm gehaltene Biographie sofort
mitleidig lächelnd zur Seite gelegt hätten, sind nur durch den
Umstand zur Lektüre getrieben worden, daß die Bekenntnisse der
schönen Seele nun einmal einen Bestandteil jener Dichtung bil=
deten, an dem sie nicht vorübergehen konnten, ohne den Faden
zu verlieren. Wir zweifeln nicht, daß manche Seele auch auf
diesem Wege eine nicht von ihr gesuchte und doch heilsame An=
regung empfangen hat. Bedenkt man, wie sehr gerade in der
Zeit, in welcher Wilhelm Meisters Lehrjahre erschienen, die
Religion in den Kreisen der Gebildeten verachtet wurde — wir
erinnern nur an die berühmte Einleitung zu Schleiermachers
Reden über die Religion —, so wird man kaum in Abrede
stellen können, daß die Einschaltung des Lebensbildes der schönen
Seele in jenes Dichterwerk mit dazu beigetragen hat, in manchen
Kreisen wieder das Verständnis für lebendige christliche Frömmig=
keit zu fördern. Es mag auch darauf hingewiesen werden, daß
Goethe im Wilhelm Meister noch mehr bieten wollte, als er
nachher thatsächlich ausgeführt hat. Er beabsichtigte, die deutsche
Kultur nach allen Richtungen darzustellen und wollte z. B. auch
das Eigenartige der jüdischen Frömmigkeit vorführen ³). Wären
diese umfassenden Pläne zur Ausführung gekommen, so würde
die Gestalt der schönen Seele vielleicht weniger auffallend er=
scheinen. Trotz dieser Zugeständnisse soll es nicht unausge=
sprochen bleiben, daß wohl für jeden, der Susanna v. Klettenberg
liebgewonnen hat, es erwünschter gewesen wäre, wenn ihre Be=
kenntnisse anderswo, etwa an einer geeigneten Stelle von Dich=

tung und Wahrheit, Aufnahme gefunden hätten. Jedenfalls ist eine Sonderausgabe der Bekenntnisse, welche die Gestalt der schönen Seele ausschließlich in den Vordergrund treten läßt, mindestens so berechtigt, als z. B. der Separatabdruck des Ober= hofs von Münchhausen. In Frankreich hat sich merkwürdiger= weise das Bedürfnis einer solchen Ausgabe schon längst heraus gestellt, indem zwei Übersetzungen der Bekenntnisse dort erschienen sind, die letzte von Saltier im Jahre 1883. Ein Sonderabdruck ist hier aber um so mehr begründet, da sich genau nachweisen läßt, daß die Bekenntnisse wesentlich das litterarische Eigentum der schönen Seele ausmachen, an dem der Dichter nur einzelne Änderungen vorgenommen hat.

Goethes eigene Äußerungen lassen allerdings diesen Thatbestand nicht klar erkennen. Er schrieb am 18. März 1795 an Schiller: „Ich bekomme Lust, das religiöse Buch meines Romans auszuarbeiten, und da das Ganze auf den edelsten Täuschungen und auf der zartesten Verwechselung des Subjektiven und Objektiven beruht, so gehörte mehr Stimmung und Sammlung dazu als vielleicht zu einem anderen Teile. Und doch wäre, wie Sie seiner Zeit sehen werden, eine solche Darstellung unmöglich gewesen, wenn ich nicht früher die Studien nach der Natur dazu gesammelt hätte.„

Welcher Art diese Studien gewesen, ist im achten Buch der Dich tung und Wahrheit näher angegeben, indem Goethe sagt, daß die Bekenntnisse aus den Unterhaltungen und Briefen der Fräu lein v. Klettenberg entstanden und eine in ihrer Seele verfaßte Schilderung seien. Es ist aber die Überzeugung der maßgebendsten Forscher auf diesem Gebiete, daß der Dichter auch Aufzeichnungen der Freundin selbst vor sich gehabt hat, ja daß diese Aufzeich= nungen seine Hauptquelle gebildet haben. Schleiermacher wollte sich sogar anheischig machen, Goethes Zusätze von dem ihm vor liegenden Originale zu scheiden. Von neueren Gelehrten haben sich Lappenberg, Delitzsch, Goedeke entschieden, Düntzer etwas rückhaltender, in gleichem Sinne ausgesprochen. Geradezu ent= scheidend ist eine Stelle aus einem Brief von Frau Rat an

ihren Sohn. Sie schickt ihm eine ihr in die Hände gefallene
Kritik über das sechste Buch von Wilhelm Meister und fügt dann
ihr eigenes Urteil bei. „Auf der anderen Seite steht meine Rezension: Psalm 1, V. 3 — auch seine Blätter verwelken nicht!
Das ist der lieben Klettenbergern wohl nicht im Traume ein-
gefallen, — daß nach so langer Zeit ihr Andenken noch
grünen, blühen und Segen den nachfolgenden Geschlechtern bringen
würde. Du, mein lieber Sohn, warst von der Vorsehung bestimmt — zur Erhaltung und Verbreitung dieser unverwelklichen
Blätter. — Gottes Segen und tausend Dank davor! und da
aus dieser Geschichte deutlich erhellt daß kein gutes Samen
korn verloren geht — sondern seine Frucht bringt zu seiner Zeit:
so laßt uns Gutes thun — und nicht müde werden — denn
die Ernte wird mit vollen Scheunen belohnen" [1]. Auch Goethes
Mutter spricht es also aus, daß es sich wesentlich um Aufzeichnungen der Freundin selbst handelt. Wenn wir bedenken, daß
Goethe von dem Schwager des Fräulein v. Klettenberg, dem
Freiherrn v. Trümbach), nach dem Tode den Auftrag erhalten
hat, den Nachlaß als Rechtsanwalt zu regeln und daß er längere
Zeit dieser Aufgabe obgelegen hat [5], bis der Vater die Arbeit
des Sohnes weiterführte, so liegt die Vermutung nahe, daß bei
diesem Anlasse die Aufzeichnungen der Freundin in seine Hände
gekommen sind — vielleicht daß sie ihm von der Tante der Erb-
lasserin, der alten Fräulein Maria Franziska v. Klettenberg,
überlassen wurden. Daß er sich über seine Hauptquelle nicht
deutlicher ausgesprochen hat, erklärt sich aus dem Umstande, daß
zur Zeit der Veröffentlichung der Bekenntnisse noch mehrere der
Personen am Leben waren, die darin erwähnt werden. Um so
näher lag es ihm, die Thatsache zu verschweigen, daß es sich
hier in der Hauptsache um durchaus geschichtliche Mitteilungen
zuverlässigsten Ursprungs handelte. Der wirkliche Sachverhalt ist
wenigstens angedeutet im fünften Buch von Wilhelm Meister, wo
der Arzt Aurelien ein Manuskript verspricht, das er aus den
Händen einer nunmehr abgeschiedenen Freundin erhalten habe

und hinzufügt: „Es ist mir unendlich wert, und ich vertraue Ihnen das Original selbst an. Nur der Titel ist von meiner Hand: ‚Bekenntnisse einer schönen Seele‘.“

Man würde allerdings zu weit gehen, wollte man diese letzten Worte buchstäblich auf das sechste Buch von Wilhelm Meister anwenden. An einer Reihe von Stellen, besonders gegen das Ende hin, ist Goethes Hand mit Sicherheit nachzuweisen. Hierher gehört vor allem die Verlegung der Ereignisse vom Boden der Reichsstadt in eine fürstliche Residenz, wobei es sich hauptsächlich um Verhüllung des eigentlichen Wohnortes der schönen Seele handelt. Allerdings residierte Kaiser Karl VII. in den Jahren 1742—1744 in Frankfurt a. M.; aber die ganze Goethesche Darstellung läßt die Sache so erscheinen, als ob Susanna an einem eigentlichen fürstlichen Hoflager gelebt habe.

Ferner werden vier Kinder der vor ihr abgeschiedenen Schwester, Maria Magdalena v. Trümbach, am Schlusse erwähnt und charakterisiert, während diese Schwester nur eine Tochter und einen Sohn gehabt hat. Diese beiden Kinder waren überdies bei dem Ableben der Tante noch so jung, daß über ihre geistige und moralische Entwickelung sich wenig sagen ließ. Da beide ebenso wie ihr Vater im Jahre 1792 noch am Leben waren⁶), vermutlich auch das Erscheinen von Wilhelm Meisters Lehrjahre erlebt haben, mußte Goethe sich um so mehr bemühen, durch allerhand Änderungen anzudeuten, daß es sich im siebenten Buche wieder ganz um erdichtete Personen handelte.

Am auffälligsten bleibt die Darstellung der Beziehungen seiner Freundin zu Friedrich Karl v. Moser, dem Philo der Bekenntnisse. Es ist geradezu undenkbar, daß Susanna selbst ihre freundschaftliche Verbindung mit diesem Manne als ein „neues Verhältnis“ bezeichnet hat, wonach er als ein Liebhaber anzusehen wäre; denn Moser war bereits seit dem Jahre 1749 vermählt. Er war auch nicht „in gewissen Jahren“, sondern zwölf Jahre jünger als Johann Daniel Olenschlager, der unter dem Namen Narciß bekannte erste Freund Susannas, und nur um

einen Tag älter als sie selbst. Die Änderung Goethes ist um
so merkwürdiger, als Moser noch die Herausgabe der Bekennt=
nisse selbst erlebt hat. Danach bedarf es kaum der Versicherung,
daß der Dichter nicht etwa daran dachte, das Verhältnis der
Freundin zu diesem hochachtbaren Manne in ein zweideutiges
Licht zu stellen — sonst hätte der Hinweis auf seine bereits
vollzogene eheliche Verbindung nicht gefehlt —, eher mochte er
fürchten, daß in manchen Kreisen eine so vertraute freundschaft=
liche Verbindung einer Jungfrau mit einem verheirateten Manne,
wie sie aus Susannas Aufzeichnungen uns entgegentritt, nicht
verstanden, sondern in sarkastischer Weise gedeutet worden wäre.
Gewiß lag es mehr im Interesse des Dichters, jeden Schatten
vom Bilde der schönen Seele ängstlich fernzuhalten, als sie in
ein zweifelhaftes Licht zu setzen, wodurch er seinen ganzen Zweck
verfehlt hätte.

Als eine Zugabe des Dichters darf wohl auch die eingehende
Schilderung der Hochzeit von Maria Magdalena v. Klettenberg
betrachtet werden, wie denn der Oheim, der die Feier veranstaltet,
ganz der Phantasie Goethes angehört [7]. Hier begegnen uns
Lieblingsgedanken des Dichters, die teilweise mit dem sonstigen
Inhalt der Bekenntnisse nur lose zusammenhängen, dagegen mit
solchen Ideen Verwandtschaft zeigen, wie sie in anderen Teilen
des Romans uns entgegentreten. Zu dieser Partie der Be=
kenntnisse, die auch formell einen andern Charakter hat als die
Aufzeichnungen der schönen Seele, welche keine so ausführliche
Dialoge enthalten, hat offenbar der Dichter die Unterredungen
und die Briefe Susannas, von welchen er schreibt, als Quelle
gebraucht; denn der Oheim giebt sichtlich die Einwände wieder,
die der junge Goethe einst selbst vom Boden einer andern Welt=
anschauung aus der Freundin entgegenhielt. Es liegt übrigens
auf der Hand, daß diese Beobachtung den angeführten Zwie=
gesprächen ein besonderes Interesse verleiht.

Sehr wichtig erscheint uns die Frage, inwieweit Goethe auch
inbezug auf religiöse Fragen sich Änderungen an seinem Quellen=

material erlaubt hat. Müßten wir annehmen, daß er auf diesem Gebiete sich beträchtliche Freiheiten gestattet habe, so würde der Wert dieser Biographie bedeutend verlieren; man hätte dann nicht mehr das Recht, von Bekenntnissen des Fräulein v. Klettenberg in dem Sinne zu reden, wie wir z. B. von Bekenntnissen Augustins und Rousseaus reden. Die ganze Darstellung der religiösen Entwickelung der schönen Seele würde dann auf eine Linie zu stellen sein mit den in christlichen Romanen so oft ge schilderten Bekehrungsgeschichten eigner Erfindung. Es ist also keine gleichgültige Frage, ob die innerer Erlebnisse der schönen Seele auf ihrer eigenen Darstellung beruhen und somit minde= stens im subjektiven Sinn den Stempel der Wahrheit an sich tragen, oder ob auch hier des Dichters schaffende Phantasie überall nachgeholfen hat.

Für diese Frage ist es nun für uns von entscheidendem Ge wicht, daß wir litterarische Reliquien besitzen, welche von Susanna unmittelbar herrühren. Viel Wichtiges ist enthalten in der Biographie der schönen Seele von Lappenberg; einiges aber ist in neuer Zeit hinzugekommen. Die Aufsätze, Lieder und Briefe nun, welche uns erhalten sind, atmen durchweg den gleichen Geist und bieten vielfach dieselben Stichworte wie die Bekenntnisse. Selbst die Vorliebe für Namen aus dem klaf= sischen Altertum begegnet uns in den Aufsätzen über christliche Freundschaft, welche sie mit ihrer Schwester Maria Magdalena und ihrem Freunde Moser herausgegeben hat, so daß sich dar= aus der gleiche Geschmack für den ganzen eng verbundenen Kreis, in dem sie sich bewegte, ergiebt. In ihren Aufsätzen finden sich gegen zwanzig solcher Namen, die meist eine sym bolische Bedeutung haben, wie Justus, Sincerus, Fidelis u. s. w., wobei ihr mehrfach Personen aus ihrer eigenen Bekanntschaft offenbar vorschwebten. So sind auch die Pseudo= nymen in den Bekenntnissen nicht, wie man leicht meinen könnte, auf Goethe zurückzuführen, obwohl derselbe in den übrigen Büchern von Wilhelm Meister vielfach ähnliche Namen bringt — es steht fest, daß Moser sich selbst Philo nannte, und Olenschlager wurde von dem Frankfurter Ärzte Senckenberg als Narciß bezeichnet. Es spiegeln sich aber auch alle anderen charakteristischen Eigentümlichkeiten der schönen Seele, wie sie in ihren eigenen Arbeiten uns entgegentreten, in den Bekenntnissen wieder, so daß man auf Schritt und Tritt auf solche Parallelen stößt. Hat Goethe auch an den Aufzeichnungen Susannas über die religiösen Fragen einiges geändert, was seinem persönlichen Geschmacke nicht ganz entsprach, so hat es sich doch hauptsächlich nur um formelle Umgestaltungen gehandelt. Wir denken dabei besonders an Streichung von weitläufigen Erörterungen und Beseitigung von Wendungen, die ihm nicht in einen Roman zu passen schienen.

Es liegt übrigens auch außer den Schriften von Susanna, aus denen einzelne besonders charakteristische Auszüge in Folgendem hier und da geboten werden sollen, noch manches andere Material vor, woraus sich die wesentliche Zuverlässigkeit der Biographie der schönen Seele ergiebt.

Da endlich die zahlreichen chronologischen Angaben der Bekenntnisse mit zufälligen Notizen in den Briefen der schönen Seele übereinstimmen, so folgt auch daraus, daß wir es der Hauptsache nach mit einer Selbstbiographie zu thun haben, weil ein Fremder bei aller Sorgfalt nach fünfzig Jahren die betreffenden unscheinbaren Erlebnisse nicht so genau nach der geschichtlichen Reihenfolge hätte wiedergeben können.

Was die Zeit angeht, in der Fräulein v. Klettenberg ihr Leben beschrieben hat, so weist alles auf die letzten Jahre ihres Lebens hin. Es handelt sich also nicht um tagebuchartige Aufzeichnungen, in denen sich die verschiedenen Stadien ihrer Entwickelung wiederspiegelten, sondern um eine kurz vor ihrem Ende (um 1773) abgefaßte Biographie aus einem Gusse. Den Beweis für diese Behauptung wird die folgende Darstellung erbringen.

Eine Neubearbeitung des vorliegenden Materials war schon

aus dem Grunde notwendig, weil in letzter Zeit manche Urkunden bekannt geworden sind, aus welchen sich ergiebt, daß Susanna v. Klettenberg am Ende ihres Lebens in mancher Hinsicht ihre Ansichten geändert hat, indem sie besonders von Lavater bedeutende Anregungen empfangen hat. In dieser Beziehung bieten hauptsächlich ihre eben veröffentlichten Briefe an diesen damals hochgefeierten Theologen bedeutsamen Aufschluß.

II.

Der Lebensmorgen.

Susannas Aufzeichnungen enthalten nichts über die Vor
geschichte der Familie, der sie entstammte. Der ganze Schwer-
punkt liegt bei ihr auf dem Gebiete des inneren Lebens — so
versteht sich diese Lücke leicht. Wir können aber das Wesentliche
unschwer aus anderen Quellen ergänzen. Die Familie Seiffart
v. Klettenberg gehört nicht zu den bereits im Mittelalter zu
Frankfurt a. M. ansässigen Geschlechtern. Erst im Dreißigjährigen
Krieg kam ein Rechtsgelehrter Erasmus Seiffart nach Frankfurt,
wo er bald hohe Ehren erlangte und sogar älterer Bürgermeister
wurde, nachdem er die Tochter des angesehenen Reichsgerichts
schultheißen Baur von Eyseneck geehelicht hatte. Der Sohn
Johann Erasmus erlangte von Kaiser Leopold I. im Jahre 1671
die Erhebung in den Adelsstand und Veränderung seines adeligen
Wappens. Er nannte sich nun Seiffart v. Klettenberg und Wil
deck auf Rhoda, nachdem er ein dem Grafen von Praunheim
und Klettenberg am Rhein einst gehöriges Gut Rhoda gekauft
hatte [8].

Auch die Nachkommen von Johann Erasmus bekleideten wichtige Ämter in der Stadt, die ihnen rasch zur zweiten Heimat
geworden war. Der Vater von Susanna hieß Remigius und
war Arzt, wurde aber, was sonst nur selten bei Medizinern geschah, auch in den Rat der Stadt aufgenommen. Er war ein
vielseitig gebildeter Mann, der sich besonders bemühte, frühzeitig

der Tochter eine Art Anschauungsunterricht zu erteilen, dem es wesentlich zuzuschreiben ist, daß die sinnige Tochter sich nicht völlig auf sich selbst zurückzog, sondern auf allen Stufen der inneren Entwickelung einen gewissen Blick für die äußere Welt behalten hat. Bei alledem hatte diese Erziehungsmethode etwas Einseitiges — so trat nun in wohlthuender Ergänzung der Einfluß der Mutter hinzu, die ihr Kind besonders in die heilige Welt der Bibel einzuführen und auf die obere Welt hinzuweisen suchte. Im Ganzen dürfte Susanna in ihrer Geistesart der Mutter geglichen haben, da sie deren Zustimmung zu ihren Entschlüssen als selbstverständlich wegen der Wesensverwandtschaft voraussetzt, wenn auch einzelne Züge an des Vaters naturwissenschaftlichen Sinn erinnern.

Die Mutter hieß Susanna Margaretha und war die Tochter des Frankfurter Arztes Johann Philipp Jordis und der Susanna Jordis, aus dem Hause de Neufville. Die schöne Seele scheint auf ihre Abstammung von der reformierten Familie de Neufville ein besonderes Gewicht gelegt zu haben, obwohl sie selbst der lutherischen Kirche angehörte; denn in ihrem Testamente übertrug sie die Verwaltung der Diakonie der deutsch-reformierten Gemeinde, unter Bedingungen, die äußerst günstig für dieselbe waren, besonders für den Fall, daß die eigentlichen Erben frühzeitig gestorben wären.

Sie begründet diese Bestimmung in einem Zusatze zu ihrem Testamente damit, daß ihr Vermögen von den de Neufvilleschen Voreltern herrühre, welche um der Wahrheit willen und aus Liebe zu derselben ihr Vaterland und ansehnliche Güter mit dem Rücken angesehen hätten, denen aber der ewig Wort und Treue haltende Gott alles nach seinem Versprechen reichlich ersetzt habe.

Diese Testamentsbestimmung ist in mehrfacher Beziehung interessant. Sie legt Zeugnis ab von der auch in den Bekenntnissen vielfach uns entgegentretenden peinlichen Gewissenhaftigkeit der schönen Seele, die sich leicht in zartfühligen Reflexionen über Recht und Unrecht ergeht, welche vielen fast unverständlich sind; sie beweist auch, daß sie, trotz einer in ihren Aufsätzen hervortretenden Be=

geisterung für Dr. Luther, nichts von konfessioneller Engherzig=
keit wußte — ein Zug, den sie mit den meisten zur Separation
hinneigenden Pietisten des vorigen Jahrhunderts teilte, — wir
dürfen aber auch daraus den Schluß ziehen, daß die Über=
lieferungen aus der Familie der Großmutter frühzeitig auf ihr
Gemüt einen tiefen Eindruck gemacht haben.

Das Wohnhaus der Eltern trug den merkwürdigen Namen:
„Zum grünen Frosch" und lag am Rahmhof. Es war nach
Goethes Angabe ein großes wohlgelegenes Haus, in welchem die
Freunde des Hauses gern weilten. Wir wissen auch, daß ein schöner
Garten dazu gehörte. Susanna selbst schreibt einmal in einem Briefe
an Cornelie Schlosser, daß sie in der Gegend des Bockenheimer=
Walls wohne; doch bezeichnet dies die Lage nicht genau, da das
Haus auf der Nordseite des Paradeplatzes, also ziemlich entfernt
von der Stadtmauer, lag [9]). Sie hat es im Jahre 1770 aller=
dings verkauft, aber es ist ein Zeugnis ihrer pietätvollen Ge=
sinnung, daß sie bis an ihr Ende darin zur Miete wohnen blieb.
So ist sie in denselben Räumen gestorben, in denen sie ihr
ganzes Leben zugebracht und die sie nur vorübergehend gelegent=
lich einzelner Reisen verlassen hat; ein Umstand, der nicht ganz
ohne Bedeutung für den Gesamteindruck erscheint, den uns das
Bild der schönen Seele hinterläßt.

Susanna Katharina v. Klettenberg hat am 19. Dezember
1723 das Licht erblickt. Sie hatte zwei Schwestern, Marianne
Franziska (geb. 1725), welche, wie sie, ledigen Standes starb
und Maria Magdalena (geb. 1726), welche nachmals sich mit
einem Herrn v. Trümbach vermählte. So standen die drei
Klettenbergschen Geschwister sich im Alter sehr nahe, aber sie
waren auch in ihren Gesinnungen verwandt, so daß zu dem
Bande des Blutes das Band der Freundschaft sich gesellte. Über
die ersten acht Jahre von Susannas Leben sind wir nicht unter=
richtet, da die Bekenntnisse, welche für die Kinderzeit Susannas
die einzige Quelle bilden, darüber keine Nachricht bieten. Als
sie aber am Anfange des achten Jahres einen Blutsturz bekam,

warb ihre Seele ganz Empfindung und Gedächtnis. Es trat eine wunderbare Umwandlung bei ihr ein. „Während meines neunmonatlichen Krankenlagers, das ich mit Geduld aushielt", schreibt sie, „warb, so wie mich dünkt, der Grund zu meiner ganzen Denkart gelegt, indem meinem Geiste die ersten Hilfsmittel gereicht wurden, sich nach seiner eigenen Art zu entwickeln. Ich litt und liebte, das war die eigentliche Gestalt meines Herzens." Es könnte fast scheinen, als ob Susanna selbst hier es ausspreche, daß ein wesentlich zufälliger Umstand über ihre innere Ent= wickelung entschieden habe. Diese Ansicht hat Goethe nachmals als Greis einem jungen Verwandten gegenüber vertreten, indem er bei aller Anerkennung ihrer Geduld und Ergebung mehrfach wiederholte: „Aber freilich, sie war krank, die arme Freundin, sie war krank" [10].

Allein es ist eine bekannte Thatsache, daß Kinder, welche viel kränklich sind, nicht selten ein großes Kapital von Launenhaftig= keit und Verstimmung als Ertrag ihres körperlichen Zustandes mit sich nehmen, statt sich durch ihre Leiden zur Sanftmut führen zu lassen. Es muß also wohl eine bestimmte Disposition in der Seele des Menschen bereits vorhanden sein, wenn die Krankheit ihm zum Segen gereichen soll. So wird man den Einfluß jener Leidenszeit nicht zu überschätzen haben, wenn er auch sicher nicht gering anzuschlagen ist. Auch sei jetzt schon darauf hingewiesen, daß Susanna keineswegs ihr ganzes Leben lang kränklich gewesen ist, sondern sich oft lange Zeit hindurch gesund fühlte, wie die Bekenntnisse mehrfach bezeugen.

Als sich Susanna von jener ersten Krankheit erholt hatte, war nichts Wildes in ihr übrig geblieben; ein schwärmerischer, träumerischer Zug beherrschte sie völlig. Die gewöhnlichen Spiele der Mädchen sagten ihr nicht zu; dagegen suchte sie überall Stoff für ihre lebhafte Einbildungskraft. Während die Mutter diesem phantastischen Zuge wenig entgegenkam, fand sich eine Tante, welche durch Mitteilung von Märchen und Liebesgeschichten ihre Phantasie erregte. Es war dies eine Schwester ihres Vaters,

Maria Franziska, welche nachmals von Susanna in ihrem Alter treu gepflegt wurde, sie aber noch um einige Jahre überlebte.

Besonders lieb wurden in dieser Zeit dem Kinde einige wunderliche Bücher, die damals in christlichen Kreisen sehr bewundert wurden, aber viel Ungesundes in sich schlossen, obwohl sie in ihrer Art der Erbauung dienen wollten. Es war der Geschmack der überschwenglichen zweiten schlesischen Dichterschule, der diese Litteratur beherrscht, aber die Nachwirkung jener christlichen Romane erstreckt sich noch bis in Goethes Jugendzeit. Der von Susanna erwähnte christliche deutsche Herkules ist von dem braunschweigischen Hofprediger Andreas Heinrich Buchholtz 1669 verfaßt und enthielt ursprünglich sogar Lieder und Gebete. Das andere Buch, dessen sie gedenkt, die römische Oktavia, rührt von dem Herzoge Anton Ulrich von Braunschweig her (1677), der in seinem Alter zur katholischen Kirche übergetreten ist. Selbstverständlich waren diese Schriften für ein Kind wenig geeignet, wenn sie auch nicht sittenverderblich wirkten, da sämtliche Prinzen und Prinzessinnen „äußerst tugendhaft" waren.

Den Unterricht erhielt Susanna im Hause der Eltern, so daß sie keine Gelegenheit hatte, in der Schule mit Kindern gleichen Alters zusammenzukommen. Die damaligen Frankfurter Schulen boten besonders für Mädchen so wenig, daß fast alle Töchter aus den wohlhabenden Familien Privatlehrer hatten. Dagegen besuchte Susanna wenigstens den Religionsunterricht, welcher der Konfirmation vorausging und im Hause der Geistlichen erteilt wurde. Sie hat über ihre Kinderjahre berichtet: „Ich hatte Stunden, in denen ich mich lebhaft mit dem unsichtbaren Wesen unterhielt, ich weiß noch einige Verse, die ich damals der Mutter in die Feder diktierte", — so hätte man erwarten sollen, daß der Religionsunterricht der Kirche bei ihr auf einen besonders fruchtbaren Boden gefallen wäre; aber ihre Äußerungen beweisen, daß das Ergebnis ihr bei einem späteren Rückblicke nicht befriedigend erschien. „Wohl wurden", so schreibt sie, „manche Empfindungen und Gedanken rege, aber nichts, was sich auf meinen Zustand bezogen hätte. Ich hörte gerne von Gott reden, ich war stolz darauf, besser als meinesgleichen von ihm reden zu können, ich las nun mit Eifer manche Bücher, die mich in den Stand setzten, von Religion zu schwatzen; aber mir fiel es nie ein zu denken, wie es denn mit mir stehe, ob meine Seele auch so gestaltet sei, ob sie einem Spiegel gleiche, von dem die ewige Sonne widerglänzen könnte; das hatte ich ein= für allemal schon vorausgesetzt."

Ähnlich wie Susanna ergeht es so vielen Kindesseelen in dieser wichtigen Vorbereitungszeit. Zuweilen liegt die Schuld gewiß am Seelsorger, der es nicht versteht, die jungen Herzen zu fassen — in solchem Sinn äußert sich Goethe unbefriedigt über den ihm erteilten Konfirmandenunterricht — aber auch treue und hochbegabte Seelsorger können solche Erfahrungen machen.

Für die weltlichen Dinge gewann sie allmählich ein gewisses Interesse, als der Tanzlehrer einen Ball für seine Schüler und Schülerinnen veranstaltete und sie ein Liebesverhältnis mit dem Sohne eines vornehmen Herrn anknüpfte, wie es bei solchen An= lässen leicht sich ausbildet. Einen treuen Warner aber fand Phyllis, wie sie selbst sich nennt, an ihrem französischen Sprachlehrer, der auf das Bedenkliche solcher harmlos erscheinenden Liebeleien sie aufmerksam machte. Nahm sie es anfangs übel, so blieben doch seine halb im Scherz, halb im Ernst vorgebrachten Bemerkungen nicht ganz ohne Einfluß auf Susanna, die sich derselben auch später noch mehrfach erinnerte. Jene Episode war allerdings bald ver= gessen, als der Gegenstand ihrer Neigung frühzeitig starb; allein bald warteten ihrer neue und größere Gefahren. Die große Welt that sich vor ihr auf mit einer Fülle von geräuschvollen Genüssen, wie sie zumal an Töchter aus vornehmem Geschlecht sich heran= drängen und oft langsam den Sinn für reinere und edlere Freuden ersticken. Auch Susanna erlag diesen Gefahren, wie sie selbst mit Wehmut nachmals bekennt. Ihr Herz zwar blieb unverdorben in einer vielfach lasterhaften Umgebung — ein natürlicher Abscheu vor allem Zweideutigen bewahrte sie vor Ansteckung — aber sie zahlte immerhin der Vergnügungssucht den gewohnten Tribut, den diese strenge Gebieterin fordert. Über den inneren Verlust, den sie dadurch erlitten, äußert sie sich nachmals selbst. „Die Empfindungen für den Unsichtbaren waren bei mir fast ganz verloren. Der große Schwarm, mit dem ich umgeben war, zerstreute mich und riß mich wie ein starker Strom mit fort. Es waren die leersten Jahre meines Lebens; tagelang von nichts zu reden, keinen gesunden Gedanken zu haben und nur zu schwärmen, das war meine Sache."

Besonders lebhaft wurde das Treiben, in das sie hineingerissen wurde, als im Jahre 1742 Kaiser Karl VII. in Frankfurt, wo er gewählt wurde, seinen Hof aufschlug. Ein glänzendes Fest jagte das andere. Die Gesandten Frankreichs, Spaniens und anderer europäischen Mächte wetteiferten miteinander in unerhörter Prachtentfaltung. Jeder Tag brachte neue Lustbarkeiten für die Bewohner Frankfurts, soweit sie durch ihre Stellung Anspruch hatten herangezogen zu werden. Susanna aber hatte als Tochter eines Mannes, der eben erst (1740) das Amt eines jüngeren Bürgermeisters bekleidet hatte, viele Gelegenheit, an den großen Feierlichkeiten sich zu beteiligen. Rückblickend auf diese Zeit redet sie von vier wilden Jahren, während welcher sie Gott ganz vergaß, wie es so mancher sonst gut angelegten und fromm erzogenen Jungfrau in gleichem Lebensalter ergangen ist.

III.

Im Brautstande.

Noch hatte bis dahin keiner unter den vielen jungen Männern, mit denen sie verkehrte, Susanna Interesse eingeflößt. Aber in ihrem neunzehnten Jahre lernte sie einen Mann kennen, der ihrer Neigung würdig schien und jedenfalls gehaltvoller war als viele jener Kavaliere, die sie umschwärmten. Es war dies der nachmals gefeierte Rechtsgelehrte Hofrat Dr. Johann Daniel Olenschlager, der Narciß der Bekenntnisse. Obwohl er als ein „Fremder, der sich damals in Frankfurt aufhielt", bezeichnet wird, so war er doch, wie Susanna selbst, ein Kind Frankfurts, wo er am 18. November 1711 geboren ward. Er hatte in seiner Jugend viele Reisen durch Frankreich und Italien gemacht und war besonders ein Freund der französischen Litteratur. Sein Umgang hatte etwas sehr Anregendes, wie es Goethe selbst aus eigener Erfahrung in Dichtung und Wahrheit schildert, wo er seiner (Buch IV) freundlich gedenkt, ohne indessen der Beziehung zu Susanna v. Klettenberg zu erwähnen. Olenschlager hatte zwar von auswärtigen Mächten einige Anerkennung erfahren, aber sein Wunsch, in den Rat der Vaterstadt aufgenommen zu werden, erfüllte sich erst später, als seine Verlobung mit Susanna aufgehoben war (1748). Sein Ehrgeiz ist von der schönen Seele selbst geschildert. Aber am Anfange traten die Schwächen seines Charakters weniger hervor, und die Gediegenheit seiner geistigen Bildung machte auf sie tiefen Eindruck. Er besorgte ihr interessante Bücher, unterhielt sich mit ihr aufs anregendste, und doch schien die jüngste durch Schönheit ausgezeichnete Tochter des Hauses in höherem Maße seine Aufmerksamkeit anzuziehen. Die Gesinnung wurde auf beiden Seiten erst klar, als Olenschlager bei einem kleinen Feste unerwartet durch einen eifersüchtigen Offizier schwer verwundet wurde. Wir sind über diesen Vorgang genau unterrichtet, da sich die Gerichtsakten erhalten haben [11]). Durch diese bestätigt sich, was Lappenberg bereits als ein Gerücht erwähnte, daß die fatale Scene sich im Hause des Stadtschultheißen Textor abspielte. Wir lassen hier den Vorgang so folgen, wie er teils durch Olenschlager selbst, teils durch Susanna und ihre Schwestern, sowie andere Glieder der aus achtzehn Personen bestehenden Gesellschaft [12]) geschildert wird, indem wir es dem Leser überlassen, die kleinen Differenzen von der Erzählung in den Bekenntnissen selbst herauszufinden.

Die Gesellschaft fand an einem Sonntag Abend während der Herbstmesse statt, am 23. September 1742, in Schöff Textors Behausung. Man brachte die Zeit ruhig mit Scherzspielen zu, bis der ganzen Gesellschaft aufgegeben wurde, die Frauenzimmer nach der Reihe herum zu küssen. Als Olenschlager wie andere Herren der Gesellschaft fast alle Frauenzimmer geküßt hatte und endlich in der Reihe an Frau Lieutenant Lindheimer gekommen war, so überfiel ihn deren Ehemann, der Hessen-Darmstädtische Lieutenant Lindheimer, ganz urplötzlich ohne eine vorher ihm weder durch Mienen noch durch Worte gegebene Ursache hinterrücks und gab ihm eine Ohrfeige, daß die Perücke ihm vom Kopfe herabflog und Fräulein Susanna v. Klettenberg an den Kopf traf. Als Olenschlager den Erzürnten mit der linken Hand von sich stieß, zog Lindheimer sofort den Degen und hieb ihn über den Kopf und die Hand, so daß er ihm zwei schmerzhafte, wo nicht gefährliche Blessuren zufügte. Hauptmann Hofmann hielt dem wütenden Mann hinterrücks die Arme, worauf noch mehrere hinzukamen und ihm wehrten. Nachgehends ging Susanna mit dem verwundeten Freunde aus der Stube, so daß sie von dem,

was weiter passierte, nichts sagen konnte. Mehrere der anwesen=
den Herren und Damen wußten im Zeugenverhör auch wenig
zu sagen, weil die ganze Sache sich unglaublich schnell voll=
zogen hatte.

Da Olenschlager am folgenden Tage bei dem Rate Klage
gegen Lindheimer erhob, kam es zu langen Verhandlungen, deren
letztes Ergebnis nicht bekannt geworden ist. Sein Gegner zeigte
wenig Reue und fand bei der Regierung, der er diente, einen
Rückhalt, so daß er vermutlich straflos ausgegangen ist. Das Er=
eignis jenes Herbstabends blieb aber nicht ohne Folgen. Die
bange Stunde, in der Susanna dem schwer verwundeten Freunde,
durch die Verhältnisse genötigt, die erste Pflege angedeihen ließ
und die Wochen ungeduldigen Wartens, in denen sie um ihn
Sorge tragen mußte, ohne ihn sehen zu dürfen, enthüllten ihr
klar die längst im Herzen schlummernde Neigung, und der nächste
Frühling sah Susanna als Braut. Die Stunden des Leidens
sind aber oft Geburtsstunden für das innere Leben — diese
Wahrheit bestätigte sich auch an der schönen Seele —, während
sie um den Geliebten sich ängstete, wurde sie wieder an sich selbst
erinnert. „Die bunten Bilder eines zerstreuten Lebens, die mir
sonst Tag und Nacht vor den Augen schwebten, waren auf ein=
mal weggeblasen. Meine Seele fing wieder an sich zu regen,
allein die unterbrochene Bekanntschaft mit dem unsichtbaren
Freunde war so leicht nicht wieder hergestellt. Wir blieben noch
immer in ziemlicher Entfernung, es war wieder etwas, aber
gegen sonst ein großer Unterschied."

Sie blickt mit diesen Schlußworten zurück auf die Kinder=
jahre, welche der ersten Erkrankung gefolgt waren, von denen sie
sagte: „Ein= für allemal sollte Gott mein Vertrauter sein."
Scharf, vielleicht etwas zu scharf beurteilt sie ihre ersten Versuche
einer Wiederannäherung als bloße Zeremonieenvisiten, bei denen
sie immer schöne Kleider anlegte und ihre Tugend, Ehrbarkeit und
Vorzüge, die sie vor anderen zu haben glaubte, ihm mit Zu=
friedenheit vorwies. An ihrem Bräutigam fand sie in diesem

Taſten nach Seelenfrieden keine Stütze — er war in religiöſen
Dingen Freigeiſt, und auch inbezug auf die ſittlichen Anſchauungen
machten ſich bei ihm franzöſiſche Einflüſſe geltend. Dennoch be=
kennt Suſanna, daß ſie in ihrem Brautſtande viel durch ihn ge=
lernt habe, obwohl auf dieſes Verhältnis keine Ehe folgte. Ihre
Bemerkungen über die Bedeutung des Brautſtandes für die Cha=
rakterentwickelung des weiblichen Geſchlechts beweiſen, daß es der
ſchönen Seele trotz ihres zurückgezogenen Lebens an Beobach=
tungsgabe und Welterfahrung nicht gefehlt hat! Wie originell
iſt ihre Äußerung über den verſtändigen Bräutigam, der lieber
ſich eine Hausfrau als der Welt eine Putzdocke (Zierpuppe) zu
bilden ſucht! Anderſeits ſind ihr auch im Brautſtande Ver=
ſuchungen nicht erſpart geblieben, welche die Reinheit des Ver=
hältniſſes zu gefährden drohten, aber ſie ſtand feſt, indem ihr
das „ernſthaft“ ihres alten Sprachlehrers wieder einfiel. Dieſes
Wort wurde mehr und mehr zu einer Loſung für ihr ganzes
Leben, wie nicht nur die Bekenntniſſe, ſondern auch ihre Auf=
ſätze über die Freundſchaft (S. 43 u. S. 52) beweiſen. Zwar
nahm ihre Zärtlichkeit für den Verlobten nicht ab, aber nach und
nach regten ſich immer entſchiedener neben dieſem Gefühle Em=
pfindungen anderer Art, die ſich auf Gott richteten. Es iſt nun
wohl zu beachten, daß dieſe beiden Gefühle ihr nicht in Wider=
ſpruch zu ſtehen ſchienen. Das eheliche Leben erſchien ihr alſo
nicht etwa an ſich als etwas Minderwertiges. Sie betont aus=
drücklich: „Meine Liebe zu Narciß war dem ganzen Schöpfungs=
plane gemäß und ſtieß nirgend gegen meine Pflichten an.“ In
gleichem Sinne ſchreibt ſie einmal (Lappenberg S. 47): „Die
Zärtlichkeit iſt ſchöpfermäßig, d. h. vom Schöpfer ſelbſt ange=
ordnet.“ Hier iſt die Linie der evangeliſchen Lebensanſchauung
alſo entſchieden feſtgehalten im Gegenſatze zu dem Lebensideale
mittelalterlicher Frömmigkeit, bei dem die Eheloſigkeit einen weſent=
lichen Beſtandteil ausmachte.

Erſt allmählich ward ihr offenbar, daß ſie in dem Ehebunde,
der ſie erwartete, ein volles Glück nicht finden würde, weil ſie

ihrem innersten Wesen nach nicht mehr zu dem von ihr geliebten Manne stimmte. Während sein Sinn bei aller Gediegenheit der Bildung doch sehr an den Freuden hing, welche man in der großen Welt liebt, fühlte sie immer klarer, daß für sie das un= ruhige Treiben, in das sie beständig verwickelt ward, eine Seelen= gefahr bedeutete. Sie machte die Beobachtung, daß sie nicht immer Trost im Gebete fand.

„Es war mir wie einem, der sich an der Sonne wärmen will, und dem etwas im Wege steht, das Schatten macht. Was ist das? fragte ich mich selbst. Ich spürte der Sache eifrig nach und bemerkte deutlich, daß alles von der Beschaffenheit meiner Seele abhing; wenn die nicht ganz in der geradesten Richtung zu Gott gekehrt war, so blieb ich kalt, ich fühlte seine Rück= wirkung nicht und konnte seine Antwort nicht vernehmen."

Nun war die zweite Frage: Was verhindert diese Richtung? Mit außerordentlicher Gewissenhaftigkeit ging sie an diese Frage heran und bemerkte bald, daß die gerade Richtung ihrer Seele durch thörichte Zerstreuung und Beschäftigung mit unwürdigen Sachen gestört würde. Sie fing nun an, sich mit der Frage zu beschäftigen, ob Tanzen, Spiele und Ähnliches erlaubt sei. In dieser Zeit hat sie wohl den Grund gelegt zu ihrer an edlen Erbauungsschriften ungemein reichen Bibliothek, aus deren noch erhaltenen Verzeichnisse sich ergiebt, mit welch heiligem Ernst sie sich über das Wesen der Bekehrung Aufschluß zu verschaffen suchte. Die besten Namen aus allen Zeiten und allen Kon= fessionen treten uns da entgegen, Augustin, Tauler, Thomas a Kempis, Johann Arndt, Spener, Fenelon, Bernieres, Ram= bach, Ötinger, Lavater u. s. f. Gerade über die sogenannten Mitteldinge wurde damals ein heftiger Streit geführt, wobei be= sonders der Hallische Pietismus scharf vorging. Susanna ent= schied sich für die strengere Observanz. Und doch ist es charak= teristisch, daß sie von ihrem Verlobten lediglich Freiheit für ihre Person forderte, ohne seine Freiheit in Frage zu stellen, daß sie überhaupt von allem gesetzlichen Wesen sich fern hielt.

Ja sie spricht es geradezu aus, daß es sich um Dinge handelte, die Leute von diesem Alter unschuldig belustigen könnten. „Warum waren sie mir nicht unschuldig"? fragt sie aber weiter. Und die Antwort ist vorzüglich fein. „Eben weil sie mir nicht unschuldig waren, weil ich nicht, wie andere meinesgleichen, unbekannt mit meiner Seele war." Sie gesteht noch mehr zu: „Wie manches könnte ich jetzt mit großer Kälte thun, was mich damals irre machte, ja Meister über mich zu werden drohte!" Später hat sie bei einem vorübergehenden Aufenthalte an einem fremden Hofe sogar ohne Gewissensbedenken wieder an vielen Dingen sich be= teiligt, die ihr in jener kritischen Zeit ihrer Jugend als schä digend erschienen. Ihr Standpunkt entspricht ganz der von dem Apostel Paulus im Römerbrief (Kap. 14, 23) aufgestellten Regel inbezug auf das Essen des Opferfleisches: „Wer darüber zweifelt und isset doch, der ist verdammt, denn es geht nicht aus dem Glauben. Was aber nicht aus dem Glauben geht, das ist Sünde."

So wenig also die schöne Seele aus ihren eigenen Erfahrungen bindende Gesetze für andere ableitete, so wenig war sie bereit, sich ihre Freiheit von anderen beschränken zu lassen, nachdem sie zur inneren Klarheit hindurch gedrungen war. Sie handelte auch ihrem Verlobten gegenüber in diesem Sinne. Er konnte sich in ihre Ansichten nicht schicken, und auch einige der Familien= glieder, besonders der Vater, suchten sie von ihren Anschauungen abzubringen, während die Mutter sich rasch auf ihre Seite stellte. Aber alle Vorstellungen waren vergeblich, sie zeigte, wie sie selbst sagte, einen „männlichen Trotz", indem sie erklärte, daß sie zwar bereit sei mit dem Verlobten auch ferner und bis ans Ende ihres Lebens alle Widerwärtigkeiten zu teilen, daß sie aber für ihre Handlungen völlige Freiheit verlange. In gleichem Sinne hat sie nachmals ausführlich sich ausgesprochen in einem Aufsatze vom billigen und unzeitigen Nachgeben, der einen vollständigen Kom= mentar für ihre frühere Handlungsweise bietet und deshalb für das Verständnis der Bekenntnisse besonders wichtig ist. Da

schreibt sie (S. 70): „Da kein Mensch, auch der allervertrauteste
Freund nicht, imstande ist, so genau zu prüfen, was meinem
geistlichen Wohle förderlich oder hinderlich ist, als ich dies selbst
thun kann, und es sich also leicht zutragen kann, daß mein
innigst vertrauter Herzensfreund mir etwas zumutet, das gar
nicht gegen die göttlichen Gebote ist, das er selbst auch schon
oft ohne Schaden gethan, ich aber kann es nicht thun, ohne
meine Seele zu verwunden, so muß ich ja Gott mehr zu gefallen
suchen als dem liebsten Freunde und ihm alle Zumutung ab-
schlagen. So vielerlei die Menschen sind, so mancherlei sind ihre
Seelenführungen, und mich bedünkt, der Grund dieses Unter-
schiedes liege in der innersten Beschaffenheit unseres Geistes. Wie
nicht einem Körper das zuträglich ist, was der andere gut befindet, so geht es auch im Geistlichen." Die letzte Anspielung
auf das hygienische Gebiet erinnert an die ähnliche Bemerkung
Susannas in den Bekenntnissen, daß das Räsonnement des größten
Arztes sie nicht bewegen würde, eine sonst vielleicht ganz gesunde
und von vielen sehr geliebte Speise zu sich zu nehmen, sobald
ihr ihre Erfahrung beweise, daß sie ihr jederzeit schädlich sei,
wie sie den Gebrauch des Kaffees zum Beispiel anführen könnte;
daß sie aber noch viel weniger sich irgendeine Handlung, die sie
verwirrte, als für sich moralisch zuträglich aufdemonstrieren lasse.
Interessant sind auch die beiden Schlußsätze des angeführten Aufsatzes über das Nachgeben:

1. Die Liebe befiehlet mir, in alledem, was ich nicht mit
gutem Willen von meinem Freunde erhalten kann, ihm eher
nachzugeben, als das Band der Eintracht zu verletzen; stößet
aber sein Begehren im Geringsten an die festgesetzten Regeln
an oder beleidiget, wo nicht mein Gewissen (wenn man diesen
Ausdruck im genauesten Sinne nimmt), doch meiner Seele
Bestes, und zwar nur im geringsten Grade — so giebt man
nicht nach.

2. Ob unser Nachgeben oder unser Widersetzen rechter Art
sei oder nicht, können wir aus seinem Zwecke beurteilen; ist dieser

wahre Liebe und nicht Anhänglichkeit, Menschenfurcht oder Ge=
fälligkeit, so ist es rechter Art; hat unser Widerspruch Gottes
Ehre, des Nächsten oder mein eigenes Seelenwohl zum Zwecke,
so ist er billig, und sollte er noch so hart scheinen."
Zwar beziehen sich diese Bemerkungen zunächst auf das Ver=
hältnis solcher Menschen, die in einem christlichen Freundschafts=
bunde stehen, aber sie gelten natürlich um so mehr für die Be=
ziehungen eines rechten Christen zu solchen, die nicht auf einem
Grunde mit ihm stehen. Es ist auch kaum zu bezweifeln, daß
Susanna beim Schreiben jenes Aufsatzes an ihre eigenen Er=
fahrungen im Brautstande gedacht hat.

Die Sache ward indessen immer ernsthafter. Wohl trat der
Vater schließlich ganz auf die Seite seiner tapferen Tochter, als
sie ihm erklärte, welchen Zwang sie sich seit zwei Jahren an=
gethan habe, wie gewiß sie sei, daß sie recht handle, und daß
sie bereit sei, diese Gewißheit mit dem Verluste des geliebten
Bräutigams und anscheinenden Glückes, ja, wenn es nötig wäre,
mit Hab und Gut zu versiegeln, daß sie lieber Vaterland, Eltern
und Freunde verlassen und ihr Brot in der Fremde verdienen,
als gegen ihre Einsichten handeln wolle — aber der Freund hatte
kein Verständnis für ihre Gewissensbedenken, er fürchtete sich
äußerst „vor dem Lächerlichen, das uns der Anschein ängstlicher
Gewissenhaftigkeit vor der Welt giebt". Er zog sich allmählich
zurück, ohne das Verhältnis geradezu aufzulösen, sie aber gab
ihn frei! Im Jahre 1747 erklärte Susanna ihren Verwandten
und Freunden geradezu die Sache für abgethan, und sie war
es auch. Später bot Olenschlager ihr zwar noch einmal, als er
die lang erwünschte Beförderung erreicht hatte und in den Senat
gewählt worden war (1748), seine Hand an, aber unter der Be=
dingung, daß sie als Gattin eines Mannes, der ein Haus machen
müßte, ihre Gesinnung zu ändern hätte — doch sie blieb fest bei
ihrem Entschlusse, und kurze Zeit darauf vermählte sich der in=
zwischen in den Adelsstand erhobene Ratsherr v. Olenschlager mit
einer Tochter des angesehenen Frankfurter Rechtsgelehrten Dr. Orth.

Susanna war mit dieser Wendung ganz zufrieden, da sie ihn „nach seiner Art" glücklich wußte, lehnte aber ihrerseits einige Heiratsanträge ab, die sie in dieser Zeit erhielt. Über das eheliche Leben Olenschlagers wird Ungünstiges berichtet; er soll auch als Gatte seine französischen Anschauungen beibehalten haben und deshalb mit seinem sittlich strengen Schwiegervater in einen Konflikt geraten sein; allein die Quelle, aus der diese Nachricht stammt (es ist eine Mitteilung des Arztes Sencken= berg), ist trübe. Daß Olenschlager das Vertrauen seiner Mit= bürger in hohem Maße genoß, beweist der Umstand, daß er mehrmals die höchsten Ehrenämter in der Stadt bekleidet hat. Der Reichshofrat Senckenberg hat selbst seinem Bruder einmal seine Abneigung gegen den Herrn v. Olenschlager verwiesen, da er sich doch bemühte, den dritten der Brüder, den verwahr= losten Senator Senckenberg, nach Kräften zu verteidigen. Nicht ohne Bedenken erwähnen wir hier auch ein Gerücht, dessen Varn= hagen v. Ense gedenkt[13]). Danach hat Susanna Olenschlager gebeten, ihr nicht zu verhehlen, wenn er einem anderen Frauen= zimmer gewogen sein würde, worauf er ihr beteuert habe, daß das gegenwärtig nicht der Fall sei mit Hinzufügung der Ver= wünschung, wenn er falsch rede, solle sein erster Sohn taub und blind zur Welt kommen. Als er sich vermählt habe, sei wirklich der erste Sohn, der ihm geboren wurde, taub und blind gewesen. Thatsache ist nur, daß dieser Sohn einen Sprachfehler hatte, der ihn übrigens nicht hinderte, Artillerielieutenant und später Forst= meister zu werden; vermutlich hat dieser beklagenswerte Umstand Anlaß gegeben zur Bildung jener Tradition, die wir als grund= los ansehen, da die Bekenntnisse Olenschlager nicht im Lichte der Falschheit erscheinen lassen, sondern sein allmähliger Rückzug ebenso aus seiner Weltanschauung sich ableiten läßt, wie Su= sannas Entschluß aus ihrer Gesinnung sich erklärt. Lappenberg hat gezeigt, daß die meisten Überlieferungen, die ihm bekannt geworden, mehr gestört als gefördert hätten — so mag es auch mit dieser Tradition sich verhalten.

Susanna v. Klettenberg und ihre Familie blieben sogar in beständiger Beziehung zu Herrn v. Olenschlager. So erscheint er bei dem 1766 abgeschlossenen Ehevertrag einer Cousine von Susanna, des Fräulein Louise Eleonore v. Klettenberg, neben dem Vater Susannas, als erbetener Zeuge. Auch scheint er selbst der ehemaligen Verlobten ein freundliches Angedenken bewahrt zu haben. Lappenberg macht darauf aufmerksam, daß er seinem vierten Kinde die Namen Katharina Susanna beilegen ließ, und auch die folgende Tochter, nachdem jene gleich nach der Geburt gestorben war, die Namen Katharina Susanna Maria erhielt.

Wir stellen an den Schluß dieses Abschnittes zwei Lieder von Susanna, welche zu den von ihr selbst als „Anfangsliedern" bezeichneten gehören. Wenn sie auch in einer späteren Zeit ihres Lebens entstanden sind, so geben sie jedenfalls die Stimmung, welche nach jenem heroischen Verzicht sie beseelte, in vorzüglicher Weise wieder (Lappenberg Nr. I und IV).

Jesus.

„Lieber arm, als ohne Jesus
Reich an Pracht und Herrlichkeit,
Lieber krank, als fern vom Heiland
Frisch die ganze Lebenszeit,
Ja, viel lieber nie geboren,
Als von diesem Freund getrennt.
Eine Welt bei Ihm verloren
Ist Gewinn, wenn man Ihn kennt [14]."

„Laßt mir mein Maria-Teil,
Lasset mich zu Jesu Füßen
Unverrückte Ruh' genießen:
Dafür sind mir Kronen feil."

IV.
In der Schule des Hallischen Pietismus.

———

Der hier zu schildernde Zeitraum umfaßt etwa zehn Jahre. Er beginnt mit der um 1747 erfolgten endgültigen Aufhebung der Verlobung und währt bis zu der bedeutsamen Wendung des inneren Lebens, welche Susanna der Brüdergemeinde näher brachte und um 1757 erfolgt ist. In dieser ganzen Zeit stand Susanna wesentlich unter dem Einflusse des Hallischen Pietismus. Ihre Geschichte war ruchbar geworden, und es waren viele Menschen neugierig, das Mädchen zu sehen, das Gott mehr schätzte als ihren Bräutigam. So trat ihr zunächst eine Anzahl Personen näher, welche, ohne gerade von der Kirche sich fern zu halten, doch einen Kreis für sich im Sinne der Spenerschen „Kirchlein in der Kirche" bildeten [15]).

Philipp Jakob Spener, ehemals Senior der evangelisch-lutherischen Geistlichkeit in Frankfurt, hatte in seinen „frommen Wünschen" (1675) eine Reihe wichtiger Vorschläge zur Erneuerung des kirchlichen Lebens veröffentlicht und damit den Anstoß zu der sogenannten pietistischen Bewegung gegeben, welche eine gesunde Gegenwirkung gegen eine tote Rechtgläubigkeit bildete, wie sie besonders im 17. Jahrhundert in unheilvoller Weise sich geltend gemacht hatte. Die Forderung, daß der christliche Glaube im christlichen Leben sich bethätigen müsse, das ernste Dringen auf eingehendere Beschäftigung mit der heiligen Schrift, die Warnung vor fruchtlosen Streitigkeiten hatten ein lebhaftes Echo geweckt.

Besonders hatte Spener Unterstützung an August Hermann
Francke, dem bekannten Stifter des Waisenhauses in Halle, gefunden, der vor allem auf die Notwendigkeit einer gründlichen
Bekehrung drang, wie er sie selbst erfahren hatte und schärfer
noch als sein geistlicher Vater vor jeder Vermischung mit der
Welt und ihren Freuden warnte. Franckes Schüler bildeten die
Gedanken des Meisters noch weiter aus, so daß man wohl mit
Susanna v. Klettenberg von einem eigentlichen Hallischen Bekehrungssystem sprechen darf. Nach dem Tode Franckes war besonders Johann Jakob Rambach, der eine Zeit lang dessen Pro-
fessur zu Halle bekleidete und (1735) zu Gießen gestorben ist,
bemüht, diese Methode zu vertreten.

Eine Tochter dieses berühmten Theologen war an den Pfarrer
Griesbach in Frankfurt verehelicht und bildete die Seele jenes
Kreises, mit welchem Susanna in Berührung kam. Ihr Sohn
wurde gleichfalls ein hervorragender Gottesgelehrter, Johann Jakob
Griesbach, der sich um das Bibelstudium verdient gemacht hat.
Sie selbst war auch, wie Goethe bezeugt, geistig bedeutend, aber
zu streng, zu trocken, zu gelehrt.

Damit stimmt auch die Charakteristik überein, welche die
schöne Seele selbst in den Bekenntnissen von ihr gegeben hat.
Aber anfangs räumte sie dieser Freundin viel ein und ergab sich
völlig dem von ihr vertretenen Hallischen Bekehrungssystem, obgleich ihr ganzes Wesen auf keinem Wege dazu passen wollte.
Sie hat später darüber geschrieben: „Wie sehr wünschte ich, daß
ich mich auch damals ganz ohne System befunden hätte; aber
wer kommt früh zu dem Glücke, sich seines eigenen Selbsts
ohne fremde Formen in reinem Zusammenhang bewußt zu sein?"
Sie gab sich lange redlich Mühe, das, was die offenbar sehr
ernst gesinnten Freunde ihr schilderten, auch selbst zu erleben;
aber sie machte nicht die gleichen Erfahrungen, wie man sie ihr
sichtlich aufzunötigen suchte. Während nach jenem System die
Herzensänderung mit einem tiefen Schrecken über die Sünde, ja
mit einem Vorschmacke der Hölle, beginnen muß und durch die

zeitweilige Rückkehr dieser Empfindungen sich als echt erweisen soll, so traf das alles bei ihr weder nahe noch ferne zu. „Wenn ich Gott aufrichtig suchte", schreibt sie in den Bekenntnissen, „so ließ er sich finden und hielt mir von vergangenen Dingen nichts vor. Ich sah hintennach wohl ein, wo ich unwürdig gewesen und wußte auch, wo ich es noch war, aber die Erkenntnis meiner Gebrechen war ohne alle Angst." Wir reihen hier ein Lied ein (Nr. III bei Lappenberg), welches im wesentlichen dieser Stimmung entspricht, wenn es vielleicht auch erst später entstanden ist.

An Ihn.

„Wie kindlich darf ich mit Ihm sprechen!
Er gönnt mir stets ein offnes Ohr.
Ich trag' Ihm alle mein' Gebrechen
Und alle meine Klagen vor.
Wie leicht wird dann es meinem Herzen,
Denn Er, Er nimmt an meinen Schmerzen,
Den zärtlichsten und treu'sten Teil.
Umschließt Er mich mit seinen Armen,
Und tröstet mich durch Sein Erbarmen,
So werden meine Wunden heil!"

Auch die Aufsätze über christliche Freundschaft spiegeln die gleiche Stimmung einer ruhigen Hingabe an den unsichtbaren Freund wieder. Wenn so die Darstellung der Bekenntnisse hier eine Bestätigung durch authentische Äußerungen der schönen Seele erhält, so gilt dies nicht von den sich an jene oben angeführte Stelle unmittelbar anreihenden Bemerkungen über Hölle und Teufel. Es ist wohl sicher, daß Susanna in ihren letzten Jahren zu Anschauungen kam, welche der hergebrachten Dogmatik nicht entsprachen — auch tritt in ihren Schriften der Gedanke des Satans sehr zurück —, aber er fehlt doch nicht ganz, weder in den Aufsätzen (S. 36, 53 und 64), noch in den Liedern (Nr. VI, XIV und XV). Es ist zuzugestehen, daß die von ihr ange=
wandten Wendungen sich von den krassen Ausdrücken fern halten, wie sie sich in vielen Schriften ihrer Zeitgenossen finden; doch ist es bei Susannas peinlicher Gewissenhaftigkeit kaum denkbar,

daß sie folgende in den Bekenntnissen enthaltene Stelle selbst geschrieben habe: „Die Idee eines bösen Geistes und eines Straf- und Quälorts nach dem Tode konnte keineswegs in dem Kreise meiner Ideeen Platz finden. Ich fand die Menschen, die ohne Gott lebten, so unglücklich, daß eine Hölle und äußere Strafen mir eher für sie eine Linderung zu versprechen, als eine Schärfung der Strafe zu drohen schienen." Wer mutlich hat Goethe an dieser Stelle spätere Äußerungen der Jugendfreundin, die sich in solcher Richtung bewegten, einge schaltet.

Susannas Stillleben wurde übrigens mehrfach unterbrochen: zunächst durch eine für sie sehr ungewohnte Sache, eine größere Reise. Ihre jüngste Schwester hatte an einem Hofe Stellung als Hofdame gefunden, und Susanna begleitete sie zu dem neuen Aufenthaltsorte, um sie dort einzuführen. Sie machte nun alle Zeremonieen gelassen mit, ohne starke Eindrücke dabei zu em pfangen; mußte aber sich in vieles wieder schicken, was sie lange aufgegeben hatte [16]).

Wir haben keinen Grund, an der Geschichtlichkeit dieser Reise zu zweifeln. Einzelne Äußerungen Susannas, wie auch ihrer jüngsten Schwester in den Aufsätzen über die Freundschaft legen die Vermutung geradezu nahe, daß beide einmal Gelegen heit hatten, an einem Hofe selbst einige Zeit zu verweilen. Der zweite Aufsatz Susannas: „Von Beobachtung der sittlichen Pflich ten bei einer christlichen Freundschaft" nimmt überall auf die Frage Rücksicht, wie sich der Christ gegenüber den in der großen Welt üblichen Formen zu verhalten habe, und die hier auf gestellten Umgangsregeln entsprechen ganz ihrem eigenen maß vollen Verhalten bei Hofe, wie es die Bekenntnisse schildern. Auch Magdalena v. Klettenberg hat in einem ihrer Aufsätze (Delitzsch, S. 129) auf das Leben am Hofe Bezug genommen.

Als Susanna heimkehrte, erwartete sie eine Probe anderer Art. Sie bekam infolge der ihr ungewohnten Lebensweise einen Blutsturz, so daß sie wieder eine neue Lektion aufzusagen hatte.

Die Krankheit Susannas führte zwar nicht zu dem Tode, dem sie heiter und ruhig entgegensah — sie ward, „indem sie Verzicht aufs Leben gethan hatte, beim Leben erhalten" — aber die zurückbleibende merkliche Schwachheit wurde für sie doch sehr peinlich, als beide Eltern ihrer Pflege bedurften. Die Mutter war bereits im Jahre 1751 schwer leidend geworden und blieb es bis zu ihrem fünf Jahre später erfolgten Ende; aber auch der Vater wurde bald elend. Susanna wurde dadurch genötigt, obgleich selbst viel kränklich, sich der Pflege der Eltern zu widmen und allmählich die Führung des Haushalts zu übernehmen[17]). Aber diese Mühewaltung war das Geringste; tiefer war der Schmerz, den ihrem Herzen das Mitgefühl mit den geliebten Eltern bereitete. Wie alle edlen Seelen, duldete sie mehr unter dem Leiden ihrer Lieben als unter dem eigenen. Aber sie bestand auch in dieser Probe. „Die gerade Richtung meines Herzens zu Gott, den Umgang mit den beloved ones[18]) hatte ich gesucht und gefunden, und das war, was mir alles erleichterte. Wie ein Wanderer in den Schatten, so eilte meine Seele nach dem Schutzort, wenn auch alles von außen drückte, und kam niemals leer zurück."

Was sie dann über die Gebetserhörung hinzufügt, gehört mit zu dem Besten, was je darüber geschrieben worden ist. Sie betont ausdrücklich, wie wenig auf diesem Gebiete die eigenen Erfahrungen für andere Beweiskraft haben, sagt aber doch: „Wie glücklich war ich, daß tausend kleine Vorgänge zusammen, so gewiß als das Atemholen Zeichen meines Lebens ist, mir bewiesen, daß ich nicht ohne Gott auf der Welt sei. Er war mir nahe, ich war vor ihm." Sie polemisiert in diesem Zusammenhange geradezu, wenn auch ohne Namen zu nennen, gegen Lavater, der in seiner Schrift: „Über die Kraft des Gebets" um Mitteilung authentischer Gebetserhörungen gebeten hatte und sich auch in seinem Aufgenötigten Glaubensbekenntnisse (1773) in solchem Sinne aussprach. Sie hat zwar in vielen Stücken mit diesem hochgefeierten Manne sympathisiert, aber sich trotz aller

Verehrung nicht geschenkt, ihre eigenen Ansichten ihm gegenüber
entschieden geltend zu machen.

Wie stellte sich Susanna in dieser Zeit zu der offiziellen
Kirche? Es gab in Frankfurt seit Speners Zeit immer einzelne
unter den Stillen im Lande, welche sich gänzlich vom Gottesdienste
der lutherischen Gemeinde fernhielten. Jener Freundeskreis aber,
in dem Susanna sich bewegte, hielt sich zur Kirche so lange, bis
die Ansichten der Brüdergemeinde in dieser Gesellschaft Einfluß
gewonnen und eine zeitweilige Entfremdung gegenüber dem Volks-
kirchentum herbeiführten. Bis zu diesem Momente, in welchem
der separatistische Zug zum Durchbruch kam, war Senior Dr. Fre=
senius der hochverehrte geistliche Berater jenes eng verbundenen
Freundeskreises.

Es ist derselbe Geistliche, welcher auch Goethes Eltern ge=
traut und ihn selbst getauft hat [19]. Der Dichter hat ihn auch in
Dichtung und Wahrheit (Bd. IV) rühmlich erwähnt, indem er von
ihm geschrieben hat: „Der Senior des Ministeriums, Johann
Philipp Fresenius, war ein sanfter Mann von schönem gefälligen
Ansehen, welcher von seiner Gemeinde, ja von der ganzen Stadt,
als exemplarischer Geistlicher und guter Kanzelredner verehrt
ward, der aber, weil er gegen die Herrnhuter aufgetreten, bei
den abgesonderten Frommen nicht im besten Rufe stand, vor der
Menge hingegen sich durch die Bekehrung eines bis zum Tode
blessierten freigeistischen Generals (v. Tyßern) berühmt und
gleichsam heilig gemacht hatte.“ Er hatte früher in Darmstadt
als Hofdiakonus gewirkt, weshalb es nahe lag, ihm in den Be=
kenntnissen den Titel eines Oberhofpredigers zu geben, der in
Frankfurt nicht üblich war. Seit 1743 war er Pfarrer in Frankfurt, seit 1748 nach Dr. Walthers Heimgang Senior der luthe=
rischen Geistlichkeit. Er vertrat den Standpunkt der lutherischen
Rechtgläubigkeit nach den verschiedensten Richtungen hin, gegen
Katholiken, Reformierte, Separatismus und Aufklärung: doch
war er einem gemäßigten Pietismus nicht abhold. Deshalb
konnte er auch lange das Vertrauen des Klettenbergschen Kreises

behaupten — um so mehr, als manche Glieder dieses Kreises erst durch ihn selbst zur Sinnesänderung geführt worden waren. Dies gilt wohl besonders für die Schwestern Susanna und Magdalena v. Klettenberg. Die jüngere Schwester bezeichnet Fresenius in dem ihm gewidmeten Trauergedicht geradezu als ihren teuersten geistlichen Vater; daß aber auch die schöne Seele durch seinen Einfluß zu ihrem Verzicht getrieben ward, schließen wir aus folgender Stelle einer von Pfarrer Griesbach herrührenden Lebens= beschreibung jenes Geistlichen:

„Vornehmlich gelang es dem Herrn im Jahre 1747 durch seinen Dienst, viele, sonderlich junge Personen, so kräftig zu er= wecken, daß man darunter eine besondere Gnadenzeit, welche auch einige Jahre nacheinander anhielt, erkennen mußte. Manche unter den damals erweckten und meistens auch nachmals redlich bekehrten Seelen waren vorher von so feinen Sitten und un= sträflichem Wandel, daß sie sich selbst für längstens bekehrt an= sahen, wie sie denn auch wohl von anderen dafür angesehen worden, und wäre es möglich, mit bloß äußerlicher Ehrbarkeit selig zu werden, so wären es gewiß diese Personen worden. Da aber der Herr durch den sanft durchdringenden Vortrag unseres seligen Lehrers sie ermunterte, ihren so scheinbaren guten Zustand genauer zu prüfen, so gingen ihnen bald die Augen auf. Die meisten davon drangen bald zu einer gänzlichen Sinnesänderung durch und zerrissen mit großem Mut und Ernst die subtilen Bande der weltlichen Eitelkeiten (wobei es zwar, wie leicht zu erachten, nicht ohne Aufsehen unter ihrer vorigen Gesellschaft und daher entstehenden Spott und Verachtung abging, welches aber jene redlichen Seelen vielmehr zu neuem Eifer auf dem schmalen Wege fortzulaufen anreizte")[20]). Der Verfasser scheint hier geradezu Susanna v. Klettenberg im Auge gehabt zu haben, welche eben im Jahre 1747 ihre Verlobung endgültig auflöste.

Man fügte sich im Klettenbergschen Kreise auch dann noch eine Zeit lang der ehrfurchtgebietenden Autorität des Seniors, als er seit diesem Jahre in schärfster Weise gegen die Brüdergemeinde

sich wandte, indem er seine Bewährten Nachrichten von Herrn=
hutischen Sachen herausgab, welche heftige Angriffe auf Zinzen=
dorf, den Stifter jener Gemeinde, enthielten. Wohl hatten die
Herrnhuter viele Berührungspunkte mit dem Pietismus, sofern
auch sie auf ernstliche Abkehr von der Welt und Hingabe an
den Herrn drangen, aber ihr Christentum hatte einen mehr
freudigen Charakter, und sie sahen besonders in einem gewisser=
maßen vertraulichen Verkehre mit dem Heilande die Haupt=
aufgabe lebendiger Frömmigkeit. Dabei fehlte es aber nicht an
recht bedenklichen Überschwenglichkeiten, gegen welche Fresenius
seine Polemik richtete, wobei er allerdings sich selbst von Über=
treibungen nicht freihielt und dadurch den Grundsatz der Billig=
keit verletzte.

Daß auch Susanna unter seinem Einflusse anfangs den
Grafen Zinzendorf für einen argen Ketzer hielt, ist nicht bloß
durch die Bekenntnisse bezeugt, sondern auch durch eine Stelle
ihres Aufsatzes: Von der Kindern Gottes unanständigen Tändelei
mit Freunden. Hier heißt es: „V. Auch selbst die hohe, heilige
Liebe, die eine begnadigte Seele zu ihrem Erlöser trägt, sucht
der Feind mit Tändelei zu verstellen, ja wohl gar dadurch aus=
zulöschen. An der Möglichkeit der Sache kann niemand zweifeln,
der die unseligen Ausschweifungen einer gewissen Brüdergemeinde
bedenkt, da man die höchsten und heiligsten Dinge zu einem
bloß sinnlichen Spielwerk macht." Dahin gehört auch folgende
Stelle (Lappenberg, S. 37): „Manchmalen leben wir in einem
Zeitpunkte, wo viele falsche Propheten, in Schafskleidern ver=
hüllet, ausgehen, und wir müssen alsdann mit Betrübnis wahr=
nehmen, daß auch unsere besten Freunde sich vor solcher Geister
betrüglicher Lockspeise nicht genug in Obacht nehmen." Also
stand die schöne Seele anfangs durchaus auf der Seite ihres
geistlichen Beraters, dessen Predigten sie mit großer Neigung
hörte. Aber sie achtete auch seine Kollegen, unter welchen da=
mals besonders einer hervorragte, der heute noch in ganz Deutsch=
land durch seine Erbauungsschriften wohl bekannte Johann

Friedrich Starck. Es ist der Vater des Pfarrers Johann Jakob
Starck, der mit der Schwester der Frau Rat vermählt war.
Trotz verwandtschaftlichen Beziehungen zu dem Textorschen Hause
ist dieser ausgezeichnete Seelsorger weder in Dichtung und
Wahrheit, noch in den Bekenntnissen erwähnt; aber an ihn und
Pfarrer Griesbach ist vor allem zu denken, wenn die schöne
Seele von Kollegen des Oberhofpredigers redet, die ihr wert ge=
wesen seien.

V.

Der Chrift in der Freundschaft.

Ehe wir zur Schilderung der eigentlichen Entscheidungsstunde
in Susannas innerem Leben übergehen, haben wir noch des
engeren Freundschaftsbundes zu gedenken, welcher sie und ihre
Schwester Magdalena mit dem Philo der Bekenntnisse, dem Hof
rate Friedrich Karl v. Moser, verknüpfte und den Anlaß
zur Entstehung des in der Überschrift genannten, schon früher
mehrfach erwähnten lieblichen Büchleins geboten hat. Denn die
ersten Beziehungen zu Herrn v. Moser, sowie die Abfassung
dieser Aufsätze über christliche Freundschaft, fallen noch in die
Zeit, in der Susanna unter pietistischer Leitung stand [21]).

Es lohnt sich, etwas näher auf die Persönlichkeit Mosers
einzugehen, da er nicht nur auf die schöne Seele einen viel tiefer
gehenden Einfluß als Olenschlager ausgeübt, sondern überhaupt
eine gewisse Bedeutung für seine Zeit gehabt hat, die in den
Bekenntnissen selbst wenig hervortritt [2]). Der Vater des zu
Stuttgart am 18. Dezember 1723 geborenen Friedrich Karl
v. Moser war jener unerschrockene Kämpfer für das Recht, Johann
Jakob Moser, dessen Name mit Württembergs Geschichte innig
verknüpft ist. Er ist aber auch in christlichen Kreisen durch seine
Kirchenlieder bekannt geworden. Eine Zeit lang stand er der
Brüdergemeinde nahe, besonders während seines Aufenthaltes in
Ebersdorf. Über seine Erziehungsgrundsätze äußerte er sich selbst:
„Die Kinder wurden dem Herrn und nicht der Welt erzogen

und lebten innerhalb des Kreises der Brüdergemeinde höchst ver=
gnügt und gerne." Diese Jugendeindrücke blieben in des jungen
Mosers Seele unauslöschlich haften, und wenn er auch nicht den
Herrnhutern sich anschloß, so begleitete ihn doch das Ebersdorfer
Gesangbuch zu den mancherlei Orten, zu welchen ihn das Schick=
sal führte.

Die Stadt Frankfurt betrat er 1745 zum erstenmale, als er
in Begleitung seines Vaters zum kaiserlichen Wahltag reiste. Im
Jahre 1749, ging er wieder mit dem Vater nach Homburg vor
der Höhe und wurde 1749, nachdem er zum Hofrat befördert
worden, Gehilfe an einer jüngst erst errichteten Staats= und
Kanzlei Akademie zu Hanau. In diesem Jahre vermählte er sich
mit einer Witwe, die der Vater eine sehr rechtschaffene Frau
nannte, mit der er aber, wie es scheint, keine ganz glückliche Ehe
geführt hat. Im Jahre 1751 ließ er sich in Frankfurt dauernd
nieder, wo er fünfzehn Jahre lang sich aufhielt, meist mit Schlich=
tung von Streitigkeiten zwischen den einzelnen Linien der hessischen
Fürstenfamilie beschäftigt. Er hat die Stadt sehr lieb gewonnen;
er nennt sie später die „gute Stadt, der er so viel frohe und
glückliche Tage zu verdanken habe". Hier erschienen viele seiner
zahlreichen Schriften, durch welche sich vor allem eine in jener
Zeit seltene Begeisterung für deutsches Wesen gleich einem gol=
denen Faden hindurchzieht.

Neben seiner glühenden Vaterlandsliebe machte sich aber in
seinen Schriften noch die entschiedene Abneigung gegen alle Frei=
geisterei geltend. Zwar schritt er, wie er selbst sagt, mit dem
Geiste seiner Zeit fort, las auch mittelmäßige Bücher, blätterte
auch in dem Ansehen nach schlechten, lernte aus allen — aber
seine religiöse Gesinnung blieb die gleiche, auch als sein sonstiger
Gesichtskreis sich erweiterte.

Diesen Standpunkt vertritt er nicht allein in religiösen und
philosophischen Abhandlungen, sondern auch auf dem Gebiete der
Rechtswissenschaft. Charakteristisch ist in dieser Hinsicht eine
Äußerung über seine Stellung zu seinem juristischen Berufe:

Die Natur habe ihm ein zärtliches Herz verliehen, die Luft des Gerichtshofes aber sei rauh und spröde, er möchte aber sein Herz nicht verhärten lassen. Seine ernst christliche Gesinnung offenbart sich auch in dem viel gelesenen Buche: „Der Herr und der Diener" (Frankfurt 1759), in dem er sich höchst freimütig ausgesprochen hat.

Moser hat auch für die Schäden im kirchlichen Leben seiner Zeit einen sehr klaren Blick gezeigt. Das beweist seine Äußerung[23]): „Der Glaube, das einzige Mittel der Seligkeit, ist geringer geworden, die Artikel des Glaubens haben zugenommen." Über die Fehler der Geistlichen hat er sich offen ausgesprochen. Seine Stellung zu der Aufklärung charakterisiert sich durch folgende zwei Citate, deren eins der Vernunft ihre Grenzen in Glaubenssachen anweist, während das andere doch wider die Verachtung der Vernunft Protest einlegt. „Die gesunde Vernunft muß in übernatürlichen Dingen weichen und sich gefangen geben, denn Gott vermag überschwenglich, ja alles und mehr zu thun, als die gesunde Vernunft versteht." Daneben aber steht der andere Satz: „Weil wir die Vernunft gefangen nehmen sollen unter den Gehorsam des Glaubens, so treiben sie es noch weiter und schlagen, um in diesem Gleichnisse fortzusetzen, den Gefangenen lieber gar tot." Goethe hat die Schriften Mosers geschätzt und ihn auch in Dichtung und Wahrheit ehrenvoll erwähnt. Er betont einmal, daß Moser einen gründlich sittlichen Charakter hatte. Sehr günstig lautet auch das Urteil R. v. Mohls über seine Schriften: „Solche grelle Streiflichter, geworfen nach allen Seiten der gesellschaftlichen Ordnung, namentlich aber nach deren Spitzen, eine solche rücksichtslose Bloßlegung der staatlichen Unfähigkeit und Pflichtwidrigkeit jeder Art in allen Ständen bis zu den höchsten, eine solch sichere und unerschrockene Untersuchung der Herzen und Nieren der Fürsten, eine so naive Preisgebung der in einem reichen und vielbewegten Leben teuer erkauften Erfahrungen im Geschäftsleben und in der Menschenkenntnis: solche Eigenschaften sind in der Litteratur aller Völker sehr sel-

tene Erscheinungen, in der deutschen waren sie ohne Vor=
gang ⁴)."

Im Jahre 1766 verließ Moser Frankfurt, um in den Dienst
Josephs II. einzutreten, nachdem er inzwischen durch den Kaiser
in den Adelsstand erhoben worden war. Aber er blieb nicht
lange in Wien, sondern trat wieder in hessischen Staatsdienst,
indem er seine Kräfte nunmehr der Darmstädter Linie weihte,
mit der er auch früher schon in Beziehung getreten war. Diese
neue Stellung verwickelte ihn jedoch allmählich in fatale Streitig=
keiten, so daß er sich von aller öffentlichen Thätigkeit zurückzog.
Er ist zu Ludwigsburg am 10. November 1798 gestorben, hat
also die Herausgabe der Bekenntnisse, in denen ihm eine so
bedeutsame Rolle zufiel, noch erlebt.

Über das Verhältnis Mosers zu Susanna ist bereits oben
das Wichtigste gesagt worden. Von einer Liebelei kann nicht
die Rede sein, wenn auch einzelne Stellen in den Bekenntnissen
eine solche Annahme nicht ausschließen. Wie Susanna selbst derlei
auf einer gleichen religiösen Gesinnung beruhende freundschaftliche
Beziehungen zwischen Personen verschiedenen Geschlechts auffaßte,
darüber empfangen wir einen Wink durch die beiden letzten Absätze
ihres Aufsatzes über den Charakter der Freundschaft (VIII u. IX).

„VIII. Auch bei beiderlei Geschlecht hat diese aus dem Grunde
einer innern Ähnlichkeit herstammende Neigung statt, und ist, wenn
sie unter dem Regimente der Gnade bleibt, recht und gut: unsere
Seelen sind weder Mann noch Weib. Man muß sich aber wohl vor=
sehen, daß man diese Art der natürlichen Neigung nicht mit der
ehelichen Neigung verwechsele; diese ist ganz etwas anderes, jene
kann ohne diese und diese ohne jene bestehen. Giebt es nicht tausend
Eheleute, die vergnügt und glücklich leben, aber Freunde sind sie
nicht (wer dies nicht versteht, weiß nicht, was Freundschaft ist),
werden es auch nicht werden, weil dieser innere Grund der
Ähnlichkeit fehlt. So giebt es im Gegenteil solche durch eine
natürliche Übereinstimmung gebundene und durch die Gnade ge=
heiligte Freunde beiderlei Geschlechts, die sich nicht zu ehelichen

gedenken." „IX. Ist die Kraft der Gnade überhaupt nötig, die natürliche Neigung in den Schranken zu halten, so ist sie es vornehmlich in diesem letzten Fall. Wahre Christen aber, die die Verheißung haben, daß ihnen nichts unmöglich sein soll, halten durch die von oben mitgeteilte Kraft sich in dem Umgang mit einer Person anderen Geschlechts, auch bei der aufrichtigsten Herzensfreundschaft, in weit genaueren Schranken und gebrauchen viel größere Behutsamkeit, als Unbekehrte nicht thun können, und so haben sie, wenn sie nur in der geistlichen Waffenrüstung bleiben, die Sicherheit, wo natürliche Menschen in der Gefahr umkommen."

Auch im zweiten Aufsatze Susannas (Von der Beobachtung der sittlichen Pflichten) wird diese Frage berührt — ein Beweis, daß die schöne Seele, so rein auch jenes Freundschafts verhältnis mit Philo sich erhalten hat, immerhin auf die Ge fahren aufmerksam wurde, die sich daraus hätten ergeben können, und auf welche nach den Bekenntnissen ihre Freunde sie wohl meinend hinwiesen. „III. Bei der aufrichtigsten Freundschaft zwischen Personen beiderlei Geschlechts ist es nicht erlaubt, so vertraulich, so herzlich, so frei miteinander umzugehen, wie bei gleichem Geschlecht. Die Gesinnung kann und darf ebenso herz= lich sein, man muß sich aber wohl inacht nehmen, solches nicht so ungezwungen in Worten und Werken zu äußern, sondern allerdings eine größere Ehrerbietung gegeneinander bezeugen, die eine Vormauer manches sonst zu befürchtenden Ärgernisses ist" [25]).

Das ganze Buch, aus welchem diese Stellen entnommen sind, legt Zeugnis ab von der Art der Freundschaft, welche Moser mit den beiden Schwestern verknüpfte. Es ist im Jahre 1754 erschienen ohne Angabe der Verfasser: die einzelnen Aufsätze waren aber mit den Zeichen C, X, P versehen. Die Bedeutung dieser Chiffren wurde von Moser einem Freunde, dem Kanzlei direktor Falcke in Hannover, unter dem Siegel der Verschwiegen heit in einem Briefe vom 10. Mai 1754 enthüllt. Er schreibt:

C ist die älteste Fräulein v. Klettenberg, X die jüngste Fräulein und P Ihr Freund Moser. Beneiden Sie mich nicht, wenn ich Ihnen geradeaus schreibe, daß nach der Verfassung dieses teueren Hauses der Mitgenuß dieser Freundinnen unmöglich sei. Sie befinden sich in so vielen anderen Glücksumständen, daß Sie mir diese Apanage wohl gönnen können. Es ist eine besondere Gnaden= gabe von Gott, die Bekannt und Freundschaft dieser auserwählten Personen erlangt zu haben; und unsere Freundschaft ist wirklich so, wie Sie es gedruckt lesen." Das Vorwort enthält dem= gemäß nur einen Hinweis darauf, daß die Aufsätze von verschie= denen Personen gemeinsam herausgegeben wurden. Wir lassen es hier folgen, da es in der Ausgabe von Delitzsch fehlt und doch von Interesse ist.

„Gegenwärtige Blätter enthalten den Plan unserer dem HERRN geheiligten und auf den Sinn der Nachfolge Jesu sich gründenden Freundschaft. Unsere Namen, Stand und Geschlecht geben oder nehmen dem Wert dieser Betrachtungen nichts, daß aber verschiedene Personen daran teil nehmen, ergiebt sich aus dem Unterschied der Schreibart und der beigefügten Zeichen. Wir empfinden in uns die große Gewißheit, unsere Freundschafts= stunden mit reifer Frucht in der Ewigkeit wiederzufinden, und wenn es dem HERRN gefallen sollte, die Lesung dieser Blätter mit Segen an andern zu begleiten und dadurch unsere Absicht bei deren Bekanntmachung zu rechtfertigen, wollen wir ihm dafür gerne noch ein besonders freudiges Danklied singen."

Von Susanna rühren fünf Aufsätze her, von ihrer Schwester zwei, von Moser fünf. Alle stehen aber untereinander in einem gewissen Zusammenhange. Auch die Schreibweise enthält viel Übereinstimmendes. Angenehm fällt es auf, daß verhältnismäßig wenige Fremdwörter uns begegnen, wenn man sich jene Zeit ver gegenwärtigt, in der fast alle deutschen Bücher von französischen Phrasen durchsetzt waren. Derselbe Vorzug tritt auch bei den Bekenntnissen uns entgegen, was auch einen Beweis für die wesentliche Echtheit derselben bildet. Was die Bedeutung der einzelnen Abhandlungen angeht, so könnte man meinen, daß Susanna hinter dem im Schreiben so gewandten Freunde zurückstehe, aber das ist durchaus nicht der Fall — ihre Aufsätze enthalten sogar das Beste in der Schrift. Besonders wichtig sind die vielen Beispiele aus der eigenen Erfahrung, welche die schöne Seele heranzieht, die auch dafür ein Zeugnis ablegen, daß sie über eine vortreffliche Beobachtungsgabe verfügte und außergewöhnliche Menschenkenntnis besaß. Um eine Probe ihrer Darstellungsart zu geben, lassen wir hier einen Teil des ersten Aufsatzes folgen. Er enthält eine Beschreibung der von Gott gewirkten Liebe nach 1 Kor. 13, 4. 5, die deshalb von besonderem Interesse ist, weil ein Vergleich mit der viel gefeierten Drummondschen Schrift: „Das Beste in der Welt" sich hier nahelegt. Wir glauben nicht, daß die feinen Bemerkungen der schönen Seele bei diesem Vergleiche zurückstehen müssen.

„Die heilige Schrift kann uns ganz allein die Beschaffenheit der von Gott gewirkten Liebe anzeigen. Unter vielen Stellen ist die Beschreibung Pauli an die Korinther 13, 6 (?) die ausführlichste; wir wollen, so viel der enge Raum dieser Blätter zuläßt, solche Eigenschaften, aber nur einige der vornehmsten, mit den Wirkungen der natürlichen Neigung, die wir aus der Erfahrung kennen, vergleichen.

„1. Die Liebe ist langmütig: wir haben es bei den vertrautesten Freunden, bei den besten Christen, immer mit Men schen zu thun, die noch solche Fehler und Schwachheiten an sich haben, die nicht nur sie selber betreffen, sondern auch beleidigend sind. Eigensinn, Krüttel, Jähzorn und andere mehr beleidigen allemal unsere Freunde, so oft sie bei uns merklich werden. Die Liebe aber nimmt das alles für keine Beleidigungen an, sie übersiehet diese häßlichen Ausbrüche, sie mögen so oft kom men, als sie wollen, sie suchet den Nächsten davon zu heilen, und was sie nicht ändern kann, verträgt sie, ohne daß es ihr wehe thut.

„Die natürliche Reigung aber ist hitzig und empfindlich; je lieber wir einen Freund haben, je weniger können wir von ihm leiden. Der und jener, spricht die Natur in solchen Fällen, mag mir sagen, was er will; aber Titus, der meine gegen ihn tra gende Reigung kennt, Titus sollte mir nicht so hart geantwortet haben. Kommt es auch nicht so weit, daß man seine Empfind lichkeit äußert, so ist sie nichtsdestoweniger im Grunde des Herzens anzutreffen, da thut es gewiß schmerzlich wehe.

„2. Die Liebe ist freundlich, und zwar immer, ohne Wechsel. Ihre Freundlichkeit ist gelind, aber ohne Veränderung, bei allen Vorfällen, zu allen Zeiten bleibt sie heiter und sanft wie Frühlingssonne.

„Die natürliche Reigung ist heftig in ihrer Freundlichkeit, aber unbeständig; man kann ihr leicht zur ungelegenen Stunde kommen, so verwandeln sich alle ihre Schmeicheleien in Murren und Drohen.

„3. Die Liebe eifert nicht. Sie wird nicht neidisch, wenn ein Freund mehreren Personen seine Liebe schenket. Timo= theus wird nicht eifersüchtig hierüber geworden sein, daß Paulus Titus, Philemon und so viele andere, die er unter der Menge seiner bekehrten Brüder mit den schönen Beinamen der Aus erwählten, der Geliebten bezeichnet, neben ihn in seine Freund= schaft aufnahm. Einen solchen mißgünstigen Eifer kennt die wahre Liebe nicht; je mehr Herzen im Herrn recht genau verbunden werden, je mehr erfreut sie sich darüber. Aber wenn der Ehre Gottes zu nahe getreten wird, wenn begnadigte Seelen die Weltliebe mit der Liebe Jesu vereinigen wollen, dann eifert sie für die Ehre ihres Heilandes mit einem gött lichen Eifer.

„Die natürliche Reigung eifert; sie kann nicht leiden, daß der Geliebte andere so hoch soll schätzen, wie das Ich sich schmei= chelt zu stehen; es braucht nicht einmal eine wirkliche Zärtlichkeit für andere Personen: einige wenige Worte, ja Mienen, können schon diesen neidischen Eifer erregen. Wird aber Gott beleidigt, o, da hat die natürliche Neigung große Geduld mit den Fehlern des Nächsten.

„4. Die Liebe treibt nicht Mutwillen. Dieses Wort bedeutet in unserer Sprache bald Schalkheit, bald Scherz und Tändelei. Wir nehmen es hier im letzten Verstand, jenen un= ausgeschlossen. Die Liebe ist zärtlich, aber das Bezeugen ihrer Zärtlichkeit, ja die Zärtlichkeit selbst wird von der Ehrfurcht gegen Gott und von der genauen Vereinigung mit ihm in solchen Schranken gehalten, wobei kein Scherz, kein Spiel und Tändel= werk Platz hat.

„Die natürliche Neigung kennt fast keine andere Art, sich zu äußern, als durch Tändelei, sie kennt kein ander Gesetz als die Begierden des Willens; so weit diese gehen, so weit lässet sie ihnen freien Raum, und wenn diese Freiheit haben, so schweifen sie bei Bezeugung einer großen Zärtlichkeit bis zu kindischen Tändeleien aus.

„4. Die Liebe argwöhnet nicht, wie es nach dem Grundtext heißt. Der Argwohn erstreckt sich nach seiner bösen Beschaffenheit gar weit, man kann bei allen Vorfällen das Ärgste vom Nächsten vermuten. Unser Zweck ist aber, diesen Fehler nur insoweit zu erwägen, als er die Freundschaft im eigentlichen Verstand betrifft.

„Wenn die Liebe erst weiß, daß sie mit dem Geliebten auf einem Grund, auf dem Fels des Heils, erbauet ist, so läßt sie sich es nicht beigehen, daß in jenes Herzen ein Falsch, eine Tücke oder dergleichen gegen sie wohnen sollte. Ereigneten sich ja solche Fälle, wo es erschiene, als ob jener wirklich ein wenig fehlte, so glaubt sie es nicht eher, als bis sie es klar wie die Sonne am Mittag siehet; so lange sie das nicht weiß, verteidigt sie den Freund bei sich und bei andern. Wenn Philadelphius lange keine Briefe von Fidelis erhält, so argwohnet er nicht gleich, die Freundschaft sei erkaltet, Fidelis habe ihn nicht mehr lieb; o nein! er schreibet es seinen Geschäften, einigen Vorfallenheiten, oder, wenn er nicht anders kann, lieber einer Trägheit im Schrei=

Dechent, Goethes Schöne Seele.   8

ben zu, bei welcher jedoch der Grund seines Herzens unverändert gegen ihn bliebe.

„Die natürliche Neigung ist sehr argwöhnisch; sie hat keinen andern Grund als den Hang des Willens; wie veränderlich ist aber der nicht? Es darf sich also nur ein Schein des Kaltsinns blicken lassen, so ist gleich Grund genug da, zu argwöhnen, unser Freund habe sein Herz gegen uns verändert. Auch ohne an scheinenden Kaltsinn verfällt die natürliche Neigung manchmal in den Argwohn, der Freund sei nicht mehr ·der, der er gewesen. Ob dieses nun wohl im Grunde unrecht ist, so kann man es doch nicht anders fordern. Was ist unbeständiger als das mensch= liche Herz? Eine Neigung, die keine andere Gründe als dessen Triebe hat, ist alle Augenblicke in Gefahr zu scheitern.

„6. Die Liebe suchet nicht das Ihre. Keine Selbst gefälligkeit, kein Eigennutz, keine eigne Ehre sind Triebfedern der zärtlichen Bewegungen der Liebe, der Wind der göttlichen Liebe bläset diese schöne Flamme an, und diese unauslöschliche Glut ist der Brandaltar, wo sie immer neues Feuer holet. Zwar, wie das Laster seine Bestrafung mit sich führet, so folget auch der Tugend ihre eigene Belohnung. Die Bezeugung der Liebe bringt Gegenliebe zuwege; diese siehet aber die Liebe nicht als ein Eigentum an, sondern opfert sie dem auf, der der Ursprung aller wahren Liebe ist. Bei einer solchen Beschaffenheit ist sie keiner Anhänglichkeit unterworfen, sie hängt an Gott, nicht aber an sich, nicht an den Freunden.

„Die natürliche Neigung sucht lediglich das Ihre; eigenes Vergnügen, eigene Liebe, eigener Nutzen ist das, was sie belebet, alle Gegenliebe des Freundes eignet sie sich als einen wohlver dienten Lohn zu; je mehr nun der Geliebte sich erkenntlich er zeigt, je mehr Vergnügen schaffet es ihr; ja er wird ihr recht zu einer Quelle des Vergnügens, und darum hänget sie sich auch an ihn, als an den Grund ihrer Ruhe.

„7. Die Liebe läßt sich endlich nicht erbittern, und trägt auch hierin das Bild ihres Vaters, der seine Sonne doch immer wieder auch über die aufgehen lässet, die ihr Licht und Feuer nur zur Vollbringung mancher Übelthaten mißbrauchen. So lässet sich auch die Liebe durch keinen Undank abhalten wohlzuthun, und spricht gleichsam wie Lutherus sagt: So böse sollst du nicht sein, daß du mich überbösest, ich will gut bleiben und fortfahren, dir Gutes zu erzeigen.

„Die natürliche Neigung erbittert sich sehr leicht, es braucht hier keines Beweises, die Erfahrung lehrt es, daß eine beleidigte Freundschaft bei bloß natürlichen Menschen sich in die bitterste Feindschaft verwandelt; ja es braucht nicht allemal einer wirklichen Beleidigung: ein geringes Versehen kann gar oft bei beiden Teilen diese häßliche Veränderung verursachen.

„Es könnte dieser Unterschied noch sehr weit und in vielen Fällen gezeigt werden; dieses Wenige aber kann schon hinlänglich sein, die Quelle der freundschaftlichen Bezeugungen danach zu prüfen."

Die schöne Seele schildert nun in den Bekenntnissen, wie ihr Freundschaftsbund mit Philo es mitverursachte, daß die Mitglieder ihres früheren Kreises ihr etwas entfremdet wurden. Dazu kam der früher schon erwähnte Umstand, daß diejenigen, deren Leitung sie sich ehedem vertrauend hingegeben hatte, sich in die ungetrübte Heiterkeit ihres Wesens nicht zu finden wußten. Besonders gab ihr gelassenes Verhalten am Sterbebette ihrer geliebten Mutter († im Jahre 1756, 7. Nov.) den frommen, aber ganz schulgerechten Leuten Anstoß, man meinte, daß sie es an dem nötigen Ernste fehlen ließe [26]). Immerhin erkannte Susanna selbst später an, daß ihr allerdings damals noch etwas abging, was einem lebendigen Christen auf die Dauer nicht mangeln darf, nämlich eine tiefere Erkenntnis der Sünde. Sie spricht sich darüber in den Bekenntnissen folgendermaßen aus:

„Das Ding, das noch nie erklärte böse Ding, das uns von dem Wesen trennt, dem wir das Leben verdanken, von dem

Wesen, aus dem alles, was Leben genannt werden soll, sich unterhalten muß, das Ding, das man Sünde nennt, kannte ich noch gar nicht." Man kann freilich, wenn man die mancherlei ernsten Äußerungen Susannas in ihren Aufsätzen über die Not= wendigkeit sich von den häßlichen Flecken der Sünde im Blute Christi unter der Zucht der Gnade zu reinigen (Lappenberg, S. 56 u. a. a. O.), sich vor Augen hält, kaum der Wahrnehmung sich verschließen, daß sie ihren früheren Seelenzustand etwas zu scharf beurteilt hat — eine Erscheinung, die uns auch in den Bekenntnissen Augustins entgegentritt und sich psychologisch leicht erklären läßt; so viel aber steht fest, daß sie bei dem, was sie auf der hier geschilderten Stufe der inneren Entwickelung über Sünde und Gnade niedergeschrieben hatte, noch mehr auf fremde Mitteilungen als auf eigene Erfahrung sich stützte.

Und doch sollte gerade der Blick in ein fremdes Herz sie zur eigenen Erfahrung auf diesem Gebiete führen. Die offenen Bekennt= nisse Mosers über seinen Seelenzustand [27] veranlaßten sie zunächst, mit seiner Gemütsverfassung sich zu beschäftigen; bald aber wandte sie ihre Betrachtungen auf sich selbst. Und nun erst wurde ihr offenbar, daß auch in ihrem Herzen die Anlage zu allen Sünden vorhanden war, wenn sie auch keiner eigentlichen Ver= schuldung sich bewußt zwar. Sie fühlte nun in sich die Anlage zu Verbrechen, wie sie ein Girard, ein Cartouche, ein Damiens begangen [28]. Dieser Zustand währte nach ihren eigenen Angaben mehr als ein Jahr lang und quälte sie sehr [29]. Ihre Stim= mung glich der eines Wanderers, dessen Pfad an einem Abgrunde vorbeiführt und der in jedem Augenblick fürchten muß, in die Tiefe zu stürzen. Noch darf er das Licht der Sonne schauen, aber ihm ist, als rauschten schon die Fittiche des Todes um ihn her. Besonders machte sie sich Gedanken über das vertraute Verhältnis zu Moser, indem sie die Gefahren jetzt klar erkannte, die sich daraus für sie hätten ergeben können. Dennoch durfte sie auch in dieser Zeit von sich sagen: „Bei allem Bösen, das ich in mir entdeckte, hatte ich Ihn lieb, und haßte, was ich fühlte, ja, ich wünschte es noch ernstlicher zu hassen, und mein ganzer Wunsch war, von dieser Krankheit und dieser Anlage zur Krankheit erlöst zu werden, und ich war gewiß, daß mir der gute Arzt seine Hilfe nicht versagen werde." So zeigte sie selbst in dieser bewegten Periode mehr Seelenruhe, als es sonst in solchen kritischen Zeiten des inneren Lebens der Fall ist.

VI.

Die Entscheidungsstunde.

— —

Nachdem sie sich überzeugt hatte, daß Tugendübungen ihr nicht helfen würden und die Sittenlehre ihr keinen Trost spenden könnte, ward sie zu der Gewißheit geführt, daß in der Menschwerdung des ewigen Wortes das Heil für uns gegeben sei und daß Christus darum uns ähnlich geworden sei, weil wir sonst keinen Teil von Ihm haben würden. „Wie können wir aber an dieser unschätzbaren Wohlthat teilnehmen?" fragt sie dann weiter. Durch den Glauben, antwortet uns die Schrift. Was ist denn Glaube? Die Erzählung einer Begebenheit für wahr halten, was kann mir das helfen? Ich muß mir ihre Wirkungen, ihre Folgen zueignen können. Dieser zueignende Glaube muß ein eigener, dem natürlichen Menschen ungewöhnlicher Zustand des Gemüts sein.

„Nun, Allmächtiger! so schenke mir Glauben", flehte ich einst in dem größten Druck des Herzens. Ich lehnte mich auf einen kleinen Tisch, an dem ich saß, und verbarg mein bethräntes Gesicht in meinen Händen. Hier war ich in der Lage, in der man sein muß, wenn Gott auf unser Gebet achten soll, und in der man selten ist.

Ja, wer nur schildern könnte, was ich da fühlte! Ein Zug brachte meine Seele nach dem Kreuze hin, an dem Jesus einst erblaßte; ein Zug war es, ich kann es nicht anders nennen, demjenigen völlig gleich, wodurch unsere Seele zu einem ab=

wesenden Geliebten geführt wird, ein Zunahen, das vermutlich viel wesentlicher und wahrhafter ist, als wir vermuten. So nahte meine Seele dem Menschgewordenen und am Kreuz Gestorbenen, und in dem Augenblicke wußte ich, was Glauben war. „Das ist Glaube!" sagte ich, und sprang wie halb erschreckt in die Höhe. Ich suchte nun meiner Empfindung, meines Anschauens gewiß zu werden, und in kurzem war ich überzeugt, daß mein Geist eine Fähigkeit sich aufzuschwingen erhalten habe, die ihm ganz neu war.

Die Stunde, welche für Susannas inneres Leben nach ihrer eigenen Aussage den Ausschlag gab, ist von ihr selbst in einer so lebendigen Weise geschildert worden, daß jede weitere Ausmalung den Eindruck nur abschwächen könnte. Wir haben es offenbar hier gerade mit einer Stelle ihrer Aufzeichnungen zu thun, die ganz ihr geistiges Eigentum ist, an der Goethe nichts geändert hat. Zum Beweise lassen wir einige Stellen aus ihren Briefen und Liedern folgen, welche nach Form und Inhalt an die in den Bekenntnissen gegebene Schilderung der Entscheidungsstunde erinnern.

Hierher gehört vor allem die (Anm. 29) erwähnte Stelle im Briefe an Reißer vom 15. Dezember 1768: „Nun geht es in das zwölfte Jahr, daß Er sich mir als den für mich Gekreuzigten offenbarte." Auch hier ist, wie in dem Bekenntnisse einer schönen Seele, klar ausgesprochen, daß sie nicht etwa damals erst die Lehre von der Versöhnung durch das Blut Christi annahm, so daß ihr Glaube vorher den symbolischen Büchern nicht entsprochen hätte — aber nun erst lernte sie mit Luther bekennen: „Ich glaube, daß Jesus Christus sei mein Herr, der mich verdammten Sünder erlöset hat, daß ich sein eigen sei." Insofern durfte sie sagen, daß sie erst damals zum vollen Glauben hindurch gedrungen sei.

Mit Grund bestreitet sie die falsche Auffassung des Wortes „Glauben", als ob es nur bedeute, die Erzählung einer Begebenheit für wahr halten, und weist auf die Notwendigkeit der persönlichen Zueignung der Gnade hin. Es entspricht dies durchaus der reformatorischen Auffassung des rechtfertigenden Glaubens, wie sie bezeugt ist in der Augsburger Konfession, wo es heißt: „Glauben ist nicht allein die Historien wissen, sondern auch Zuversicht haben zu Gott, seine Zusage zu empfahen."

Eine andere Stelle, die an die Bemerkung Susannas über die Bedeutung der Menschwerdung des ewigen Wortes erinnert, findet sich in einem späteren Briefe an Reißer vom 6. Januar 1769. „Mein Mensch gewordener Gott hat mir diese Tage über aufs neue wichtig gemacht, was die alten schönen Worte sagen:

> ‚In unser armes Fleisch und Blut
> Verkleidet sich das ew'ge Gut.' "

Besonders dienen zum Verständnisse der Stimmung, welche sie nach jener beseligenden Stunde erfüllte, die „Neuen Lieder", die in diese Zeit fallen. Die schöne Seele hatte schon als Kind gedichtet und auch als Braut dieser Neigung gehuldigt — Olenschlager zeigte einige ihrer Gedichte einem vornehmen Freunde — doch ist es fraglich, ob die uns erhaltenen poetischen Versuche bis in diese früheren Tage zurückreichen. Vermutlich gehören sie durchweg der Zeit nach 1756 an.

Wir lassen hier ein Lied folgen (Lappenberg VI), welches auf jene innere Erfahrung deutlich hinweist:

> „Erscheine mir im Hüttenkleide
> Mit Gnad' und Wahrheit ausgeschmückt,
> Umringt mit göttlich reiner Freude,
> So wie ich einstens dich erblickt,
> Als Du Dich ließest von mir finden,
> Als Du von allem Druck der Sünden
> Mein armes Herze frei gemacht,
> Als mich Dein holdes Wort Genade
> Mich, die vergifte böse Made
> Zu ew'gem Heil und Ruh' gebracht.

> „O Ruhe, der nichts zu vergleichen!
> Wie sanft ist meines Hirten Stab,
> Wer kann des Friedens Höh' erreichen,
> Den ich bei Seiner Führung hab'?

Der finstern Thäler tiefster Schrecken
Kann niemals gänzlich mich bedecken,
Denn ich bin bei dem wahren Licht;
Der Feinde festgeknüpfte Schlingen
Vermögen mich nicht zu umringen:
Es läßt mich Seine Treue nicht.

„Nur Eines kann mich von Ihm trennen,
Nur Eins zerreißet unser Band,
Was Teufel, Welt und Sünd' nicht können,
Kann ich, — Herr, reich mir Deine Hand!
Ja, wenn von eitler Lust bethöret
Mein Wille sich zur Erde kehret,
Wenn er der Sünde wieder hold:
Dann ist der schöne Bund zerrissen,
Dann werd' ich ewig sterben müssen,
Aus meiner Schuld, weil ich gewollt.

„Herr Jesu, fess'le meinen Willen,
Bind ihn unendlich fest an Dich;
Kann etwas die Begierde stillen,
Das außer Dir, das ohne Dich?
Nein, alles was genannt mag werden,
Was dieses weite Rund der Erden,
Was aller Himmel Kreis beschließt, —
Nichts, nichts von den erschaffnen Dingen
Kann unsern Geist zur Ruhe bringen,
Wenn man es ohne Dich genießt.

„Ich habe Deine Kost geschmecket,
Ein Tröpflein Deiner Süßigkeit
Hat schon den Wunsch nach Dir erwecket,
Nur Dein zu sein in Ewigkeit.
Beflügle, Jesu, mein Verlangen,
Nimm Dir mein ganzes Herz gefangen,
Dein holdes Ziehen stärke mich,
Daß ich mit täglich neuem Eilen,
Entfernt von Trägheit und Verweilen,
Nichts andres suche als nur Dich.“

Wir reihen weiter ein Lied an, in dem sich auch die
Freude, das Heil erfaßt zu haben, wiederspiegelt (III bei
Lappenberg).

„Gieb mir einen Sabbats-Segen,
Einen Vorschmack jener Luft,
Leite mich auf Sions Stegen,
Fülle meine kalte Brust
Mit den Trieben, den von oben,
Die der Erden Tand verschmäh'n,
Schenke Kräfte, Dich zu loben
Und auf Dich allein zu seh'n.

„Laß, was irdisch ist, verschwinden,
Mach' mich von dem Liebsten frei,
Komm, mein Herze recht zu binden,
Daß ich Deine Magd nur sei;
Jesu, hier sind meine Ohren,
Laß des Wortes scharfen Stahl
Sie an Deiner Thür durchbohren
Als der Knechtschaft Ehrenmahl.

„Löse mich von allen Banden, —
Ach, wie viele drücken mich, —
Mach des Feindes Rat zu Schanden,
Fess'le Dir mein ganzes Ich.
Meine Brüder, deine Gaben,
Was mir Deine Huld verleiht,
Muß ich nur als Güter haben,
Dir zum Opferdienst geweiht.

„Nichts in Eigenheit besitzen,
Nirgends ruhen als in Dir, —
Will mich fremde Glut erhitzen,
Halte Deinen Fluch mir für;
Dir allein hab' ich geschworen,
Jetzo schwör' ich Dir's noch zu,
Unter allen auserkoren
Bleibst Du meiner Seelen Ruh'."

Aus dem Liede VIII sollen wenigstens einige Verse hier stehen:

„Ich habe ihn gefunden,
Er hat sich mir verbunden,
Er ist mein ewig Teil,
Durch Schmerz, durch Tod, durch Bluten und durch Wunden,
Macht mein Erlöser mich von meinem Schaden heil."

Auch Lied IX weist auf jene Gnadenstunde zurück in den Worten:

„Ich habe viele Zeit — bejammernswürb'ge Stunden! —
Im Dienst der Eitelkeit recht träumend zugebracht;
Doch Deine Mittlers=Treu' hat endlich überwunden,
Und mich von Joch und Dienst der Sünde frei gemacht.
Ich weiß, ich habe Dich — in Deinem teuren Blute
Ist meiner Ruhe Grund und meines Herzens Teil;
Ich fürchte keinen Zorn, nicht Mosis Fluch und Rute,
Der Vater kennt mich nur in Dir, in Deinem Heil."

Noch gehören hierher einige Verse aus den später entstan
denen „Anfangsliedern", die aber offenbar auf dieselbe Erfahrung zurückweisen [30]).

„Seitdem ich, Jesus, Dich erblickt,
Seitdem Du mir Dein Herz entdeckt,
Seit Du mich an die Brust gedrückt,
So ist ein Durst nach Dir erweckt,
Der sich mit gar nichts andrem stillet,
Der sich stets im Genuß vermehrt,
Und der, wird er nicht ganz erfüllet,
Sich oft beinah' in Pein verkehrt."

Auch in dem bekannten Gedichte: „In meine Bibel", das
gleichfalls zu den Anfangsliedern gehört, findet sich eine Bezug=
nahme dieser Art.

„Zuschrift aus der Ewigkeit,
Brief von sehr gelehrten Händen,
Du kannst alle Not der Zeit,
Alle bangen Klagen enden.
Der, der meinen Geist entzückt,
Den ich itzo noch nicht sehe,
Hat aus der gestirnten Höhe
Mir die Zeilen zugeschickt."

Am wichtigsten ist aber die Korrespondenz Susannas mit
Lavater für das Verständnis dessen, was jene Gnadenstunde für
sie bedeutete. Nach den Bekenntnissen ist es noch nicht völlig klar
ausgesprochen, daß es sich für sie um ein unmittelbares Schauen
des Erlösers handelte; deutlicher tritt der Gedanke in den Liedern
uns entgegen — aber hier konnte es sich um eine bloße dich=
terische Darstellung handeln —, die Briefe an Lavater aber, in
welchen sie beständig auf jenes Thema zurückkommt, beweisen,

daß sie eine wirklich für sie allein bestimmte Erscheinung des Heilandes erlebt zu haben sich bewußt war, und daß die Un= erschütterlichkeit ihres Glaubens wesentlich mit dieser außer= ordentlichen Erfahrung zusammenhing. So schreibt sie ihm am 9. Januar 1774: „Glauben Sie also ohne Sehen fort, so lange es der Herr so haben will. Sie werden hier in Ihrem Körper noch die Gabe des Sehens, des Empfindens, des Schmeckens bekommen. Die Stunde steht bei dem Herrn." Am 27. Juli 1774 schreibt sie in ähnlichem Sinn: „Du bist nicht allein, das weißt du wohl, und Dein öfterer wirklich hoher Genuß reizt den Wunsch nach mehrerem. Das bleibt nicht aus. Wenn Dir nach Deinen besonderen Umständen eine sichtbare Offenbarung nötig, so bekommst Du sie gewiß. Sei nur stille und treu." Am 4. Au= gust schreibt sie, „daß das Andenken des Schönsten unter den Menschen, die ewig unauslöschlichen Eindrücke seines holden Umgangs Lebenskräfte einer neuen Welt seien, die aber doch nach ihrem Favoritgedanken ganz gewiß physisch auf uns wirken müßten". Am 12. September 1774 spricht sie sich über ihre per= sönlichen Erlebnisse folgendermaßen aus: „Manches mag wunder= bar klingen, ich rede Erfahrungen und will sie nicht mit Schul= wörtern ausdrücken, die mir so uneigentlich dünken, die mich so lang geneckt. Auf die Erfahrung lasse ich es getrost ankommen. Möchtest Du, lieber Bruder, bald schmecken, wie wohl es einem Herzen thut, das mit lebhafter Empfindung sich als den größten Sünder fühlt und jetzo gerade in diesen Jammerstunden sagen kann: Wie meine Wunde blutet, wie sie brennet, ich sterbe nicht an diesem Schaden. Ich habe ein aurum potabile empfangen, einen unverweslichen Tropfen genossen, der bildet alles um, der gestaltet mich, so wie mein Haupt zur Rechten der Majestät ge= staltet ist." So ist auch die Thomaswonne zu verstehen, die sie in ihrem letzten Briefe an Lavater für ihn erfleht.

Alle diese Stellen beweisen, daß die Schilderung der Ent= scheidungsstunde in den Bekenntnissen durchweg mit den Äußerungen Susannas sich deckt, so daß die Annahme, jene Darstel=

lung sei ganz so wie sie uns vorliegt, aus ihrer Feder geflossen, kaum abzuweisen ist.

Noch eine andere Bemerkung knüpfen wir an jenen Bericht der schönen Seele an: Er erinnert in mancher Hinsicht an die Erzählung Augustins über seine Bekehrung. Wie groß auch der Unterschied ist zwischen Augustin, hinter dem eine mit groben Lastern befleckte Vergangenheit liegt, und der schönen Seele, die sich von der Welt unbefleckt erhalten, so weisen doch die beiderlei Berichte viel Ähnlichkeit auf, und es scheint, daß die wohl= bekannte Erzählung des berühmten Kirchenvaters in seinen Be= kenntnissen Susanna bei ihrer Darstellung vorgeschwebt hat. Da nun auch anderweitige Berührungen zwischen den beiden Selbst= biographieen vorliegen, so drängt sich uns die Vermutung auf, daß Fräulein v. Klettenberg ihre Aufzeichnungen selbst bereits mit dem Titel „Bekenntnisse" versehen habe. Der Zusatz „einer schönen Seele" würde natürlich auch in diesem Falle auf Goethe zurückzuführen sein.

VII.

Die Herrnhuter Schwester auf eigene Hand.

--

Anfangs glich die schöne Seele, nachdem ihr, wie sie selbst einmal sagt, „das Wahre geschenkt worden", dem Manne, der den verborgenen Schatz im Acker fand und bei aller Herzensfreude ihn verbarg. Wohl fühlten die Ihrigen an ihrer Heiterkeit, daß etwas Ungewöhnliches sich mit ihr ereignet habe; aber sie sprach sich nicht über ihre Erfahrung aus. In dieser Zeit nun war es, daß ihr wie von ungefähr das Ebersdorfer Gesangbuch der Brüdergemeinde in die Hände fiel, das Moser so lieb gewonnen und ihr oft vergeblich empfohlen hatte. Und jetzt erfaßten sie die Lieder Zinzendorfs mit wunderbarer Macht.

„Die Originalität und Naivetät der Ausdrücke zog mich an. Ich ward überzeugt, die Leute fühlten, was ich fühlte." Bald entdeckte sie diesen Umschwung ihrer Gesinnung dem Freunde, der ihr nun freudig überrascht die Schriften des von ihr früher so scharf verurteilten Grafen verschaffte, welche sie bald unbeschreiblich lieb gewann. So ward sie eine herrnhutische Schwester auf eigene Hand, ohne zu ahnen, daß Gesinnungsgenossen in ihrer nächsten Nähe sich befanden. Ein Zufall führte erst zur Entdeckung, daß eine Anzahl ihrer Bekannten gleichfalls den Grafen verehrten, ja daß eine heimliche Gemeinde in der Bildung begriffen schien [31]).

In dieser Zeit erhielt sie einen Brief von dem den Herrnhutern sehr nahestehenden Pfarrer Steinhofer zu Ehringen in

Württemberg (vom 12. März 1758; im Nachlaſſe). Suſanna
ſcheint ſofort, nachdem ſie in den Frankfurter Kreis eingetreten
war, ihm mitgeteilt zu haben, daß ſeine Schriften ſie auf den
rechten Weg geführt hätten. Vermutlich ſchloß ſie daran die
Bitte um baldige Herausgabe einer weiteren Arbeit. Steinhofer
ſpricht nun zwar ſeine Freude aus über das Zeugnis von der
Gnade des Heilands, das ihr Schreiben enthalte, lehnt aber
das ihm für ſeine Perſon geſpendete Lob ab und ſpricht ſich
gegen die Häufung ſchriftlicher Zeugniſſe aus. „Liebes Fräulein",
ſo ſchreibt er ihr, „ſind zur Quelle ſelbſt gekommen und können
daraus täglich im Glauben mehr ſchöpfen, als man Ihnen in
Worte faſſen und beſchreiben kann." Er preiſt ihr ſtilles Leben,
indem er ſagt: „Was haben Sie dabei in Ihrer einſamen Stille
und Abgeſchiedenheit von dem Geräuſch der eitlen Welt für un=
gemeinen Vorzug, daß Sie dem Lamm in reiner Liebe nach=
folgen und anhangen können unverrückt." Er ſchließt mit den
Worten: „Der Herr ſei als ein treuer Hirte unter ſeinem Volke,
das Er ſich in Ihrer Stadt ſammelt und erfülle an ihm ſeine
Verheißung, daß Ihm keins aus ſeiner Hand geriſſen werde."
Daß die evangeliſchen Vorträge von Steinhofer Suſanna ſehr
wert waren, war auch früher ſchon bekannt: Schloſſer beſaß be
reits eine Sammlung ſolcher niedergeſchriebenen Vorträge, welche
ihr angehört hatten. Dieſe Predigten waren bereits im Jahre
1745 gehalten worden, als Steinhofer noch in Ebersdorf weilte
und das Geſangbuch der dortigen Gemeinde herausgab. Ohne
Zweifel gehörte jene Sammlung mit zu den Schriften, mit wel=
chen Herr v. Moſer ſie in jener Zeit verſorgte, da er die Be=
ziehungen zu Ebersdorf nicht völlig abgebrochen hatte.

Es iſt hier der Ort, einiges über die Beziehungen Zinzen=
dorfs zu Frankfurt mitzuteilen[32]). Nachdem er die Stadt im
Jahre 1719 als Jüngling bereits einmal betreten hatte, ſah er ſie
1736 wieder, als ſein Name ſchon weithin bekannt geworden
war. Er ſuchte ſofort mit den Stillen im Lande Fühlung zu
gewinnen, ſowohl mit den Kirchlichen unter den Erweckten, als

mit den Separierten. Bald sammelte sich ein kleiner Kreis, der für die Grundsätze des Grafen begeistert eintrat, fast durchweg aus Handwerkern bestehend. Im Jahre 1737 kam es deshalb zu einer langwierigen Untersuchung, deren Ergebnis das Verbot der herrnhutischen Versammlungen war. Trotz vieler Maßregeln seitens des lutherischen Konsistoriums bestand die kleine Gemeinde aber noch ein Jahr lang weiter, bis im Herbst 1738 in der Bürgerschaft Unruhen sich erhoben, welche die Mitglieder jenes Kreises ernstlich bedrohten. Man gab nun den Versuch einer Gemeindebildung auf; die einen zogen sich von der Brüdergemeinde zurück, andere dagegen verließen die Stadt, um sich ganz der Sache des Grafen zu widmen. Unter diesen befand sich auch der Schuhmacher Hermann Heinrich Andreas Schick, welcher nach Marienborn in der Wetterau übersiedelte und noch lange Jahre als Diaspora = Arbeiter in der Umgegend von Frankfurt für Zinzendorf thätig war. Als solcher ist er nachmals auch mit Fräulein v. Klettenberg näher bekannt geworden.

Wenn aber auch der Versuch einer Gemeindebildung auf= gegeben war, so wurde doch noch manche Versammlung von heim= lichen Anhängern Zinzendorfs in Frankfurt abgehalten. Von neuem verstärkten sich die Sympathieen für Herrnhut, als ein Herr v. Bülow=Plüskow nach Frankfurt kam (um 1757). Er war seiner Zeit in Darmstadt mit Fresenius bekannt und durch ihn zur Erkenntnis der göttlichen Gnade geführt worden. Es existiert noch ein Schreiben von ihm (vom 29. März 1743, im Freseniusschen Nachlasse), in dem er Fresenius zu seiner Be= rufung an die Peterskirche zu Frankfurt von Darmstadt aus in überschwenglicher Weise Glück wünscht. „O wie wunderbar, wie selig und wie herrlich sind die Führungen des Herrn mit seinen Kindern, besonders mit seinen Knechten", so schreibt er dem von ihm hochgeschätzten Seelsorger; „öfters müssen sie ihm mit ver= bundenen Augen folgen, hernach lässet er es ihnen deutlich sehen, warum er solches thue; bald prüft er ihren Glauben und Gehorsam wie Abraham, bald krönt er ihre einfältige Treue mit Gnade und

Barmherzigkeit. Euer Hochehrwürden Gnadenführung zu beurteilen
bin ich viel zu schwach), doch merke ich darunter lauter Spuren
der göttlichen Liebe und Weisheit."

Er weilte dann eine Zeit lang in Saalfeld, blieb aber auch
in der Ferne seinem geistlichen Vater treu. Später jedoch trat
er zum großen Kummer von Fresenius auf die Seite der Brüdergemeinde und hielt sich teils in Ebersdorf, teils in Herrnhag auf.
Als er im Jahre 1746 in der Wetterau weilte, forderten ihn
die Darmstädter Freunde zu einer Besprechung auf, der er sich
aber entzog, indem er sie seinerseits einlud, ihn in Herrnhag
zu besuchen und versicherte, daß er sich dort sehr vergnügt und
selig fühle. Darauf hin schrieb ihm einer der ehemaligen Gesinnungsgenossen einen Brief, in dem er ihm vorhielt, daß er
doch nicht erst in Ebersdorf oder zu Herrnhag „zum Ganzen gekommen sei". Er redet den ehemaligen Freund also an: „Was
für Treue unser teurer Herr Pfarrer Fresenius Ihnen viele Jahre
hindurch an Seel' und Leib aus allen seinen Kräften erwiesen,
das wird Ihnen Ihr eigen Gewissen am besten sagen, und die
vielen mündlichen und schriftlichen Zeugnisse, die Sie davon abgelegt, lassen dagegen keinen Widerspruch aufkommen. Ich kann
wohl von Ihnen in Ansehung seiner mich der Worte des heiligen
Apostels Pauli bedienen, da er an die Galater, Kap. 4, 15. 16
schreibt: Ich bin Ihr Zeuge, daß, wenn es möglich gewesen
wäre, Sie hätten dazumal Ihre Augen ausgerissen und ihm gegeben. Ist er denn also Ihr Feind worden, daß er Ihnen die
Wahrheit vorhalte?"[33] Es kam später eine Zeit, da dieser adelige
Apostel sich auch mit den Herrnhutern überwarf und nun nach
Frankfurt kam, um an Fresenius von neuem sich anzuschließen.
Aber im Herzen war er Zinzendorf doch treu geblieben und
machte bald wieder für den Grafen Propaganda. Ihm gelang
es nun auch, Personen aus den höheren Gesellschaftskreisen der
Stadt zu interessieren, während bis dahin meist nur Handwerker
oder Kleinbürger an den Versammlungen teilgenommen hatten.
Wie es scheint, wurde durch ihn jener ganze Freundeskreis be-

einflußt, in welchem Susanna ehedem verkehrt hatte. Nicht nur
daß eine Pfarrfrau, Frau Griesbach), an diesem Konventikel sich
beteiligte, auch ein lutherischer Kandidat, Daniel Andreas Claus,
hielt sich zu dieser heimlichen herrnhutischen Gemeinde, trotz man=
cher Schwierigkeiten, die ihm seitens seiner kirchlichen Oberbehörde
bereitet wurden. Ihm verdanken wir eingehende Mitteilungen
über diese herrnhutischen Privaterbauungen, welche dem Senior
Fresenius so schweren Kummer bereiteten, auf die Claus aber auch
als Greis noch ohne Reue zurückblickte, wiewohl er inzwischen längst
lutherischer Geistlicher geworden war [34]. Es kam so weit, daß
der widerstrebende Kandidat nicht mehr öffentlich predigen durfte
und deshalb die Stadt verließ, um seinen Gesinnungsgenossen
Steinhofer im Württembergischen aufzusuchen. Schwerer war es,
den übrigen Gliedern jenes Kreises entgegenzutreten, da sie meist
in unabhängigen Verhältnissen lebten. Wir fügen hier die Namen
der wichtigsten Teilnehmer an jenem Konventikel bei: Legations=
rat Moritz und dessen Frau, Frau Rat Goethe, Dr. med.
Senckenberg, Herr und Frau Kappel, Rebekka Petsch, nachmalige
Frau Pfarrer Claus, Herr v. Moser, Dr. Metz. Aber auch
manche Freunde, welche sich wegen der Messe oder aus anderen
Ursachen länger in Frankfurt aufhielten, nahmen an den Ver=
sammlungen teil und wurden dadurch mit den Gliedern dieses
frommen Kreises innig vertraut. So reiste Hans Jakob Schultheß
der Ältere, ein Verwandter der mit Lavater und Goethe so nahe
befreundeten Barbara Schultheß, fast alljährlich nach Frankfurt,
seiner Geschäfte wegen, und freute sich stets auf die Erquickung
in jener Gemeinschaft eng verbundener Seelen.

Es kam bald zu heftigen Streitigkeiten, in denen Fresenius
sehr leidenschaftlich wurde, als er entdeckte, daß seine besten und
anhänglichsten Zuhörer sich sämtlich auf die Seite der Gemeinde
neigten [35]. Susanna sieht darin eine gesegnete Demütigung für
den sonst von ihr hochgeschätzten Mann, dessen menschliche Schwächen
ihrem scharfen Blicke nicht entgangen waren, wie auch eine Be=
merkung gegen Lavater über ihn beweist, die für alle ernsten

Seelsorger recht beachtenswert ist: „Sobald er Beifall erhielt, weg war der Geist und Segen."

Susanna selbst blieb den ihr verhaßten Streitigkeiten fern, sie hoffte sogar, kraft dieser Neutralität einmal als Vermittlerin auftreten zu können. Aber mitten im Kampfe wurde Fresenius nach kurzer Krankheit abgerufen (am 4. Juli 1761). Als nun der lange hochgeschätzte Seelsorger rasch aus dem Leben schied, zeigte sich, daß er das Vertrauen seiner Herde doch nicht verloren hatte. Pfarrer Griesbach, der ihm unter allen Geistlichen am nächsten stand, hielt die Trauerrede über Psalm 92, 13—16: „Der Gerechte wird grünen wie ein Palmbaum u. s. f."

Im Anhange dieser Predigt finden sich zahlreiche Leichen-Carmina, darunter auch ein Gedicht der Fräulein Maria Magdalena v. Klettenberg, in welchem diese den Gefühlen des Dankes gegen ihren „teuersten geistlichen Vater" innigen Ausdruck verleiht [36]).

In diesem Anhange fehlt dagegen ein Gedicht von Gottsched, der damals noch immer von vielen bewundert ward, wenn auch sein Stern schon im Erbleichen war [37]). Die bezüglichen Verse mögen hier eine Stelle finden:

> „. . . . . Ihr Bürger dieser Stadt,
> Ihr Herzen, die sein Mund zu Gott gezogen hat,
> Ihr Frommen, deren Trieb und Andacht er erwecket,
> Ihr Sünder, die sein Wort dem Donner gleich erschrecket,
> Ihr alle wißt und kennt die ungemeine Kraft
> Von seiner Gottesfurcht, von seiner Wissenschaft,
> Von seiner Lieblichkeit, von seinem Ernst im Strafen,
> Von seiner Hirten=Treu' und Liebe zu den Schafen."

Wenn aber auch der Tod von Fresenius die schöne Seele bewegte, so führte dieses Ereignis doch keinen Bruch mit ihrem herrnhutisch gerichteten Freundeskreise herbei. Wohl erkannte sie allmählich, daß nur wenige den Sinn der zarten Worte und Ausdrücke fühlten und sie dadurch auch nicht mehr als ehemals

9*

durch die kirchlich symbolische Sprache gefördert wurden; allein sie ließ mit stiller Verträglichkeit einen jeden nach seiner Art gewähren, ja sie suchte sich in die Sprache der Brüder einzuleben. Ihre Lieder tragen denn auch von dieser Zeit an das Gepräge der Brüdergemeinde. Hierher gehören die früher erwähnten Anfangslieder. Der Titel soll wohl andeuten, daß sie ihren Anschluß an Zinzendorf als den Beginn eines neuen Lebens ansah. Es läßt sich nicht leugnen, daß diese Poesieen, wie Lappenberg sagt, in den blutroten, schweißtriefenden Gnadenquell der Mystik viel tiefer getunkt sind als die „neuen Lieder"; und wenn Susanna nachmals bekennt, daß unter den Liedern, die sie erbaut hatten, manches Abgeschmackte gewesen sei, so muß man bekennen, daß auch ihre eigenen Verse aus dieser Zeit der ersten Hingabe an Herrnhut, so warm sie empfunden sind, manches Schwülstige enthalten, ebenso wie ihre Briefe an Glieder der Brüdergemeinde. Man erwehrt sich des Eindruckes nicht, daß sie hierbei unwillkürlich einem ihr fremden Geschmack sich anschloß, während solche absonderliche Wendungen kaum ungesucht aus ihrer innersten Seele herausgeströmt sind. Darauf deuten auch die etwas resigniert klingenden Worte der Bekenntnisse hin, womit sie ihren Anschluß an die Brüdergemeinde eingeleitet hat. „Hätte ich doch immer geschwiegen und die reine Stimmung in meiner Seele zu erhalten gesucht! Hätte ich mich doch nicht durch Umstände verleiten lassen, mit meinen Geheimnissen hervorzutreten, dann hätte ich mir abermals einen großen Umweg ersparen können."

Einige der schönsten unter den „Anfangsliedern" sind bereits früher an verschiedenen Stellen angeführt worden. Wir reihen hier zunächst noch einige an, welche Lappenberg noch nicht gekannt hat [38]).

„Wer Dich hat, der hat alles:
Wer Dich nicht hat, hat nichts!
Du bist der Trost des Falles:
Die Quelle alles Lichts!
Die Arzenei der Schwachen,
Der Starken Jubellied!

Wie froh kannst Du den machen,
Der Dich am Kreuze sieht."

„Er spricht mit mir von Seinen Schmerzen,
Er malt mir Seine Leiden dar,
Dann seh' ich, ach, wie Seinem Herzen
So bang in jenen Stunden war.
Noch höre ich Sein ängstlich Sehnen,
Ach! mir zerfließt mein Aug' in Thränen,
Der Atem selbst erhält sich kaum.
Doch das sind anmutsvolle Zähren
Und Schmerzen, die nur Lust gebären,
Das Kreuz ist mir ein Lebensbaum.

„Oft pflegt der Schmerzensmann zu sagen,
Wie Er in jener Leidensnacht
Die Fürstentümer Schau getragen
Und ihren Trotz zum Hohn gemacht.
O das entflammt den Grund der Seelen,
Wie möcht' ich's Ost und West erzählen,
Wie groß Du, schöner Heiland, bist.
Wie schwach, o Tod, sind Deine Kriege!
Wo sind, o Hölle, deine Siege,
Seitdem er auferstanden ist?

„Noch mehr, Er läßt mich Hand und Herze
In einer solchen Nähe sehn,
Wo von dem rauhen Leidensschmerze
Noch die verklärten Male stehn!
O welch ein göttliches Vergnügen!
Hier darf ich wie Johannes liegen.
Auch mir vergönnt er Thomas' Glück.
In Seiner Seit', in Seinen Wunden
Hab' ich, gleich ihm, mein Heil gefunden,
Und oft erneut sich dieser Blick."

Für die herrnhutische Redeweise besonders charakteristisch ist folgendes Gedicht (Nr. XIII bei Lappenberg):

„Herzens Heiland, deine Liebe,
Die Dich bis ans Kreuz gebracht,
Wirkt in mir so zarte Triebe,
Wenn ich die Gestalt betracht',

Wie Du ganz mit Blut beflossen,
Wie Dein heil'ger Leib verwund't;
Da hast Du mich eingeschlossen
In den ew'gen Liebesbund!

„Mein Heil liegt in Deinen Wunden,
Hier läßt sich's gar sanfte ruh'n:
Seit ich diesen Ort gefunden,
Laß ich Dich alleine thun;
Will mir nicht mehr selber raten,
Bin ein Kind auf Deinem Schoß:
Du bist gut für allen Schaden
Und bewahrest mir mein Los.

„Liebes Lamm, Du kennst dies Herze,
Das vor Deinem Kreuze liegt,
Wie es sich auch bei dem Schmerze
Nur zu Deinen Füßen schmiegt;
Ich weiß nichts als von Erbarmen,
Gnade ist mein Element:
Alsdann kann mein Herz erwarmen,
Wenn Dein Blut es überschwemmt.

„Drum schließ ich mich in die Ritzen
Deiner off'nen Seit' hinein;
Kann ich nur hier ruhig sitzen,
Als Dein liebes Täubelein,
So bin ich recht wohl geborgen,
Ich bin Dein, so wie ich bin,
Und leg' alle meine Sorgen
Auf Dein eignes Herze hin."

Aber nicht nur in den poetischen Versuchen dieser Zeit verrät sich auf Schritt und Tritt der Einfluß Herrnhuts, sondern auch in Susannas Zeichnungen. Sie hatte schon als Kind Unterricht in dieser Kunst erhalten und sagt selbst; sie würde es weiter gebracht haben, wenn ihr Meister Kopf und Kenntnisse gehabt hätte, während er nur Hände und Übung hätte. Besonders zeichnete und malte sie viel in der auf die Auflösung der Verlobung folgenden Zeit. Der kunstsinnige Herr v. Moser brachte ihr auch in dieser Hinsicht viele Anregung.

Nachdem sie dann in Zinzendorfs Gedankenwelt sich ein=

gelebt hatte, malte sie Bildchen, die an ihre geistlichen Ideen sich
anschlossen, von denen sie aber in den Bekenntnissen bemerkt, daß
sie schwerlich vor den Augen des hochgebildeten Oheims würden
Gnade gefunden haben. Dahin gehört wohl auch eine Samm=
lung von Pastellbildern unter Glas, welche die Leiden Christi
und anderes darstellten, deren ihr Schwager, Herr v. Trümbach),
einmal in einem Schreiben Erwähnung thut³⁹). Später erschienen ihr diese Bildchen, wie sie bei den Herrnhutern beliebt
waren, als Tändelwerk. Immerhin ist zu beklagen, daß sich
nichts davon erhalten hat; sicherlich hätte sich neben manchem
weniger Erfreulichen auch anderes gefunden, was von ihrer Liebe
zu dem Heilande ein erhebendes Zeugnis abgelegt hätte. Lavater äußert sich darüber: „Ich besah ihre Miniaturgemälde.
Viel für sie."

Nur ein einziges Bild von Susannas Hand hat sich erhalten, und zwar ihr eigenes Bild. Es ist das Porträt, wel=
ches der dritten Auflage von Delitzschs Philemon beigegeben ist,
ein Aquarell, auf dessen Rückseite die Buchstaben S. C. V. K.
fecit sich befinden, so daß hier offenbar eine eigene Arbeit vorliegt. Über den künstlerischen Wert gehen die Ansichten ausein=
ander. Nach Delitzschs Gewährsmann ist der Kopf mit vielem
Fleiß fein ausgeführt, während nach dem Urteile von Hofrat
Ruland die Technik sehr mangelhaft ist. Das Eigentümlichste
aber ist, daß Susanna sich als Nonne dargestellt hat. Es liegt
nahe, daraus auf Sympathieen für die katholische Kirche zu
schließen, aber sie hat selbst den Grund der von ihr gewählten
Kleidung angegeben. Sie hat nämlich das Aquarell für eine
Freundin, Fräulein v. Wunderer, im Jahre 1767 gemalt, als
diese in das Cronstettische Stift eintrat, und zwar beabsichtigte
sie dabei den Scherz, zu beobachten, ob die Freundin sie auch in
dieser Tracht ähnlich finden werde. Die Reliquie kam durch
die spätere Besitzerin, Fräulein v. Humbracht, im Jahre 1815
an Goethe und befindet sich heute noch im Goetheschen Familien=
archiv zu Weimar.

Dieses Bildnis hat vielleicht den Dichter, falls es ihm schon von früher her bekannt gewesen, auf den Gedanken gebracht, von einer geschichtlich nicht nachweisbaren Aufnahme Susannas in ein adeliges Stift zu reden. Der Oheim soll diese Aufnahme nach den „Bekenntnissen" veranlaßt und der Nichte nachmals ein herrliches Ordenskreuz des Stiftes überreicht haben. Aber sie war weder Mitglied des Cronstettischen Damenstiftes, noch Konventualin des St. Katharinen- oder Weißfrauenklosters. Hier liegt also einer jener Züge vor, die Goethe eingeflochten hat, um einen Zusammenhang zwischen dem sechsten Buche und den übrigen Büchern zu vermitteln [40]).

VIII.

Durch Freud' und Leid.

———

Bald nach dem Tode von Fresenius mußte Susanna das „Puppenwerk" aus den Händen legen[41]). Es folgten teils freudige, teils trübe Ereignisse im Familienkreise, welche sie so in Anspruch nahmen, daß alle ihre übrigen Interessen davor in den Hintergrund treten mußten.

Im Jahre 1763 vermählte sich die jüngste Tochter des Hauses, die anmutige Maria Magdalena, mit einem adeligen Herrn aus Franken, Philipp Rudolph v. Trümbach. Der Bräutigam war damals Regierungsrat und Kammerjunker im Dienste des Erbprinzen von Hessen=Kassel und wurde nachmals Oberamtmann, anfangs zu Gelnhausen und später zu Hanau.

In den Bekenntnissen wird die Hochzeit sehr ausführlich beschrieben. Sie soll auf dem Schlosse des kunstsinnigen Oheims stattgefunden und von einer Reihe höchst anziehender Festlichkeiten begleitet gewesen sein. Vermutlich hat hier Goethe seiner Phantasie freien Spielraum gelassen und die Schilderung der Trauung benutzt, um seine eigenen Gedanken über die besten Einrichtungen für eine solche Feier darzulegen. Es ist jedenfalls schwer, hier Dichtung und Wahrheit zu scheiden. Eines scheint aber festzustehen, nämlich daß die Trauung wirklich nicht in Frankfurt, sondern in der Nachbarschaft stattgefunden hat[42]).

Ob hinter dem Oheim der Bekenntnisse vielleicht ein entfernter Verwandter der Familie sich verhüllt, und ob er wirklich jene hervorragende Eigenschaft besessen hat, welche Goethe jenem Manne zuschreibt, läßt sich nicht feststellen; das Wahrscheinlichste ist doch, daß der Dichter diese Person wesentlich dazu einführt, um seine persönliche Stellung zu den Anschauungen der schönen Seele darzulegen, wie schon im ersten Kapitel ausgeführt wurde. In dieser Hinsicht dürfte besonders folgender Ausspruch des Oheims wichtig sein.

„Hätten Sie, meine Freundin, deren höchstes Bedürfnis war, mit Ihrer inneren sittlichen Natur ins Reine zu kommen, anstatt der großen und kühnen Aufopferungen, Sich zwischen Ihrer Familie, einem Bräutigam, vielleicht einem Gemahl, nur so hin beholfen, Sie würden, in einem ewigen Widerspruch mit Sich selbst, niemals einen zufriedenen Augenblick genossen haben." Dahin gehört auch der Ausspruch: „Entschiedenheit und Folge ist nach meiner Meinung das Verehrungswürdigste am Menschen . . . Fürwahr ohne Ernst ist in der Welt nichts möglich, und unter denen, die wir gebildete Menschen nennen, ist eigentlich wenig Ernst zu finden." Auch darin erinnert der Oheim der Bekenntnisse an Goethe, daß er sich bemühte, in der Sprache der schönen Seele zu reden. Wie aber Susanna den Oheim bat, sie nicht durch eine solche Gefälligkeit zu beschämen, sondern, was er zu sagen habe, in seiner eigensten Sprache sie hören zu lassen, so erklärte sie auch ihrem jungen Freunde offen, daß sie es lieber habe, wenn er sich offen als einen Heiden gebe, als wenn er sich der christlichen Terminologie bediene.

In einer anderen Beziehung noch dürfte diese Darstellung der Trauung von Susannas Schwester einen geschichtlichen Kern haben, nämlich insofern, als das durch diese Feier erzwungene Hervortreten der schönen Seele aus ihrer stillen Selbstbeschaulichkeit in der That ihren Gesichtskreis in mehr als einer Hinsicht erweitert hat. Sie fing an zu begreifen, daß nach dem apostolischen Worte: „Alles ist Euer" (1 Kor. 3, 22) der Jünger Christi das Recht hat, sich an allem, was schön und groß in der Welt ist, herzlich zu erfreuen, und daß besonders die Kunst eine hohe

Bedeutung für das Innenleben gewinnen kann. So kehrte Susanna durch manchen schönen Eindruck bereichert nach denfestlichen
Tagen wieder in das Alltagleben zurück. Ihre christliche Gesinnung war die gleiche wie zuvor; doch war sie weitherziger
geworden. Lebte sie auch in der früheren Weise still dahin, so
daß scheinbar alles beim Alten blieb, so haben doch wohl die
bei jenen Feierlichkeiten empfangenen Eindrücke sie befähigt, nachmals auf einen Genius, wie Goethe, einen bedeutenden Einfluß
auszuüben, der sich nicht auf das religiöse Gebiet allein erstreckte.

Die Ehe der Magdalene v. Klettenberg war nach den Bekenntnissen nicht ganz glücklich. Herr v. Moser hatte nach dieser Dar
stellung eine solche Wendung vorausgesehen, da er bei der Trauung
eine etwas pessimistisch klingende Äußerung nicht unterdrücken
konnte; doch fragt es sich, ob dieses Wort wirklich historisch ist.
Wir besitzen nämlich ein von ihm verfaßtes Hochzeitsgedicht,
welches auf eine solche trübe Vorahnung nicht schließen läßt,
unter dem Titel: „Treue Wünsche an dem v. Trümbach) und
v. Klettenbergschen Vermählungsfest den 7. Junius von dem Haus-
Freund Friedrich Karl v. Moser." Es ist zwar nicht bedeutend,
dürfte aber, da es noch nicht bekannt ist, einiges Interesse erregen und soll deshalb auch hier eine Stelle finden als Denkmal
der zwischen Moser und dem Klettenbergschen Hause bestehenden
Freundschaft.

„Der Freundschaft soll mein Lied gelingen,
Der Wahrheit soll es heilig sein,
Das Fest der Freuden zu besingen
Und Blumen ihrem Weg zu streu'n.
Umringt mit Grazien der Jugend
Betritt sie heut' den Trau-Altar,
Und Brust und Herz voll reiner Tugend,
Geschmückt mit Gottesfurcht und Tugend,
Der Liebe Ihres Trümbachs dar.

„Er sah den Vorzug Deiner Seelen,
Entzückt von Deines Herzens Wert,
Die Vorsicht hieß ihn, Dich zu wählen,
Und seinen Wunsch hat sie erhört.

Sein Geist mit Wissenschaft gezieret,
Sein Herz voll Treu' und Redlichkeit,
Sein Blick, den Ernst und Sanftmut zieret,
Hat Deinen edlen Geist gerühret
Und Eure Liebe benedei't.

„Wie selig ist ein solches Wählen,
Das, auf Gebet und Gott gegründ't,
Zwei sich zum Glück erlorne Seelen
Zum sanften Eheband verbind't:
Wie sicher folgt man diesem Triebe!
Sehr kurz ist unsre Lebenszeit,
Doch stärker als der Tod ist Liebe.
Wer würdig lieben kann, der liebe,
Ein Christ liebt auf die Ewigkeit.

„Dein Haus sei stets des Friedens Tempel,
Du dessen Zierde, weise Frau:
Dein Christenwandel ein Exempel,
Darin man Licht und Wahrheit schau!
Ergieße Deinen besten Segen,
Herr, über die Vermählten aus:
Des frommen Vaters reicher Segen
Der Schwester und der Freunde Segen
Bau ihr und ihrer Kinder Haus!"

Es folgten auf jenes frohe Hochzeitsfest zwei stille Jahre, in denen Susanna dem oft leidenden Vater die abwesende Tochter treulich zu ersetzen sich bemühte, in diesem Dienst der Liebe mit der anderen Schwester, Maria Franziska, sich teilend, welche im Haushalt sich als ihr rechter Arm erwies.

In diese Zeit fällt ein Besuch des berühmten „Magus aus dem Norden", Johann Georg Hamann, in Frankfurt. Seine tiefsinnigen Schriften hatten das Interesse Mosers in solcher Weise erweckt, daß der einflußreiche Mann die Absicht hatte, diesem geistreichen Menschen zu einer gesicherten Stellung zu verhelfen. Er schrieb deshalb an Hamann: „Eine ungenannte Freundin, deren Name sich auch mit K. anfängt, und die des Namens meiner einzigen Freundin durch ein Herz voll Himmel so sehr würdig ist, vereinigt mit mir ihren Wunsch; und sie soll es sein, die Ihnen den ersten Trunk in einer der Freundschaft und Wahr=

heit geheiligten Hütte einschenke." Daß hier niemand anders als Susanna v. Klettenberg gemeint ist, unterliegt keinem Zweifel. Hamann reiste denn auch im Jahre 1764 nach Frankfurt, verließ aber die Stadt sofort, da er seinen Gönner durch Zufall verfehlte, und hinterließ überhaupt durch sein wunderliches Wesen keinen günstigen Eindruck im Kreise der Fräulein v. Klettenberg, wie wir durch Goethe wissen[43]).

Noch mit einem anderen Theologen im fernen Osten trat sie in nähere Beziehung. Es war der Pfarrer Sebastian Friedrich Trescho zu Mohrungen in Preußen, ein sehr eifriger Erbauungs- schriftsteller (1733—1804), der lange Zeit hindurch fast jedes Jahr ein neues Buch erscheinen ließ, so daß nicht ohne Grund ein Freund von Claus über ihn äußerte: „Der Herr schreibt zu viel." Es ist derselbe Geistliche, in dessen Hause der junge Herder längere Zeit als Gehilfe thätig war, ohne ihm übrigens ein sehr freundliches Andenken zu widmen. Susanna v. Klettenberg aber interessierte sich lebhaft für ihn, nachdem Hamann vermutlich sie auf ihn hingewiesen hatte. Sie eröffnete ihrerseits den Briefwechsel durch ein längeres Schreiben, in welchem sie den damals noch etwas zaghaften Mann zur Herausgabe einer neuen Erbauungsschrift aufforderte. Er hatte im Jahre 1762 seine sogenannte Sterbebibel erscheinen lassen unter dem Titel: „Kunst selig und fröhlich zu sterben"; sie forderte ihn nun auf, auch eine Lebensbibel herauszugeben, die zur Ergänzung dienen sollte. Einige Stellen aus diesem Schreiben haben sich erhalten und mögen hier eine Stelle finden, da es der erste Brief der schönen Seele ist, von dem wir wissen[44]).

„Mein Brief ist schon sehr lang, aber noch einen Wunsch muß ich Ihnen entdecken. Sie haben uns die Kunst zu sterben geschildert; möchten Sie doch auch einmal, und zwar sein bald, etwas von der Kunst, glücklich zu leben, unternehmen. Diese Kunst besteht in dem Umgange mit dem Heilande. Ein Herz, das in eine wahre personelle Konnexion ... mit dem Heilande gekommen ist, kann nichts anderes unter allen Berufsgeschäften, bei

Wachen und Schlafen thun, als vor seinen Augen schweben und
in seinen Wunden leben; und es ist jede Viertelstunde unglück=
lich, in welcher es diese Seligkeit vermissen muß. Es mangelt
uns an solchen Schriften, die einem solchen Herzen wie ein An=
strich dienen könnten, wenn sie durch mancherlei äußerlichen Druck
ein wenig matt geworden sind." Nachdem Susanna sich noch über
einige verwandte französische und englische Schriften, die ihr als
mustergültig vorschwebten, ausgesprochen, schließt sie mit den
Worten: „Ist dieser Vorschlag mein Gedanke, so verfliege er in
der Luft — ist es aber vielleicht ein höherer Ruf, der durch ein
schwaches Werkzeug an Sie hat sollen gebracht werden, so wird
sich seine Kraft schon wirksam erweisen."

Susanna wünschte noch besonders in der Lebensbibel die Ein=
schaltung von Unterredungen mit Gott, und auch hierin folgte Trescho
ihren Winken. Noch einmal gedenkt er ihrer, wie es scheint, in
einer Betrachtung (zur 29. Woche), indem er in der Einleitung
bemerkt: „Eine von meinen gottseligen Freundinnen bat mich,
in diesem Wochenblatt ihren lieben Text, wie sie ihn nennt, Phil.
3, 7—14 (Was mir Gewinn war, das habe ich um Christi
willen für Schaden erachtet), durch einige zufällige Betrachtungen
zu erläutern." Indem er dieser Aufforderung, die so ganz aus
den eigensten Erfahrungen des Fräulein v. Klettenberg sich er=
klärt, Folge leistet, ruft er ihr zu:

„Sei einer Biene gleich,
Nimm, was dir schmeckt, und wähle
Die beste Blume aus — für eine dürre Seele
Ist auch das schlecht'ste Feld an Süßigkeiten reich."

Nach einer Äußerung von Schultheß soll Susanna auch Lie=
der in die Sterbebibel geliefert haben. Doch läßt das Vorwort
zu der 1767 erschienenen zweiten Auflage, die hier allein in Be=
tracht kommen könnte, keine Aufnahme fremder Gedichte vermuten,
auch enthält ein Brief Treschos an Susanna vom Jahre 1766 (im
Nachlaß) keinen Hinweis auf eine derartige Beihilfe. Nur einzelne
dieser poetischen Versuche erinnern an die dichterische Eigenart

der schönen Seele und könnten etwa von ihr herrühren, falls jene Äußerung überhaupt Grund haben sollte.

Im Jahre 1765 wurde die Familie Klettenberg plötzlich von einem schwerer Schlage betroffen, indem die bis dahin kräftige ledige Schwester binnen drei Wochen weggerafft wurde (15. Mai). Die Gemütserschütterung warf gleichzeitig Susanna und die verheiratete Schwester auf das Krankenbett, so daß der greise Vater in großer Sorge um alle seine Kinder schwebte. Susanna konnte sich nach einigen Wochen wieder vom Krankenlager erheben; aber es währte lange, bis sie sich von diesem erschütternden Verluste erholte. Ihre Empfindungen ließ sie damals in einem Trauergedichte auf die Verklärte ausströmen. Sie bedurfte jetzt einer Stütze für ihre eigene Person, welche sie in Katharina Rebekka Petsch fand, die ihr bald aus einer Gesellschafterin zu einer Freundin werden sollte, um so mehr, als sie mit ihr auch die Sympathieen · für die Brüdergemeinde teilte. Ihre Eltern hatten schon an einem im Jahre 1744 mit Untersuchung bedrohten herrnhutischen Kon= ventikel teilgenommen. Sie bildete also ein Bindeglied zwischen dem älteren und dem jüngeren herrnhutisch gesinnten Kreise in Frankfurt. Pfarrer Claus, dem sie nachmals die Hand reichte, rühmt ihre frühzeitige Herzensanhänglichkeit an Gott und ihren lieben Heiland. Auch seine Freunde sprechen sich über sie in der anerkennendsten Weise aus. Schultheß nennt sie in seinem Gra= tulationsschreiben an Claus (14. Januar 1769) eine wohl bekannte, ganz redliche, ganz fromme Freundin und fügt treuherzig hinzu: „Wie oft, wieviel hundert Stunden ist sie bei unserer treuen Freundin im Ecklin in der Stube gesessen und hat herzliche Worte des Lebens in ihrem guten Herzen verglichen." Ein anderer Bekannter preist sie als eine „Zierde christlicher Weiber".

Das folgende Jahr brachte Susanna wieder eine Mischung von Freude und Leid. Dem Trümbachschen Ehepaar wurde zu Frankfurt eine Tochter geboren (am 6. Juni 1766 getauft). Der Name des Kindes war Ernestine Christiane Susanna Wilhelmine. Unter den Patinnen befindet sich auch Susanna v. Klettenberg,

die dieses Kind besonders in das Herz geschlossen hat. Wenn
in den Bekenntnissen angegeben ist, daß das erste Kind der Trüm=
bachschen Eheleute ein Sohn gewesen und dabei die Freude des
Großvaters über den Enkel in rührender Weise geschildert wird,
so gehört dies mit zu den Zügen, in denen der Dichter absicht=
lich die ihm als Vormund der zwei Trümbachschen Kinder sicher
bekannten Thatsachen umgestaltet hat. Er läßt jenem ersten
Sohne sogar noch zwei Töchter und einen zweiten Sohn folgen,
während thatsächlich nur noch ein Sohn der Trümbachschen
Ehe entsprossen ist — das alles offenbar im Interesse seines
Romans!

Der alte Klettenberg hat die Geburt eines Enkels nicht ein
mal erlebt; denn er starb bereits am 4. Juli 1766. Während
wir sonst über seine religiösen Gesinnungen wenig erfahren, war
sein Ende so erhebend für die Tochter, daß seine letzten Tage
ihr einen tiefen Eindruck machten, besonders durch die Freudig
keit, mit der er der Auflösung im Hinblick auf Gottes Gnade
entgegenschaute.

Zur Bestätigung dessen, was die Bekenntnisse darüber be=
richten, dient der Brief einer adeligen Dame v. Coelsnitz aus
Stadthagen vom 10. September 1766 an Frau v. Trümbach (im
Nachlasse von Susanna v. Klettenberg befindlich), in welchem sie
der Freundin ihre Trauer bezeugt. Hier heißt es: „Welch' großer
Trost ist es doch, bei dieser gerechten Betrübnis (die teuren
Eltern zu verlieren) versichert zu sein von ihrer gewissen Selig
keit, und daß wir wieder einmal beisammen kommen und bleiben
werden!" Maria Magdalena hatte offenbar über das Ende ihres
Vaters in gleichem Sinne berichtet, wie es Susanna in ihren
Aufzeichnungen gethan.

Susanna stand nun völlig allein. Die Verhältnisse, in die sie
durch den Tod des Vaters versetzt ward, waren nicht glänzend;
sie mußte sich mancherlei Einschränkungen auferlegen. Sie war
ferner wesentlich auf die Einkünfte aus liegenden Gütern an
gewiesen, was ihr mancherlei Unbequemlichkeiten bereitete. Doch)

konnte sie wenigstens bis an ihr Ende sorgenfrei leben und auch den Ihrigen noch manche Wohlthat erweisen. Der Umstand, daß keine wichtigen Pflichten sie an das Haus banden, veranlaßte sie, manche alte Beziehungen wieder anzuknüpfen. Sie nahm nun wieder regen Anteil an den Privaterbauungen, welche nach dem Weggange des Herrn v. Bülow von dem inzwischen wieder nach Frankfurt zurückgekehrten Kandidaten Claus geleitet wurden. Bald bildete sie den belebenden Mittelpunkt des ganzen nach der Seite der Brüdergemeinde sich neigenden Kreises. Es drängte sie nun auch, da sie freie Zeit hatte, eine herrnhutische Anstalt einmal selbst genauer kennen zu lernen. So reiste sie im August 1766 nach der nicht weit von Frankfurt gelegenen Ansiedelung Marien-born, welche sich allein damals von den drei Anstalten der Brüder-gemeinde in der Wetterau (Ronneburg, Herrenhag und Marien-born) noch aufrecht erhalten konnte. Die kleine Gemeinde war besonders durch den Zuzug von allerhand Schwärmern vermehrt worden, hatte aber dadurch mancherlei Störungen in ihrem inneren Leben erfahren müssen. Man darf den Segen, den diese herrn-hutischen Anstalten der Wetterau brachten, nicht unterschätzen [45]), aber die Blütezeit derselben war schon vorüber, als die schöne Seele nach Marienborn kam. Dennoch trat sie von dieser Zeit an in Briefwechsel mit einigen Personen der Gemeinde, aus welchem immer noch ein tieferes Interesse für die Sache Zinzen-dorfs hervorleuchtet. So schrieb sie am 4. Januar 1767 an den Diaspora-Arbeiter Schick über die Frankfurter Verhältnisse. Aber obwohl sie Gott ihren Dank dafür ausspricht, daß er sie in einer eiteln Stadt besonders wohnen lasse, mahnt sie dennoch den etwas übereifrigen Bruder zur Vorsicht im Verkehr mit den „hie-sigen Kindern Gottes". „Zu thun ist für menschliche Kräfte nichts als zu beten und zu harren. Daß wir aber durch Stille-sein und Hoffen stark sein und siegen werden, das weiß ich gewiß; Er versichert mich dessen täglich. Die Stunde aber behält Er Seiner Macht vor und übt einstweilen unsern Glauben.

Damit derselbe doch nicht ganz ohne Stärkung bleibe, so läßt unser guter Herr mich ganz unvermutet hier und da sehen, daß ich nicht ganz allein über blieben bin, sondern daß hier unter unserm Hänschen verschiedene sind, die so denken wie ich. Sie haben ein Herz zu mir gewonnen und sich mir entdeckt. — Geduld aber ist uns not. Des Heilandes Sein Stundenzeiger und unserer gehen sehr different; darum aber ist Er auch der, vor dem tausend Jahre wie ein Tag sind, und wir sind von gestern her, und meinen, ein Jahr sei ein Seculum, wenn Er uns auf etwas harren läßt. Das alles heilet und trägt Er an uns." Auch mit Herrn v. Bülow trat sie in Briefwechsel; sie schrieb ihm von gesegneten Feiertagen in ihrem Hause, wo mit sie wohl auf das Weihnachtsfest zurückblickt, das in dem Kreise der Brüdergemeinde immer besonders feierlich begangen wurde [46]).

Ihre Hoffnung, in diesem Jahre wieder zu den „lieben Geschwistern" in Marienborn zu kommen, hat sich nicht erfüllt; wichtigere Pflichten nahmen sie in Anspruch. Der Schwester wurde im Sommer 1767 ein zweites Kind geboren, ein Sohn mit Namen Karl Friedrich (getauft am 3. August). Da Frau v. Trümbach nun damals in Frankfurt bei Susanna weilte, hatte diese vollauf zu thun und konnte ihre Beziehungen zu den Herrnhutern wenig pflegen. In einem Briefe an Bischof Wenzel Neißer vom 14. August 1767 entschuldigte sie sich denn auch über ihr langes Schweigen und versicherte ihm aufs neue, daß sie den Heiland nicht mehr lieben würde, wenn sie aufhören sollte, seine Brüder und Glieder zu lieben. Es ergiebt sich aus diesem Briefe, daß Susanna sogar eine Reise nach Holland mit Gliedern der Gemeinde verabredet hatte; aber sie erklärt, daß sie durch dieselben Umstände daran verhindert würde, welche den Besuch in Marienborn ihr für dieses Jahr unmöglich machten. So leid es ihr auch that, den Segen des Umgangs mit den Brüdern nicht so genießen zu können, wie sie es wünschte, versichert sie doch: „So bin ich einstweilen fröhlich in Hoffnung und

sage Ihm mit gebeugtem Herzen: ‚Bleib Du mir nur stets im
Gesicht mit Deinen Wunden-Ritzen‘, so kann ich mich in allem
Deinem Rat fügen." Gegen das Ende schreibt sie in ähnlichem
Sinn: „Ich suche stündlich in meiner Stille, sünderhaft und
arm, mich dahin zu schmiegen, wo die andern Lämmer sitzen,
nämlich in die Wunden-Ritzen", und sie unterzeichnet sich: „Ich
verbleibe Ihre auf Jesu Blut und Tod genau verbundene ein-
same Schwester."

Eine Nachschrift in englischer Sprache erwähnt noch den
Bruder Loretz, dessen auch die Bekenntnisse als eines Majors
v. L* gedenken. Loretz war anfangs Offizier in holländischen Diensten
gewesen, hatte sich aber seit 1758 der Brüdergemeinde angeschlossen
und in deren Interesse mancherlei Reisen, auch nach Amerika,
gemacht. Da er erst 1798 zu Gnadenfrei in Schlesien starb, hat
er wie Moser, die Herausgabe der Bekenntnisse noch erlebt.

Die Kritik, welche in dieser Schrift an Reißer und Loretz
geübt wird, könnte möglicherweise aus der Feder Goethes geflossen sein, der diese Personen selbst bei seinem Besuch in Marienborn kennen gelernt hat; doch kann sie auch von der schönen
Seele selbst herrühren [47]). Wenn an dem Bischofe das Handwerksmäßige in seiner Art zu denken hervorgehoben wird, so wird
man an die Ansichten erinnert, welche Susanna im Aufsatz von
Beobachtung der sittlichen Pflichten bei einer christlichen Freundschaft entwickelt hat. „Das wahre Christentum macht nicht nur
gute Regenten, treue Bediente und redliche Bürger, sondern es
macht auch, wenn wir allen Befehlen genau nachzukommen suchen,
höfliche, wohlgesittete Menschen; die Befehle der Boten Jesu sind
überzeugend und klar . . . Wer sich also bekehret und ist durch
eine schlechte Auferziehung und Lebensart in diesen Pflichten un-
wissend geblieben, der findet hier hinlängliche Gründe, das Ver-
säumte so viel als möglich nachzuholen: ich sage, so viel als
möglich: denn die Erfahrung überführt uns, daß das, was in
der Jugend versäumt worden, bei dem besten Willen sehr schwer
nachzuholen sei." So sagt sie geradezu: „Zwischen dem frömmsten

Bauer und einem frommen Hofmann oder recht erzogenen Bürger bleibt immerdar ein großer Unterschied." Die Beispiele, welche sie von der Unhöflichkeit mancher sonst guter Menschen anführt, sind zum Teil wahrhaft ergötzlich und beweisen, in welchem Maße bei ihr das ästhetische Gefühl ausgebildet war. Man hat mit Recht gesagt, daß ein aristokratisches Gefühl, im geistigen Sinne verstanden, sich in jenen Äußerungen Susannas offenbare. Die späteren Briefe an Reißer zeigen denn auch immer mehr Zurück=haltung. Während er beständig zur größeren Aktivität für Herrn hut drängte, betont sie immer entschiedener, daß sie in allen Stücken nur auf deutliche Winke des Herrn warte.

Das Jahr 1768 brachte übrigens einen neuen Schlag, der es Susanna ein= für allemal unmöglich machte, sich der Sache der Brüdergemeinde ganz zu weihen. In diesem Jahre starb nämlich auch Frau v. Trümbach. Ihr Ende war, wie das des Vaters, ein sehr erhebendes; denn nachmals konnte Susanna der Fürstin von Büdingen, die die Verstorbene sehr geliebt .hatte, „Entzückendes" über deren letzte Stunden" erzählen[48]). Herr v. Trümbach ist dagegen nicht, wie die Bekenntnisse angeben, vor seiner Gattin gestorben, sondern hat sie noch lange überlebt und sogar bald darauf eine neue Ehe mit einem Fräulein v. Heringen geschlossen. Der Dichter hat seinen Tod nur deshalb fingiert, um die Erziehung der vier Kinder, von denen er berichtet, durch einen geistvollen Abbé zu motivieren, zugleich auch um die Ent=deckung des Namens der Familie v. Trümbach zu verhindern, indem er die unbequemen Nachforschungen allzu wißbegieriger Leser von der rechten Fährte abzuleiten suchte. Alle diese Än=derungen konnten dazu dienen, ihm den Vorwurf der Indiskretion zu ersparen oder wenigstens zu mildern.

Nach dem Tode ihrer Schwester nahm sich Susanna mit all der Güte, deren ihr Herz fähig war, der beiden mutterlosen Kinder an, als deren Quasivormünderin sie sich nach einem Schreiben an Reißer ansah. Aber zunächst konnte sie wenig für sie thun, da sie sechs Monate lang durch Wiederkehr eines alten

Übels leiden mußte. Sie schrieb ihre auffallend schnelle Genesung (nach langer Krankheit) nächst Gott dem Rate eines Arztes bei, der nicht nur in den Bekenntnissen, sondern auch in anderen Teilen von Wilhelm Meister erwähnt wird. Es war dies Dr. Metz, der sich seit 1765 in Frankfurt aufhielt[49]. Lavater schreibt darüber in seinem Tagebuch: „Sie sprach viel von den unvergleichlichen Arzeneien eines gewissen Dr. Metz in Frankfurt. Der hat sie, da alle Hoffnung schon aufgegeben war, dadurch vom Rande des Grabes zurückgeführt." Den Arzt erwähnt Susanna zwar im Briefe an Reißer nicht; wohl aber spricht sie ihren Dank gegen Gott aus für ihre Rettung aus der Gefahr. „Ja, teuerster Bruder, ich lebe wieder gegen meine und gegen aller Menschen Vermutung, gegen alle Wahrscheinlichkeit und vielleicht gegen den ordentlichen Lauf der mich befallenen Krankheit und den ordinären Lauf der Natur. Aber der Herr der Natur hat Seine Schöpfer-Macht an mir kräftig erwiesen. Ihm ist alles möglich." In der ersten Freude ihres Herzens schrieb sie an Loretz, daß sie auch nach Grönland gehen wollte, wenn der Herr sie dahin haben wollte, offenbar unter dem Eindrucke der ins Englische übersetzten Missionsgeschichte dieses Landes von David Kranz, aus der ihr Goethe die in seiner Lebensbeschreibung erwähnten Missionsberichte vorgelesen hat[50]. Aber diese im „Glaubens-Heroismus" gegebene Erklärung sollte nicht ausgeführt werden. Sie hat wohl die Überzeugung: „Er würde mich auch da zu schützen wissen, wenn Er, wie schon gemeldet, mich hin haben will." Doch fügt sie hinzu: „Aber dieses unterstrichene Wort erst recht zu erkennen und zu wissen: Er will, das ist die Question"[51]. Allein die Umstände haben sich bald so geändert, daß sie noch mehr gebunden war als zuvor. Immerhin schneidet sie Reißer noch nicht alle Hoffnung ab, indem sie schreibt: „Ich sehe auf keine äußere Schwierigkeiten, sondern bloß auf Seinen Wink. Mein Heiland hat mich so gewöhnt oder verwöhnt, daß mir alles, was mir gut und nützlich ist, durch verschlossene Thüren in das Haus und vor die Füße kommt." Als daraufhin Reißer, der oft mit zu weit angelegten Unternehmungen sich trug, eine finanzielle Unterstützung der Brüder gemeinde von ihr forderte, antwortete sie auch in dieser Be ziehung mit Rücksicht auf ihre eigenen Verhältnisse ablehnend (6. Januar 1769). Er forderte sie auf, wenigstens einmal nach Marienborn auf längere Zeit zu kommen. Aber sie wies nun darauf hin (16. März 1769), daß sie die Pflege zweier sehr alten Tanten und zweier unmündigen Kinder auf sich habe, so daß es ihr unmöglich sei, zu reisen. Susanna begnügte sich übrigens in jenem Briefe nicht damit, auf die äußeren Umstände hinzu weisen, welche ihr das Verlassen der eigenen Häuslichkeit un möglich machten, sondern sie deutete auch unverhohlen an, daß innere Gründe sie abhielten, weil sie erst einen Ruf ihres treuen Herrn empfangen müßte, wenn sie sich zu reisen entschließen sollte. Es folgt hier eine der lieblichsten Stellen aus ihrem Briefwechsel, die ganz an die schönsten Partieen der Bekennt nisse erinnert.

„Ich würde mich übel dabei befinden, dieses so dreist und entschlossen zu melden, wenn ich nicht Seinen Weg mit mir kennte. Er nimmt mich immer besonders, und so verklärt Er sich mir. Mein eigenes und vieler Freunde gut gemeintes Be mühen, den Plan zu ändern, war immer fruchtlos . . . Viele Umstände in meinem Gang scheinen mich zu überzeugen, daß die Stille und der einzelne Gang bei dem Genuß seiner Liebe mir das ist, was eine Diät bei einer Arzenei ist. Ich bin zu an hängisch, Er kann es nicht anders mit mir machen."

Ihre ganze Zeit war damals in der That in Anspruch ge nommen durch die beiden Kinder ihrer Schwester. Ihre Gedanken beschäftigten sich unaufhörlich mit diesen ihren Lieblingen. Sie malt es sich in den Bekenntnissen einmal aus, wie einst die Kinder der Schwester sich in ihre Kostbarkeiten teilen würden; aber ein noch erhaltenes Aktenstück zeigt uns, daß sie schon bei Lebzeiten anfing, alljährlich, vielleicht zu Weihnachten, alte Me daillen, Münzen und dergleichen Familienerbstücke für die lieben

v. Trümbach'schen Kinder zu bestimmen⁵²). In ihrem Testamente hat sie ferner ausdrücklich angeordnet, daß ihre Juwelen, Pretiosen, Silbergeschirr, Kleider, Möbel u. s. w. ihrer Nichte Ernestine zufallen sollten. Auch hier wieder bestätigen trockene Aktenauszüge die Darstellung der Bekenntnisse bis in die geringfügigsten Züge hinein.

Bei den mancherlei schwierigen Aufgaben, welche nach dem Tode des Vaters an Susanna herangetreten waren, hatte sie sich nicht mehr der Beihilfe ihres Freundes v. Moser zu freuen, da derselbe um diese Zeit Frankfurt verließ. Ihre Beziehungen hatten sich übrigens um diese Zeit ohnedies gelöst, wie ein Brief Susannas an Moser vom Jahre 1774 beweist, in welchem sie von acht Jahren redet, in denen sie einander fremd geworden waren. Erst kurz vor ihrem Ende wurden die alten Fäden wieder angeknüpft, als Moser in Darmstadt weilte. Um so erfreulicher war für sie die Freundschaft mit ihrem Hausarzte Dr. Metz, der auch in religiöser Hinsicht ihr Gesinnungsgenosse war. Goethe, welcher ebenfalls von ihm behandelt wurde, schildert ihn als einen unerklärlichen, schlaublickenden, freundlich sprechenden, übrigens abstrusen Mann, der sich in dem frommen Kreise ein ganz besonderes Zutrauen erworben hatte. Thätig und aufmerksam war er den Kranken tröstlich, mehr aber als durch alles erweiterte er seine Kundschaft durch die Gabe, einige geheimnisvolle selbstbereitete Arzeneien im Hintergrunde zu zeigen, von denen niemand sprechen durfte, weil in Frankfurt den Ärzten die eigene Dispensation streng verboten war. Von einem wichtigen Salze, das nur in den größten Gefahren angewendet werden durfte, war nur unter den Gläubigen die Rede, ob es gleich noch niemand gesehen oder die Wirkung davon gespürt hatte. Goethe schildert ferner, wie sehr seine Freundin auf die Worte des Arztes geachtet hatte und wie sie auch aus religiösen Gründen danach trachtete, um Barmherzigkeit an anderen ausüben zu können, sich ein Mittel zu eigen zu machen, wodurch so manches Leiden gestillt, so manche Gefahr abgelehnt werden könnte. Da nun gerade in dieſer Zeit der junge Frankfurter Dichter mit der ſchönen Seele in vertrauteſter Weiſe verkehrte und von ihr die mannigfachſten Anregungen empfing, iſt hier der Ort, die Be= ziehungen zwiſchen ihm und Suſanna im Zuſammenhange dar= zulegen, nachdem derſelben ſchon ab und zu beiläufig gedacht worden war.

IX.

Die schöne Seele als Schutzgeist.

Die Familien Klettenberg und Textor waren verwandt [53]), und daß diese Beziehungen auch gepflegt wurden, beweist die früher erwähnte Scene zwischen Dr. Olenschlager und Lindheimer, welche sich im Hause des Stadtschultheißen abspielten. Obwohl Elisabeth Textor acht Jahre jünger als Susanna v. Klettenberg war, traten sie sich doch frühzeitig näher, wie ein Eintrag der schönen Seele und ihrer beiden Schwestern in ein der Mutter Goethes gehörendes „Güldenes Schatzkästlein der Kinder Gottes" im März 1748 beweist [54]). Die Einzeichnung Susannas ist für uns doppelt wichtig, weil es das erste Schriftstück ist, das wir von ihr besitzen. Sie lautet also:

„Laß mich recht arm und elend werden,
Und decke meinen Schaden auf,
Die innere Greu'l, den Sinn der Erden,
Und hemme meinen alten Lauf.
Laß mich den Schlangenbiß empfinden
Und sich den Durst nach Dir entzünden,
Daß ich nach nichts mehr schrei' und fleh',
Als nur nach Dir und Deiner Gnade,
Bis ich mich bei so großem Schade
Geheilet und erhöret seh'."

Ihre Schwester Maria Magdalena schreibt in ähnlichem Sinn:

„So lange sich mein Blut in meinen Adern reget,
Will ich für Deine Huld, Erlöser, dankbar sein,
So lange noch ein Puls in meinem Herzen schläget,
So lang entschließ ich mich, die Sünde anzuspei'n.
Du hast die Freiheit mir von ihrem Joch erworben,
Ich bin an Deinem Kreuz derselben abgestorben."

Vielleicht war die gemeinsame Verehrung von Fresenius, der sich gleichfalls mit seiner Gattin in das Büchlein eingeschrieben hat, der Anlaß zu einem innigeren Verhältnisse der jungen Mädchen geworden. Daß auch Goethes Mutter ihrer Liebe zum Heilande gelegentlich in ähnlich inniger Weise, wie ihre Freundinnen, Ausdruck gab, beweisen folgende Verse, die sie in ein Stammbuch eingeschrieben hat [55]).

„Es sei ferne von mir rühmen
Ohn' in Christi Kreuz allein,
Seine Wunden, Seine Striemen,
Seine Dornen, Seine Pein,
Sind mein schönster Ehrenruhm,
Meines Glaubens Eigentum,
Meine Krone, die mich schmücket,
Und mein Trost, der mich erquicket."

Es ist auch bekannt, wie Frau Rat in so mancher Lage des Lebens von dem in den pietistischen Kreisen so beliebten Schriftorakel Gebrauch gemacht hat. Daß sie noch in späteren Jahren gegen eine gewisse Art oberflächlicher Aufklärung sich abgeneigt zeigte, beweist eine drastische Äußerung über Bahrdt und andere neumodische Theologen, die der Schweizer Landolt 1782 aus ihrem Munde vernahm, nämlich daß „diese Herren uns die Bibel allzu stark modernisieren wollen und die Apostel und Jünger Christi, und andere ehrwürdige, weise und vortreffliche Männer des grauen Altertums zu hochfrisierten französischen petitmaitres umschaffen, und sie da mit dem Degen an der Seite und dem Chapeau-bas-Hütchen unterm Arm auftreten und hundert wunderliche Sprünge machen lassen" [56]). Immerhin liegt ein gewisser Unterschied zwischen ihrer Frömmigkeit und der ihrer Freundin Klettenberg vor [57]). Wo Susanna von dem Heilande redet, da spricht Frau Rat lieber von Gott oder der Vorsehung. Zwar ist es nicht zutreffend, daß ein stark ausgeprägter Vorsehungs glaube lediglich in alttestamentlichen Gedanken wurzeln müsse — er stellt vielmehr, wo er lebenskräftig ist, gerade eine reife Frucht der Rechtfertigung durch Christus dar , immerhin ist die Ver schiedenheit der Ausdrucksweise nicht zu verkennen.

Nach Goethes Äußerungen in Dichtung und Wahrheit könnte es scheinen, als ob Frau Rat erst in späteren Jahren (um 1768) angefangen hätte, aus Mangel an Unterhaltung Interesse an der Religion zu zeigen. Aber sie hatte bereits an dem Bülowschen Kränzchen teilgenommen und die Vorträge von Claus besucht — ein Beweis, daß sie die Beziehungen zu Fräulein v. Klettenberg nie abgebrochen hat. Auch Goethe selbst hat schon vor seinem Leipziger Aufenthalte Susanna kennen gelernt, wenn er gleich erst nach der Rückkehr von dieser Hochschule in ein besonders ver trauliches Verhältnis zu ihr getreten ist. Denn er hat später in einem Gespräche mit Eckermann [58]) geäußert, daß ihn wohl Fräu lein v. Klettenberg zu dem von ihm wenig geschätzten Gedichte über die Höllenfahrt Christi veranlaßt hätte, da er nicht wüßte, wer von seinen Freunden einen solchen Gegenstand anders hätte verlangen können. Es ist auch darauf hinzuweisen, daß Goethe in Dichtung und Wahrheit beinahe alle die Personen schildert, welche zum Freundeskreise der schönen Seele gehörten. (Frau Pfarrer Griesbach), Herr v. Moser u. a.) Ein Bruder des Hofrat Moritz, Kanzleidirektor Moritz, wohnte ferner mit seiner Familie seit 1761 in Goethes Hause. Da diese sehr werten Freunde der Eltern Goethes zugleich Susanna v. Kletten berg nahe standen, so mußte auch dadurch Wolfgang schon als Knabe auf die schöne Seele und ihre Freunde aufmerksam werden. Immerhin ist erst, als der Student, an Leib und Seele krank, wie er selbst bekennt, von der Universität Leipzig in das Eltern= haus zurückkehrte (1768), der Umgang mit Susanna für ihn bedeutungsvoll geworden.

Es ist hier der Ort, seine Schilderung ihrer Erschei=

nung, sowie ihres Charakters, aus Dichtung und Wahrheit einzuschalten. „Sie war zart gebaut, von mittlerer Größe, ein herzliches natürliches Betragen war durch Welt und Hof art noch gefälliger geworden. Ihr sehr netter Anzug erinnerte an die Kleidung herrnhutischer Frauen. Heiterkeit und Gemüts= ruhe verließen sie niemals. Sie betrachtete ihre Krankheit als einen notwendigen Bestandteil ihres vorübergehenden irdischen Seins, sie litt mit der größten Geduld, und in schmerzlosen Intervallen war sie lebhaft und gesprächig. Ihre liebste, ja vielleicht einzige Unterhaltung waren die sittlichen Erfahrungen, die der Mensch, der sich beobachtet, an sich selbst machen kann, woran sich dann die religiösen Gesinnungen anschlossen, die auf eine sehr anmutige, ja geniale Weise bei ihr als natürlich und übernatürlich in Betracht kommen. Bei dem ganz eigenen Gang, den sie von Jugend auf genommen hatte, und bei dem vor= nehmeren Stande, in dem sie geboren und erzogen war, bei der Lebhaftigkeit und Eigenheit ihres Geistes vertrug sie sich nicht zum Besten mit den übrigen Frauen, welche den gleichen Weg des Heils eingeschlagen hatten." Noch erwähnen wir die Be= merkung, daß sie sich mit einiger Selbstgefälligkeit in dem Bilde des Grafen Zinzendorf zu spiegeln schien, dessen Gesinnungen und Wirkungen Zeugnis einer höheren Geburt und eines vor= nehmeren Standes ablegten.

Außerordentlich anziehend ist das Verhältnis zwischen dieser Seele, hinter der bereits die schwersten Kämpfe des Lebens lagen, die von einem Hauch der Ewigkeit umweht war, und dem genialen Jüngling, in dessen Brust die verschiedenartigsten Em= pfindungen damals stürmisch auf= und niederwogten. Was Susanna an ihm anerkannte, war sein Suchen, Forschen, Sinnen und Schwanken, — es war ihr, als müsse sie dieser kämpfen= den Seele, die keinen versöhnten Gott hatte, den Weg zum Frieden weisen. Sollte sie nicht bei folgender Stelle aus dem Briefe an Reißer vom 16. März 1769 den hochbegabten jungen Poeten im Auge haben, der ihr so herzlich sein Inneres aufschloß? „Der Herr ist auch in unserer Stadt nicht stille und bläst auf tausendfache Weise die Fünklein auf. Ein ganz neues und großes Exempel, so ich davon vor Augen habe, ist mir ein wichtiger Beweis, wie teuer Er Seine Kreuzesbeute schätzt, undwie mächtig Er ist, den Lohn Seiner Schmerzen einzusammeln. Er lasse nicht ab, bis Er auch das letzte Seiner verirrten Schäflein gefunden."

Was aber Goethe immer wieder von ihr trennte, war, wie er selbst zugesteht, die verschiedene Auffassung der Sünde, wie denn überhaupt die meisten religiösen Differenzen auf verschieden-artige Anschauungen über diesen Punkt zurückzuführen sind. Er fühlte sich wohl in keinem behaglichen Zustande, konnte sich aber auch nicht für außerordentlich sündhaft halten.

Der Einfluß der schönen Seele war kein durchschlagender, wie die Briefe beweisen, welche der junge Student damals an die Freundinnen in Leipzig schrieb und die einen ganz · an-deren Geist atmen. Doch hat er auch in der mutwilligen poe-tischen Epistel an Friedericke Öser (6. November 1768) es aus-gesprochen, daß es ihm an Trost nicht fehle, wobei er wohl an Fräulein v. Klettenberg mit gedacht hat.

> „Zwar hab' ich hier an meiner Seite
> Beständig rechte gute Leute,
> Die mit mir leiden, wenn ich leide;
> Sie sorgen mir für manche Freude,
> Es fehlt mir nur an mir, um recht beglückt zu sein."

Auch des Arztes gedenkt er in diesem Schreiben.

> „Besonders ist er b'rauf bedacht
> Durch Ordnung wieder einzubringen,
> Was Unordnung so schlimm gemacht,
> Und heißt mich meinen Willen zwingen."

Wenn auch Goethe in dieser Zeit keinen vollen Ernst machte mit der Frömmigkeit, so ist es doch dieser freundschaftlichen Be-ziehung zu Susanna zu danken, daß er für eine aufrichtige christ-liche Gesinnung beinahe in allen Phasen seiner Entwickelung Sympathie und Verständnis gezeigt hat und ihm die seichte Auf-klärung geradezu zuwider war.

Im Nachlasse der schönen Seele hat sich ein Blättchen von Goethes Hand vorgefunden, dessen Inhalt in letzterer Beziehung zu deuten sein dürfte [59]).

"Die Herren blendt gar oft zu vieles Licht,
Sie seh'n den Wald vor lauter Bäumen nicht."

Ein anderer Ausspruch, der auf gleiche Weise sich erhalten hat, entspricht wohl weniger den Gedanken der Freundin: "Nur dann reflektiert Gott auf ein Gebet, wenn alle unsere Kräfte gespannt sind und wir doch das weder zu tragen noch zu heben vermögen, was uns aufgelegt ist."

Es scheint, als ob Goethe mit diesen Worten sich gegen solche wende, welche durch das Beten in Gefahr geraten möchten, in Thatlosigkeit zu verfallen — eine Gefahr, welche die Freundin kaum fürchtete. Doch läßt jener Ausspruch auch eine andere Deutung zu: er ist, wie der erste, etwas orakelhaft gehalten.

Fräulein v. Klettenberg hielt aber nicht bloß mit Goethe Erbauungsstunden, sondern trieb auch mit ihm allerhand alchymistische Studien, zu welchen beide durch Dr. Metz angeregt worden waren. Alte Werke dieser Richtung wurden emsig studiert, und Susanna schaffte sich sogar einen kleinen Windofen, Kolben und Retorten an. Der nimmer in ihr erloschene phantastische Zug fand dadurch neue Nahrung. Für den jungen Dichter aber wurden diese Studien höchst anregend; er hat sie später im Faust verwerten können. Man darf wohl annehmen, daß ihm Dr. Metz vorschwebte bei der Schilderung des Arztes, der wegen seiner Geschicklichkeit bei der Seuche gepriesen wird, an dem er die Redlichkeit anerkennt, wenn er auch von einem Sinne mit grillenhafter Mühe redet. In den Bekenntnissen sind diese Experimente nur kurz angedeutet in den Worten: "Da ich durch anhaltende eigene und fremde Leiden ein halber Arzt geworden war, so leitete der Arzt meine Aufmerksamkeit von der Kenntnis des menschlichen Körpers und den Spezereien auf die übrigen nachbarlichen Gebiete der Schöpfung, und führte mich wie im Paradiese umher, und nur zuletzt, wenn ich mein Gleich

nis fortsetzen darf, ließ er mich den in der Abendkühle im Garten
wandelnden Schöpfer aus der Entfernung sehen." So dienten
Susannas naturwissenschaftlichen Studien auch dazu, ihre religiösen
Empfindungen zu bereichern und zu vertiefen. Ihr geistiger Gesichtskreis erweiterte sich, indem sie Gott in der Natur sehen
lernte, ohne daß ihr Innenleben dadurch geschädigt worden wäre,
wie bei manchen, welche sich mit Naturwissenschaften in oberflächlicher Weise beschäftigen.

Im Sommer 1769 durfte die schöne Seele erleben, daß ihr
junger Freund (am 21. und 22. September) nach Marienborn
reiste, um die dortigen Einrichtungen der Brüdergemeinde persönlich kennen zu lernen. War sie auch nicht mehr so begeistert für
den Grafen Zinzendorf, wie ehedem, so mußte sie sich doch über
das darin kundgebende religiöse Streben Wolfgangs freuen. Als
er 1770 nach Straßburg reiste, verkehrte er anfangs auch dort
mit den frommen Leuten, an die er empfohlen war. Aber diese
waren im Gegensatze zu den Frankfurter „Stillen im Lande"
dem Hallischen Pietismus ergeben. Goethe fühlte sich teils durch
ihr trockenes Wesen abgestoßen, teils dadurch, daß sie seinem
Grafen so feind, und so kirchlich und pünktlich wären. In diesem
Sinne hat er sich in einem Briefe an seine Freundin (am
26. August 1770), den er nach Empfang des heiligen Abend-
mahls schrieb, geäußert. Auch tadelt er an den Straßburgern,
an die man ihn empfohlen hatte, die Eitelkeit, eines jeden
Nase dahin drehen zu wollen, wohin die eigene gewachsen sei,
während bei Susanna v. Klettenberg ihn gerade die liebevolle
Nachsicht angezogen hatte, mit der sie ihn zu nehmen wußte.
Manche andere briefliche Äußerungen beweisen übrigens, daß
Goethe, wenn er auch an den Straßburger Pietisten wenig Ge-
schmack fand, doch damals oft in ernster religiöser Stimmung war.
Außer bekannten Worten möge hier folgende Stelle aus einem
Briefe noch angeführt werden, die uns so recht an Susannas
Schreibweise erinnert [60]).

„Gegen unseren Herrgott sind wir doch arme Schelme. Wir

haben zu reden, und er hat zu thun. Und wenn wir lange
wählen, dahin? oder dorthin? so nimmt er uns beim Arme und
führt uns den dritten Weg, an den wir gar nicht gedacht haben."
Ein andermal schreibt er demselben Freund: „Ja, wenn Sie ein
echtes Gefühl von der allgegenwärtigen Liebe hätten, Sie würden
nicht so jammern." Deshalb trat auch Goethe dem von so vielen
nicht verstandenen tiefsinnigen Jung=Stilling näher, als er 1770
nach Straßburg kam.

Als der junge Dichter im August 1771 nach der Vaterstadt
zurückkehrte, schloß er sich wieder aufs innigste an „seine Ketten=
berg" an [61]), wie er seinen freundlichen Schutzgeist einmal nennt.
So manches Mal erbat er sich ihren Rat auch in solchen Fragen,
die nicht das innere Leben betrafen, woraus sich wieder ersehen
läßt, daß es Susanna durchaus nicht an einem klaren Blicke für
die Aufgaben des diesseitigen Lebens mangelte. Dieser klare
Blick aber beruhte bei ihr weniger auf Reflexion als auf In=
tuition. Das hat der Dichter selbst aufs klarste ausgesprochen
in jener reizenden Parallele zwischen der schönen Seele und seiner
Mutter, die er in Dichtung und Wahrheit gegeben hat.

„An ihr und meiner Mutter hatte ich zwei vortreffliche Be=
gleiterinnen; ich nannte sie nur immer Rat und That. Denn wenn
jene einen heiteren, ja seligen Blick über die irdischen Dinge
warf, so entwirrte sich vor ihr gar leicht, was uns andere Erden=
kinder verwirrte, und sie wußte den rechten Weg gewöhnlich an=
zudeuten, eben weil sie ins Labyrinth von oben herabsah und
nicht selbst darin befangen war; hatte man sich aber entschieden,
so konnte man sich auf die Bereitwilligkeit und auf die That=
kraft meiner Mutter verlassen. Wie jener das Schauen, so kam
dieser der Glaube zuhilfe, und weil sie in allen Dingen ihre
Heiterkeit behielt, fehlte es ihr auch niemals an Hilfsmitteln, das
Vorgesetzte oder Gewünschte zu bewerkstelligen."

Bei alledem konnte der Unterschied der religiösen Ansichten
zwischen dem jungen Dichter, bei dem allmählich, aber mit un=
überwindlicher Gewalt, ein pantheistischer Zug sich geltend machte,

und seiner Freundin derselben nicht auf die Dauer verborgen bleiben. Wenn sie schon früher seine Unruhe daher ableitete, daß er keinen versöhnten Gott habe, so erklärte sie ihm nun gar manchmal, daß sie ihn nicht als Christen gelten lasse. Aber sie hat den Glauben an ihn doch nicht verloren. Auch hier kam ihr die Überzeugung zu gute, daß sich in solchen Dingen von Menschen nichts machen lasse und daß Gott die Seelen auf ver= schiedene Weise führe. Schärfer haben dagegen die eigentlichen Herrnhuter Goethe den inneren Gegensatz fühlen lassen, was seine Neigung gegen sie einigermaßen erkältete.

Um diese Zeit geriet der junge Dichter in einen Konflikt mit dem evangelisch=lutherischen Predigerministerium zu Frankfurt, besonders mit dem Nachfolger des Fresenius, dem gelehrten Senior Plitt, dessen Predigten ihn einst als Knaben eine Zeit lang interessiert hatten. Den Anlaß zu diesem Streite bildeten etliche Rezensionen der Frankfurter Gelehrten Anzeigen vom Jahre 1772, gegen welche die Geistlichkeit Beschwerde erhob[62]). Eine derselben über die Bekehrungsgeschichte des Grafen Struensee, welche von Goethe selbst herrührt, enthielt sehr scharfe Angriffe auf Pascal, der Gott als Tyrannen darstelle und Tausende zu Feinden der Religion gemacht hätte, die Christum als ihren Freund geliebt haben würden, wenn man ihn ihnen als einen Freund und nicht als einen mürrischen Tyrannen vorgemalt hätte, der immer bereit sei, mit dem Donner zuzuschlagen, wo nicht höchste Vollkommenheit sei[63]).

Diese Rezension läßt einen Widerspruch gegen die überlieferten Versöhnungslehren bereits durchfühlen, verrät aber in der Be= zeichnung des Erlösers als eines Freundes doch noch einen ge= wissen Einfluß der Brüdergemeinde, die gern vom Seelenfreunde redete. War diese Rezension kaum nach Susannas Geschmack, so gewiß noch weniger der offenbare Mutwille, mit welchem Goethe und seine genialen Freunde sich an der lutherischen Geist= lichkeit rieben, welche durch allerhand Mißgriffe allerdings den ihnen weit überlegenen Gegnern die Sache leicht machte, aber es gewiß ernst meinte mit der Absicht, durch ihr Vorgehen die Gemeinde vor Ärgernis zu bewahren.

Dennoch erfolgte der völlige Bruch Goethes mit der Kirche noch nicht in dieser Zeit; zwei Aufsätze über theologische Fragen aus dem Jahr 1773 zeigen sogar ein fortgehendes Interesse an religiösen Problemen. Der zweite dieser Aufsätze ist geradezu von Bedeutung für die Verhältnisse des Verfassers zu Susanna v. Klettenberg. Es ist der Brief des Pastors zu . . . an den neuen Pastor zu . . ., angeblich aus dem Französischen übersetzt. Der Grundgedanke ist, daß verschiedene Ansichten in der Kirche zu dulden seien, falls man nur Jesum einen Herrn heiße.

Wenn Goethe hier beklagt, daß die lutherische Kirche sich nicht nur mit der reformierten gezankt habe, weil die zu wenig empfinde, sondern auch mit anderen ehrlichen Leuten, weil sie zu viel empfinden, und wenn er dabei eine Lanze für die Schwärmer und Inspiranten bricht, ja von Schneidern redet, die Mosheimen (dem berühmten Kirchenhistoriker) zu raten aufgegeben hätten, so fühlen wir seine Sympathie für die Brüdergemeinde aus solchen Äußerungen klar heraus. Wenn er sagt: „Man fühlt einen Augenblick, und der Augenblick ist entscheidend für das ganze Leben, und der Geist Gottes hat sich vorbehalten ihn zu bestimmen", so deckt sich dies ganz mit den Anschauungen seiner Freundin. Die Behauptung, daß es unnötig sei, einem Ungläubigen die Göttlichkeit der Bibel zu beweisen, weil man damit doch nichts ausrichte, erinnert ganz an die Art, wie Susanna in ihren Bekenntnissen über die Beweiskraft von Gebetserhörungen für andere sich ausspricht. Bei aller Toleranz gegen solche, die Jesum lieb haben und an die Schrift sich halten, spricht sich der Brief entschieden gegen die Philosophen aus, womit er die Vertreter der landesüblichen Aufklärung meint, sowie gegen die falschen Propheten, welche von glänzenden Sittenlehren und von tugendhaften Wandel predigten, aber das Verdienst Christi schmälerten, wo sie könnten. Über die Menschwerdung der ewigen Liebe in Christo wird fast in denselben Worten geredet, wie an der berühmten Stelle, wo Susanna die für sie entscheidende Stunde ihres Lebens beschreibt.

So finden sich hier überall Berührungspunkte zwischen den in den Bekenntnissen niedergelegten Ansichten Susannas und den in jenem fingierten Schreiben ausgesprochenen Meinungen ihres jungen Freundes. Vermutlich hat Frl. v. Klettenberg ihn auch auf die Schönheit des Hohen Liedes aufmerksam gemacht, das Goethe 1775 in das Deutsche übertragen hat. Es hat sich näm= lich noch ein Bruchstück einer Übersetzung dieser alttestamentlichen Schrift vorgefunden, welches den Inhalt des dritten Kapitels in Versen wiedergiebt ⁶⁴).

Es erhebt sich hier aber noch eine andere interessante Frage. Man hat bisher seitens der Biographen Goethes immer nur hin= gewiesen auf das, was der Dichter seinem Schutzgeist verdanke, aber es legt sich die andere Frage nahe: Sollte nicht der hoch= begabte Jüngling auch einen Einfluß auf die ältere Freundin ausgeübt haben? Niemand wird bestreiten, daß Susanna v. Klettenberg durch ihn manch interessantes Buch, und auch manchen bedeutenden Menschen kennen lernte. Es war die Zeit, da der junge Dichter freudig schrieb: „Frankfurt ist das neue Jerusalem, wo alle Völker aus= und eingehen und die Gerechten wohnen." Von Lavaters Besuch wird noch die Rede sein. Klop= stock wird sie wohl auch bei seinen Durchreisen aufgesucht haben.

Aber gewiß hat die schöne Seele mehr als solche nur äußere Anregungen aus dem Verkehr mit dem genialen jungen Mann empfangen, wenn er auch seinerseits nicht darauf hingewiesen hat. Die langen Unterredungen über religiöse Fragen scheinen auch bei ihr nicht ohne Einfluß geblieben zu sein. So haben sich vermutlich ihre Ansichten über die Höllenstrafen in späteren Jahren etwas umgestaltet — vielleicht, daß sie der von manchen My= stikern vertretenen Lehre von der schließlichen Wiederbringung aller verlorenen Seelen zuneigte, wie sie sich auch in jenem Briefe des Pastors zu . . . sich findet. So sprechen die mancherlei Berührungen zwischen dieser Schrift und den Bekenntnissen der

11*

schönen Seele für ein gegenseitiges Nehmen und Geben, wie es bei einem solchen Verhältnis von vornherein das Wahrscheinlichste war. Eine ähnliche Anschauung hat neuerdings Filtsch [65]) vertreten. Wenn er aber sagt: „Manche Fäden, die Goethe in das Bild dieser Gestalt hineinspinnt, sind dem Gewebe seines eigenen Lebens entnommen, sind ein Gemeinbesitz, den er mit Fräulein v. Kletten=berg teilte" und nun zeigt, wie mehrfach der Dichter die schöne Seele sagen läßt, was er selbst gefühlt, so ist dagegen zu be=merken: Wir haben hier die eigenen Aufzeichnungen Susannas vor uns, aber in den vorgetragenen Anschauungen macht sich allerdings ein gewisser Einfluß Goethes geltend. Es handelt sich also in der That um einen Gemeinbesitz, aber die schöne Seele erscheint nach unserer Darstellung nicht als eine bloße Figur, deren der Dichter sich bedient, um gewisse Wahrheiten vorzutragen, sondern im Gegensatz zu manchen anderen Frauen=gestalten in Goethes Werken als eine historische Persönlichkeit, die ihre eigenen Anschauungen darbietet.

Der letzten Berührungen Goethes mit Fräulein v. Kletten=berg werden wir im späteren Kapitel gedenken; hier folge nur noch sein eigener Bericht über ein von ihm hingeworfenes Porträt der Freundin seiner Jugend [66]), das sich leider nicht erhalten hat. „Sie pflegte nett und reinlich am Fenster in ihrem Sessel zu sitzen, vernahm die Erzählungen meiner Ausgänge mit Wohl=wollen, sowie dasjenige, was ich ihr vorlas. Manchmal zeich=nete ich ihr auch etwas hin, um die Gegenden leichter zu be=schreiben, die ich gesehen hatte. Eines Abends, als ich mir eben mancherlei Bilder wieder hervorgerufen, kam bei untergehender Sonne sie und ihre Umgebung mir wie verklärt vor, und ich konnte mich nicht enthalten, so gut es meine Unfähigkeit zuließ, ihre Person und die Gegenstände des Zimmers in ein Bild zu bringen, das unter den Händen eines kunstfertigen Malers, wie Kersting, höchst anmutig geworden wäre. Ich sendete es an eine auswärtige Freundin und legte als Kommentar und Supplement ein Lied hinzu:

„Sieh in diesem Zauberspiegel
Einen Traum, wie lieb und gut
Unter ihres Gottes Flügel
Unf're Freundin leidend ruht.

„Schaue, wie sie sich hinüber
Aus des Lebens Woge schritt,
Sieh dein Bild ihr gegenüber,
Und den Gott, der für euch litt.

„Fühle, was ich in dem Weben
Dieser Himmelslust gefühlt,
Als mit ungeduld'gem Streben
Ich die Zeichnung hingewühlt."

X.
Stille Tagesneige.

In ihren letzten Jahren war die schöne Seele fast immer
leidend. Wohl stand sie noch nicht in einem vorgerückten Lebens=
alter — sie ist vor erreichtem 51. Jahre gestorben —, aber ihre Kräfte
waren durch viele Krankheiten allmählich aufgezehrt. Ihr Antlitz
trug die Spuren der vorangegangenen Kämpfe so sehr, daß La=
vater, als er sie kennen lernte, von ihr schrieb, sie sei kein or=
ganisiert, aber nichts weniger als schön. Der Ausdruck klingt
fast wie ein Widerspruch gegen eine andere Anschauung, die ihm
entgegengetreten war. Ob Goethe sie schon damals eine „schöne
Seele" genannt hat? Vielleicht hatte er damit Lavaters Erwar=
tungen zu hoch gesteigert, so daß der eigenartige Mann, der sich
gerne ein Bild von unbekannten Personen im voraus zu ent=
werfen suchte, nachher enttäuscht war und seinen Eindruck
mit gewohnter Ehrlichkeit kund gab. Den Ausdruck „himmlische
Seele" wenigstens hatte Goethe in einem Briefe an Lavater in
der That auf sie angewandt.

Da Susanna in den Bekenntnissen einmal ausdrücklich er=
wähnt, daß sie in ihrer Jugend schön gewesen, so ist unver=
kennbar, daß sich der Einfluß der vielen Leiden später bei ihr
geltend gemacht hat. Es bewährte sich jedoch dabei an ihr so
recht das Dichterwort:

> „Unter Leiden prägt der Meister
> In die Herzen, in die Geister

Sein allgeltend Bildnis ein.
Wie er dieses Leibes Töpfer,
Will er auch des künft'gen Schöpfer
Auf dem Weg der Leiden sein."

Daß sie mit rührender Geduld die Schmerzen trug, bestätigt uns
Goethe selbst; ja ihre Stimmung war meist heiter, wenn es ihr
Befinden einigermaßen gestattete.

Die Kinder der Schwester waren in dieser Zeit nicht mehr
bei ihr, sondern bei den Eltern, die sich damals in Dresden aufhielten, wo die Trümbach'sche Familie wider ihren Willen mehrere
Jahre verweilen mußte. Nach Goethes Darstellung könnte man
schließen, daß ihre Erziehung in einem dem Sinne Susannas
widerstrebenden Geiste erfolgt sei; aber ein Brief ihrer zweiten
Mutter vom 5. Oktober 1774 (bei den Nachlaßakten) läßt nichts
davon zutage treten. Frau v. Trümbach berichtet hier ausführlich über den Unterricht der beiden Kinder, sowie über deren geistige
und körperliche Entwickelung. Sie erzählt, daß die achtjährige
Ernestine ein Lied auf das Leben Josephs gemacht habe. „Ob
es schon nicht das war, was sie wollte, so ist es für ein Kind
von ihrem Alter, die dazu nicht die geringste Anweisung hatte,
immer genug. Gott erhalte sie bei ihrem Genie und mache den
Trieb zum Guten immer stärker in ihr!" Über den Sohn
schreibt sie: „Der lustige Karl ist wohl und auch ganz gut, aber
Lieder wird er nie machen. Sie küssen beide die Hände und
sind ganz fleißig in ihren Stunden." Es ist interessant, daß
hier eine thatsächliche Charakterschilderung der Trümbach'schen
Kinder vorliegt, deren Eigenart Goethe ganz nach seiner eigenen
Phantasie beschrieben hat, wie es sein Roman erforderte.

Über ihr persönliches inneres Leben schreibt Frau v. Trümbach in sehr frommem Sinne:

„Ich darf hier meine Fehler nicht verstecken, das unruhige,
unartige Herz will immer einen anderen Weg. Gott aber ist ein
Gott der Ordnung. Er thut alles sein zu seiner Zeit und läßt
oft mein Herz sich ängstigen, doch hilft er herrlich, wenn und

wie es ihm gefällt. Dasjenige, meine Beste, was du für die alte Tante thust, ist ein Kapital, das sehr wohl untergebracht ist; denn unser treuer Gott ist wohl derjenige, der uns richtige und reichliche Interessen giebt. . . . . Vielleicht erseufzt sie unseren guten Kindern noch Segen, wenn wir auch bei unserem Leben ihn nicht genießen sollten." Bei alledem mag es die schöne Seele manchmal schmerzlich empfunden haben, daß die von ihr so innig geliebten Kinder nicht bei ihr waren, sondern mit ihren Eltern, die früher zu Hanau gewohnt hatten, in dem weit entfernten Dresden weilen mußten.

Der Umstand, daß sie schließlich in Frankfurt ganz allein stand, veranlaßte sie vermutlich, im Jahre 1770 das väterliche Haus, dessen Räume ihr nun zu groß erschienen, zu verkaufen. Sie blieb aber, wie schon früher erwähnt, in der alten Wohnung, von der sie einen Teil mietete, den sie mit einem ihr durch gleiche Gesinnung innig verbundenen Ehepaare Kappel gemein= sam bewohnte. Sie fand an Frau Kappel einen Ersatz für ihre geliebte Rebekka Petsch, welche sie schon vorher verlassen hatte, um dem endlich angestellten Pfarrer Claus die Hand zu reichen. Auch ihre Dienerinnen waren ihr treu ergeben, wie ihre Testa= mentsbestimmungen beweisen, in welchen sie derselben fürsorgend gedenkt, auch in dieser Angelegenheit das gleiche Zartgefühl be= weisend, wie in allen Stücken.

Es ist hier am Orte, den Eingang dieses Testamentes, das gleichfalls im Jahre 1770 aufgesetzt wurde, anzuführen, weil ihre Gesinnungen sich auch darin treulich wiederspiegeln.

„Im Namen und unter erbetenem Beistand des höchsten Gottes, von welchem allein Hilfe und Rat kommt, und der alles weislich regieret. Amen! Beurkunde ich, Susanna Katharina v. Klettenberg, daß es der unerforschlichen, doch weisen Vorsehung des Allerhöchsten gefallen, mich, die älteste, doch schwächlichste meiner Geschwister am längsten und allein noch am Leben zu erhalten, daß von meinen nächsten Blutsverwandten mir nur noch die zwei Kinder meiner im Leben sehr wert gewesenen Schwester,

Frauen Maria Magdalena v. Trümbach), übrig bleiben, diese aber in ihrer zarten Jugend ihrer seligen Mutter und mir in die Ewigkeit folgen könnten, und ich daher für ratsam und nötig erachtet habe, über meine zeitliche gedachten beiden v. Trümbachischen Sohn und Tochter sonsten ab intestato zufallende Nachlassenschaft eine testamentarische Verordnung aufzustellen und zu hinterlassen. Nach reifer gepflogener Überlegung, aus freiem und ungezwungenem Willen, ohne von jemandem dazu bewogen oder beredet zu sein, habe ich sothane meine letzte und liebste Willensmeinung, wie ich will, daß es nach meinem in Gottes Händen stehenden seligen Abschied mit meinem verlassenden Vermögen gehalten werden solle, bei, Gott sei es gedanket, genießenden guten Gemüts- und Leibeskräften in nachstehenden Punkten wissentlich und wohlbedächtlich abgefaßt.

„Vor das erste erinnere ich mich meiner Sterblichkeit, und daß meine Seele zu Gott kommen, mein Leib aber zu Erden werden wird, woraus er genommen. Meine durch das vollkommene Opfer meines hochgelobten Heilandes teuer erlösete Seele empfehle ich demütig und glaubig vor jetzo und immerdar in die getreuen Hände meines barmherzigen Gottes. Ich verordne aber, daß mein erblasseter Leichnam auf eine christlöbliche Weise, doch ohne Gepränge, zu seiner Ruhestatt bis zu seiner fröhlichen Auferstehung gebracht werde, dergestalt und also, wie es bei meinen seligen Eltern und dahier verstorbenen Schwester Marianna geschehen, und ich in einer besonderen schriftlich verfasseten Vorschrift verfügt habe." Die weiteren Einzelheiten des Testamentes bieten, so weit sie noch nicht erwähnt wurden, kein sonderliches Interesse dar.

Für die Stimmung Susannas in dieser letzten Zeit ihres Lebens ist folgendes Gedicht charakteristisch [67]):

An die Spindel.

„Komm, Spindel, komm, ich laß den Pinsel liegen,
Der mir so viele Lust gemacht.
Du Spindel, du sollst mich anjetzt vergnügen,
Geliebter Pinsel, gute Nacht!

„Wer Schimmer, Reiz und Schönheit nicht mehr schätzet,
Wenn selbst die Rose nicht mehr lacht,
Weß Auge kein Original ergötzet,
Der sagt der Schild'rung gute Nacht.

„Komm, Spindel, komm, die Feder soll dir weichen,
Mach, Schreibtisch, mir nicht ferner Müh;
Was sollen mir noch der Gedanken Zeichen?
Geschwinder denk ich ohne sie.

„Komm, Spindel, komm, ich kann nicht müßig sitzen,
Das Nichtsthun ist mir Qual und Tod,
Sollt ich mit seiner Arbeit mich erhitzen?
Das machte mir die Augen rot.

„Doch Bücher, ja, die hätt' ich bald vergessen,
Sehr wichtig dem, der sie für nötig hält,
Die Mäuse wollten meine fressen,
Da hab ich sie in' Schrank gestellt.

„Komm, Spindel, komm, froh soll die Hand dich lenken,
Du läßt mir Kopf und Herze frei;
Empfindungsvoll kann ich da fühlend denken,
Das andre ist doch Narretei."

Dieses Gedicht ist in mehrfacher Hinsicht interessant. Wohl
steht die Abfassungszeit nicht fest, aber es unterliegt keinem
Zweifel, daß es in die letzte Zeit ihres Lebens fällt. Es ent=
spricht ganz der Lage, in welcher sie sich befand, als Goethe ihr
vorlas, und die Ursache, weshalb der junge Freund ihr häufig
vorgelesen hat, wird uns nun auch klar; es war dies neben der
allgemeinen Schwachheit ein Augenleiden, das es ihr schwer machte,
in der alten Weise viel mit Büchern umzugehen. Aber dies
Gedicht, das wir in gewissem Sinne auch ein Vermächtnis der
schönen Seele nennen können, unterscheidet sich darin von allen
früheren, daß es einen Anflug von Humor verrät, wie er uns
in Susannas übrigen Liedern nie, wohl aber in ihren Aufsätzen
zuweilen, und in den Bekenntnissen öfter entgegentritt. Die
Weltabgeschlossenheit, welche uns in jenen Versen entgegentritt,
ist keineswegs jene krankhafte Weltverneinung, wie sie ihr früher

manchmal nahegelegen hatte; im Gegenteil hat gerade dieses
Gedicht trotz der Resignation so recht das Gepräge der Heiter=
keit, welche Goethe an der Freundin rühmte. Was die Form
dieser liebenswürdigen Verse betrifft, so ist dieselbe vollendeter
als bei den meisten früheren Liedern auch hierbei mag die Be=
kanntschaft mit dem jungen Freunde fördernd gewirkt haben.

Wie sehr auch Susanna v. Klettenberg in der letzten Zeit
bemüht war, Betrübte aufzurichten, beweist ein Brief 68), in wel=
chem eine Dame ihr dankt für den Trost, den sie bei ihr ge=
funden, als ein Familienglied auf dem Sterbebette lag. Das
Schreiben beginnt mit den Worten:

„Die seligen Stunden des verwichenen Freitag Abends waren
mir Manna=Brot in meiner Wüste, wo Er aber Hirte und Stern
und Führer ist. Mein ganzes Herz hat Ihnen, Allerteuerste,
gedankt und Segen erfleht. Wie arm ist aber alle menschliche
Sprache vor die Empfindungen, wo man ganz Seele ist!“

So hat Susanna auch das Wort: „Weinet mit den Wei=
nenden“ nicht vergessen, und ist der Gefahr, die so leicht an das
Herz einsamer Menschen sich heranschleicht, über den eigenen
Leiden gegen anderer Wohl und Wehe sich zu verhärten, in
ihrem Krankenzimmer nicht erlegen.

Vielfach wurde sie in dieser letzten Lebenszeit durch die Frage
nach dem Schicksale der Seele im Jenseits bewegt. Schon
früher hatte sie manche Lieder verfaßt, welche vom Sterben handel=
ten. Im Jahre 1774 überreichte sie Lavater eine Abhandlung:
„Meine Aussichten in die Ewigkeit“, welche vermutlich dasjenige in
lehrhafter Weise behandelte, was eines ihrer Gedichte: „Blicke der
Ewigkeit“, in dichterischem Schwunge ausgeführt hatte. Lavater
bemerkt darüber in seinem Tagebuche, daß er den Aufsatz mit Ver=
gnügen gelesen und alles unterschreiben könne, wenn schon einiges
mehr durchgedacht werden müsse. Diese Zustimmung des be=
rühmten Theologen zum Inhalte jener über die letzten Dinge han=
delnden Arbeit ist deshalb wichtig, weil ein Aufsatz früher
Susanna zugeschrieben wurde, welcher den Anschein erweckte, als sei

sie am Ende ihres Lebens ganz unter den Einfluß des tief sinnigen aber phantastischen Denkers Swedenborg geraten. Es ist die Abhandlung „Von dem Himmel und der himm=lischen Freude". Diesen Aufsatz hatte nach der Überlieferung Frau Rat Goethe von der Freundin erhalten und nachmals G. H. L. Nicolovius gegeben. Wenn er wirklich von Fräulein v. Klettenberg herrührte, so wäre die Ansicht kaum abzuweisen, daß sie sich in die Gedankenwelt Swedenborgs völlig ein-gelebt habe. Nun ist aber nachgewiesen worden [69]), daß jener Aufsatz von diesem merkwürdigen Denker selbst verfaßt ist. Es handelt sich nämlich lediglich um eine paragraphenweise Über=setzung eines Kapitels aus dessen im Jahre 1749 in lateinischer Sprache erschienenen „Himmlischen Geheimnissen". Da die Über=setzung sehr gewandt ist, so ist wohl möglich, daß sie von Goethe herrührt, der sich als Jüngling mit Swedenborgs Schriften viel beschäftigt hat, um Anregung für seinen Faust darin zu finden. Vielleicht erklärt es sich so auch, daß Fräulein v. Klettenberg dieses Schriftstück gerade an die Mutter des jungen Freundes schenkte. Daß man es später als ihre eigene Arbeit ansah, ist erklärlich; die Annahme dagegen, daß sie selbst diesen Irrtum irgendwie veranlaßt habe, wenn auch nur aus „Geheimnis=krämerei", wie man vermutet hat, ist abzuweisen. Es befinden sich im Nachlasse noch viele andere, allerdings kürzere Auszüge aus den Werken berühmter Männer (Tertullian, Yorick, Clau=dius, Newton u. s. f.). Da sie nun auch wirklich selbständige Aufsätze geschrieben hat, konnte leicht ein derartiges Schriftstück später als eigene Arbeit Susannas betrachtet werden.

Wenn aber auch feststeht, daß die schöne Seele nicht selbst jene phantastische Schilderung von dem Himmel und der himm=lischen Freude verfaßt hat, so läßt sich ein gewisser Einfluß Swedenborgs auf sie immerhin annehmen. Schon die mit Goethe getriebenen alchymistischen Studien mußten ihr ein besonderes Interesse für diese mysteriöse Persönlichkeit nahe legen. Dazu kommt, daß sie durch den württembergischen Theosophen Öttinger, dessen Schriften sie sehr schätzte, auf Swedenborg hingewiesen ward, dessen Werke jener württembergische Geistliche in Deutsch- land zu verbreiten suchte. Eine Stelle der Bekenntnisse, wo sie sagt, daß sie in den vielen schlaflosen Nächten etwas empfunden habe, was sie aber nicht deutlich beschreiben könne, nämlich, daß es ihr gewesen sei, als wenn die Seele ohne Gesellschaft des Körpers dächte, läßt darauf schließen, daß sie nahe daran war, durch solche Reflexionen in einen bedenklichen Seelenzustand zu geraten. Ihr Hausarzt Dr. Metz sah offenbar geradezu eine Gefahr in jenen Träumereien und lehrte sie, diesem großen, er- habenen und tröstlichen Gefühle so wenig als nur möglich nach- zuhängen, weil solche Empfindungen, wenn wir sie unabhängig von äußeren Gegenständen in uns nährten, uns gewissermaßen aushöhlten und den Grund unseres Daseins untergrüben.

Viel höher freilich wäre der Einfluß Swedenborgs anzu- schlagen, wenn Lappenberg Recht hätte mit der Vermutung, daß das Bild Susannas noch einmal dem Dichter vorgeschwebt, als er Wilhelm Meisters Wanderjahre schrieb. „Makarie, die ältliche, wunderwürdige Dame, die edle kluge Freundin ihrer Umgebungen, die Vertraute, der Beichtiger aller bedrängten Seelen, zeigt gar manchen Zug der schönen Seele wieder, wenn gleich in ihr mehr eine mild sittliche als die christliche Gesinnung hervortritt. Selbst äußerlich wird Makarie in ihrem Sessel dem Bilde gleich geschildert, welches Goethe von der Fräulein v. Kletten- berg in ihren letzten Jahren giebt." Dagegen hat nach Dün- tzer [70]) Frau v. Stein dem Dichter manchen Zug zu Makarien geboten, da sie von frühester Jugend an sich von den Sternen wunderbar angezogen fühlte und noch in dem höchsten Alter gerne den Beobachtungen der Gestirne nachging. Gegen Lappen- berg läßt sich geltend machen, daß es an sich nicht wahrschein- lich ist, daß Goethe ein zweites Mal die Jugendfreundin unter einem neuen Namen vorgeführt hätte, ohne mindestens die Identität mit der schönen Seele anzudeuten, sowie daß „Makariens Archiv" mehrfach auf das 19. Jahrhundert Bezug nimmt; für seine Ver-

mutung aber fällt stark ins Gewicht, daß die wunderliche Be=
hauptung Makariens sich völlig aus dem Gedankenkreise Sweden=
borgs erklären läßt. Goethe erzählt im wesentlichen Folgendes:
„Makarie befindet sich zu unserem Sonnensystem in einem Ver=
hältnis, welches man auszusprechen kaum wagen darf. Im Geiste,
der Seele, die Einbildungskraft hegt, schaut sie es nicht nur,
sondern sie macht gleichsam einen Teil desselben; sie sieht sich in
jenen himmlischen Kreisen mit fortgezogen, aber auf ganz eigene
Art; sie wandelt seit ihrer Kindheit um die Sonne, und zwar in
einer Spirale, sich immer mehr vom Mittelpunkt entfernend und
nach den äußeren Regionen hinkreisend. — Oft sah sie zwei Sonnen,
eine innere nämlich und eine außen am Himmel, zwei Monde,
wovon der äußere in seiner Größe bei allen Phasen sich gleich
blieb, der innere sich immer mehr und mehr verminderte. Diese
Gabe zog ihren Anteil ab von gewöhnlichen Dingen, aber ihre
trefflichen Eltern wendeten alles auf ihre Bildung, alle Fähig=
keiten wurden an ihr lebendig, alle Thätigkeiten wirksam, der=
gestalt, daß sie alle unsere Verhältnisse zur Genüge wußte und,
indem ihr Herz, ihr Geist ganz von überirdischen Gefühlen er=
füllt war, doch ihr Thun und Handeln immerfort dem Edelsten,
Sittlichen gemäß blieb. Zuletzt hat ihr das gute Glück den Arzt
zugeführt, den ihr bei uns seht, als Arzt, Mathematiker und
Astronom gleich schätzbar, durchaus ein edler Mensch, der sich
jedoch erst eigentlich aus Neugierde zu ihr heranfand. Im Anfange
hielt er es für Täuschung, deshalb er sich nicht ausreden ließ, es
sei eingelernt; er wehrte sich lange, ließ sich aber schließlich über=
zeugen. Aus ihren Angaben ließ sich schließen, daß sie längst über
die Bahn des Mars hinaus der Bahn des Jupiter sich näherte.
Offenbar hatte sie eine Zeit lang diesen Planeten, es wäre schwer
zu sagen in welcher Entfernung, mit Staunen in seiner un=
geheueren Herrlichkeit betrachtet und das Spiel seiner Monde um
ihn her geschaut, hernach aber ihn auf die wunderseltsamste Weise
als abnehmenden Mond gesehen, und zwar umgewendet, wie uns
der wachsende Mond erscheint. Daraus wurde geschlossen, daß

sie ihn von der Seite sehe und wirklich im Begriff sei, über dessen Bahn hinauszuschreiten und in dem unendlichen Raum dem Saturn entgegenzustreben."

Diese wunderlichen Gedanken erinnern an Ideen, welche Swedenborg in der Schrift: „Die Erdkörper in unserem Sonnen= system" (in lateinischer Sprache zuerst 1758 erschienen) entwickelt hat. So schreibt er (§ 6): „Es giebt Geister, deren einziges Verlangen darin besteht, sich Kenntnisse zu erwerben, weil sie durch diese allein erfreut werden; denselben ist es daher erlaubt umherzuschweifen, auch aus unserem Sonnensystem in andere überzugehen, um Kenntnisse zu gewinnen. Geister dieser Art sagten, es gäbe nicht allein Erden und Wasser in unserem Sonnensystem, sondern auch außerhalb desselben am Sternen= himmel in unendlicher Menge."

Swedenborg macht ferner aus Gesprächen, die er mit Geistern und Engeln aus anderen Erden geführt haben will, eingehende Mit= teilungen über die Bewohner der Erdkörper unserer Sonnenwelt, ja sogar über die Erdkörper am Sternenhimmel. Am ausführ= lichsten ist der Planet Jupiter beschrieben, für welchen also auch Swedenborg ein sonderliches Interesse zeigt. Er redet auch viel= fach von einer doppelten Sonne, einer geistigen, aus der alles Geistige, und einer anderen, aus der alles Natürliche hervor= geht [71]); jene Sonne sei die reine Liebe aus Jehova Gott, der in ihrer Mitte sei, während die andere Sonne, der alles Natür= liche entströme, reines Feuer sei. Sicher steht also, daß das Urbild der Makarie, wenn es sich nicht um ein bloßes „äthe= risches Märchen" handelt, also jede historische Unterlage fehlt, unter Swedenborgs Einflusse gestanden hat. Daß aber dem Dichter wirklich Mitteilungen der Jugendfreundin dabei vor= schwebten, läßt sich vielleicht daraus entnehmen, daß er schreibt: „Leider ist dieser Aufsatz erst lange Zeit, nachdem der Inhalt mitgeteilt worden, aus dem Gedächtnis geschrieben und nicht, wie es in einem so merkwürdigen Fall wünschenswert wäre, für ganz authentisch anzusehen."

Die Hauptfrage ist, ob sich in den anderen Schriften Su=
sannas Spuren jener Anschauung nachweisen lassen. In dieser
Hinsicht ist jedenfalls die schon oben erwähnte Stelle der Be=
kenntnisse beachtenswert, in der sie jene Erfahrung schlafloser
Nächte geheimnisvoll andeutet. Wir weisen auch hin auf einen
im Januar 1774 an Herrn v. Moser gerichteten Brief, in wel=
chem sie voll Bewunderung des Sternenhimmels gedenkt [72]). Hier
schreibt sie:

„An einem stillen empfindungsvollen Abend, wo der Mond,
Jupiter und die prächtige Venus in namenloser Majestät am
Firmament funkeln und mir Jehova, mit starker Stimme in mein
schmelzendes Herz rufen, überlese ich einmal wieder Ihre beiden
letzten Briefe, mein teuerster Freund."

Es kann ein Zufall sein, daß uns hier eine so mächtige
Begeisterung für die Schönheit der Gestirne entgegentritt —
immerhin wird auch dadurch die Vermutung bestärkt, daß Fräu=
lein v. Klettenberg in der That das Urbild der Makarie ge=
wesen, das Goethe dann mit poetischer Freiheit etwas umgemodelt
haben mag.

Der eben angeführte Brief an Moser ist von hoher Wichtig=
keit, weil er uns einen Aufschluß über das ganze frühere Ver=
hältnis zu diesem ihren Freunde, also einen sehr willkommenen
Kommentar zu den Bekenntnissen, bietet. Es geht daraus hervor,
daß acht Jahre lang, wie es scheint, auf ihren eigenen Anlaß hin
jeder Verkehr aufgehört hatte, bis der Heiland „die bisher in
Seiner Hand verwahrt gewesenen Fäden ihrer Freundschaft ihnen
wieder anvertraute". Sie erzählt ihm, wie es dazu gekommen
sei, daß sie wieder ihrerseits die Korrespondenz erneuert habe.
Im Mai oder Juni 1773 hörte sie den Namen des Präsidenten
v. Moser in einer kalten, zahlreichen Gesellschaft ganz zufällig
erwähnen, wurde aber darüber so unruhig, daß sie auch bei ihrer
Heimkehr sich die Frage immer wieder vorlegen mußte: „Ist es
möglich, daß eine Verbindung, wie unsere war, ein Übergang —
eine nichts bedeutende Affektenwallung sollte gewesen sein, die

am Ende zerflatterte und die wir beide vergessen können und
sollen?"

Sie erinnerte sich der vielen Gebete und Thränen, welche die
Leibes= und Seelenangelegenheiten ihres gewesenen Freundes in
ihr gewirkt hatten, und daß er das Mittel gewesen sei, wodurch
sie den gekreuzigten Christum kennen gelernt. Zwar gestand sie
sich jetzt auch das Bedenkliche jenes Freundschaftsbundes ein; aber
„warum zerrissen?" das schwebte ihr immer im Kopf.

Zwei Monate später, erzählt sie weiter, hatte ihr junger Freund
Goethe den Wunsch, seinem Freunde Merck ein Päckchen mit
Manuskripten zu schicken, und bei diesem Anlaß entschlüpfte ihr
unwillkürlich die Frage: „Soll ich Herrn Präsidenten v. Moser
bitten, daß er es mitnimmt?" Goethe war sehr erfreut; Susanna
aber marterte sich darüber, ob sie auch recht gethan. In der Stille
sagte sie alles dem Heilande und bat ihn, wenn sie übereilt ge=
handelt hätte, diesen Jüngling ihr Versprechen vergessen zu lassen.
Als Goethe sie aber wieder daran erinnerte, erschien ihr dieser
Umstand wie eine Antwort von oben, und sie entschloß sich nun
an den ehemaligen Freund zu schreiben, da sie nicht zurück
konnte.

Zwar schrieb sie in etwas gezwungenem Stile, weil sie nicht
den Mut hatte, eine Antwort zu erwarten; aber Moser ant=
wortete ihr, und so wurden die alten Fäden wieder angeknüpft.
Doch ergiebt sich aus dem Briefe, daß er seinerseits in der
Erinnerung an die Vergangenheit nicht ohne Furcht war. Das
gab Susanna Anlaß, sich über ihre ehemaligen freundschaftlichen
Beziehungen zu ihm auszusprechen.

„Wenn wir von dem Vergangenen reden und uns tief beu=
gen — vor Sünder erkennen —, so muß ich hier einmal für
allemal doch erinnern: daß das in dem Sinn zu verstehen ist,
wie Paulus sich vor den größten unter allen Sündern bekennt
und dabei doch sagt, nach der Gerechtigkeit, die das Gesetz er=
fordere, sei er untäflich in seinem Wandel gewesen. So können
wir doch auch sagen: „In allem, was That, Handlung heißt

— in dem, was Menschen beurteilen und richten dürfen — trete ich getrost auf und sage allen Sterblichen und einem jeden individualiter in das Gesicht: Wir sind unsträflich — und den Splitterrichter, der mit falschen Brillen und durch Vergrößerungs= gläser siehet, fordere ich kühn auf, es in ähnlichen Fällen besser zu machen. Bin ich zu stolz? Das werden Sie, der au fond die Sache so gut weiß wie ich, nicht sagen. Was den Herrn betrifft, was seinen Augen taugt oder nicht, darüber wollen wir uns nicht schmeicheln, aber auch nicht fürchten. Bei ihm ist gut sich beugen, das Gold wird rein durch seine Schmelzer=Glut — und Gold ist doch unsere Freundschaft und bleibt es der Hölle zum Trotz. — Und nun nichts mehr von Furcht! Umsicht, Ernst, Klugheit u. s. w., aber das schwarze Ding nicht!" — so schließt sie fast neckend diese so ernste Erörterung ab.

Sie bittet auch den Freund, die Briefe an sie direkt ohne Scheu zu richten. „Die Briefe an mich können immer und ewig unter meiner Adresse kommen — wen habe ich zu fürchten? noch mehr, ich mache mir eine Ehre daraus, und insofern keine Indiskretion mit unterliefe, könnten alle Briefe gedruckt werden — ich wollte die Vorrede dazu machen —, um einen Verleger wäre mir auch nicht leid; sehen Sie hier eine Probe meiner Frei= geisterei."

Jener Brief an Moser vom Januar 1774 ist aber noch aus einem anderen Grunde interessant. Susanna spricht sich nämlich darin über ihre Stellung zur Kirche aus, und zwar derart, daß sie ihre Gleichgültigkeit gegenüber jeder Art christlichen Gemein= schaftslebens ihm kundgiebt. Sie schreibt an denselben alten Ge= sinnungsgenossen, mit dem sie einst das Buch „Der Christ in der Freundschaft" herausgegeben hatte, folgende Worte, welche eigentlich als eine Art Absage gegenüber einigen alten Lieb lingsgedanken betrachtet werden können.

„Mit Zuversicht meine ich, Ihnen sagen zu können: Ich habe mich sehr geändert; wie und in was, das wird ein kurzer Umgang bald lehren — schreiben läßt es sich schwer —, ich

bin ein chriſtlicher Freigeiſt. Alles Formenweſen, alles Ge=
modelte iſt verſchwunden — meine Brüderſchaft ſind alle Men=
ſchen, und das genaue Band der Freundſchaft, in dem (den aus=
genommen, an den ich ſchreibe) wenige oder vielleicht im eigent=
lichen Sinne gar keine ſtehen, ſehe ich als eine Wohlthat an, die
mit dem Weſen der Religion keine Konnexion hat, und meine
beſten Freunde ſind ſogar Unchriſten. In einem papiſtiſchen
Lande hier oder in Konſtantinopel zu leben, wäre mir, inſofern
man mir meine Freiheit ließe, ſehr gleich — Gott im Fleiſch
geoffenbart würde mir überall gleich nahe ſein — und weiter
brauche ich nichts.“

Hier bedarf beſonders der Ausdruck: „Chriſtlicher Freigeiſt“
einer Erläuterung, da er leicht mißverſtanden werden könnte.
Suſanna iſt nicht etwa in das Lager des Rationalismus über=
getreten — von ihm war ſie infolge ihres myſtiſch=phantaſtiſchen
Zuges durch eine noch tiefere Kluft geſchieden als eine gewiſſe
hausbackene Rechtgläubigkeit, die wenigſtens in der Nüchternheit
ſich mit jener Richtung berührt — ſie bezeichnet mit jenem Aus=
druck vielmehr nur ihre Gleichgültigkeit gegen jede Art von kirch=
licher Gemeinſchaft. Es tritt uns hier das erklärliche, wenn auch
nicht notwendige Schlußglied ihrer religiöſen Entwickelung ent=
gegen. Zuerſt hatte ſie im Gottesdienſte der Kirche geiſtliche
Nahrung geſucht und gefunden; bald waren Privaterbauungen
ergänzend hinzugetreten; ſie bildeten dann den Hauptgegenſtand
ihres Intereſſes, als ſie in die Brüdergemeinde eintrat — end=
lich verzichtete ſie auf beides und fand ihre Befriedigung einzig
in dem perſönlichen Verkehr mit dem Erlöſer. So ſchritt ſie im
Subjektivismus noch über die Separatiſten hinaus, welche wenig=
ſtens ihre Konventikel für unerläßlich anſahen.

Es iſt intereſſant, wie ſie damals urteilte über ihre frühere An=
teilnahme am öffentlichen Gottesdienſt, ſowie an den ehedem von ihr
ſo hoch geſchätzten Privaterbauungen. Sie ſchreibt über dieſe der
Entſcheidungsſtunde vorausgehenden Jahre in den Bekenntniſſen,
daß ſie in jener Zeit die notwendige Kraft nicht in der Seele gehabt

12*

habe, um die reine Stimmung aufrecht zu erhalten, und fährt dann weiter: „Ich hatte mir dadurch geholfen, daß ich die Phantasie immer mit Bildern erfüllte, die einen Bezug auf Gott hatten, und auch dieses ist schon wahrhaft nützlich; denn schädliche Bilder und ihre Folgen werden dadurch abgehalten. Sodann ergreift unsere Seele oft ein und das andere von den geistigen Bildern und schwingt sich ein wenig damit in die Höhe, wie ein junger Vogel von einem Ast auf den anderen flattert. Auf Gott zielende Bilder und Eindrücke verschaffen uns kirchliche Anstalten, Glocken und Gesänge, und besonders die Vorträge unserer Lehrer." In dieser ganzen Auseinandersetzung macht sich nach Form und Inhalt der Einfluß der mittelalterlichen Mystik geltend, die der schönen Seele so lieb gewesen ist. Man wird besonders erinnert an das dreizehnte Kapitel der von Luther hochgeschätzten Schrift: „Theologia deutsch", welches die Überschrift trägt: „Wie der Mensch den Bildern zuweilen zu früh Urlaub giebt." Hier lesen wir: „Es spricht der Tauler, es seien etliche Menschen in der Zeit, die den Bildern zu früh Urlaub geben, eh' daß sie Wahrheit und Unterschied daran nehmen. Darum so können sie die rechte Wahrheit gar kaum oder vielleicht gar nicht begreifen. Denn solche Menschen, die wollen niemand folgen und bestehen auf ihrem eigenen Sinn und wollen fliegen, ehe sie Federn gewinnen. Sie wollen in einem Zuge gen Himmel fahren, das doch Christus nicht that; denn nach seiner Auferstehung blieb er wohl vierzig Tage bei seinen lieben Jüngern. Es mag niemand in einem Tage vollkommen werden. — Man soll auch Vorbild und Unterschied, Weise, Rat und Lehre nehmen und empfangen von den andächtigen und vollkommenen Dienern Gottes und nicht folgen seinem eigenen Kopfe." Alle diese Vorschriften gelten aber doch nur eine Zeit lang; es ist eine Schule des Gehorsams, aus der man schließlich entlassen wird. „Wenn der Mensch also durchspringt und überspringt alle zeitlichen Dinge und Kreaturen, so mag er danach in einem beschaulichen Leben vollkommen werden. Denn wer eines will haben, der muß das andere fahren lassen; da bleibt nichts anderes übrig." So hatte sich Susanna nach ihrer Gnadenstunde vom Gottesdienste unbefriedigt gefühlt: „Auch jetzt ging ich voll Verlangen in die Predigten, aber ach, wie geschah mir! Ich fand das nicht mehr, was ich sonst gefunden. Diese Prediger stumpften sich die Zähne an den Schalen ab, indessen ich den Kern genaß. Ich mußte ihrer nun bald müde werden: aber mich an Den allein zu halten, den ich doch zu finden wußte, dazu war ich zu verwöhnt. Bilder wollte ich haben, äußere Eindrücke bedurfte ich, und glaubte ein reines geistiges Bedürfnis zu fühlen." Zur Zeit, als sie diese Worte schrieb, war sie eben dahin gekommen, sich an den Erlöser allein zu halten, von jeder Gemeinschaft mit Menschen absehend. Wie sehr sie aber mit diesem Gedanken ernst machte, wie sie Christus in der That als ihren Vertrauten auch in den geringsten Fragen ansah, beweist gerade jener Brief an Moser, in welchem sie erzählt, daß sie sich sogar eines Päckchens wegen, das sie an ihren Freund Moser zu schicken versprochen hatte, an den unsichtbaren Freund wendete — und in derselben Weise erscheint auch in den Briefen an Lavater Susanna stets im innigsten Verkehr mit dem Erlöser.

Merkwürdig ist es, daß sie trotz jener Äußerungen über den Wert öffentlicher Gottesdienste noch im Herbst 1773 sich einen Kirchenstuhl in der Barfüßerkirche um den für ihre Verhältnisse sehr ansehnlichen Preis von 200 Gulden gekauft hat. Vermutlich war die Berufung des Pfarrers Mosche zum Seniorate, welche man vielfach mit froher Hoffnung begrüßte, die Ursache dieses Entschlusses. Diese Erwerbung hätte sie übrigens beinahe in Ungelegenheiten verwickelt, da der Bierbrauer Werner, welcher ihr seinen Platz verkaufte, nachmals die Sache so darstellte, als ob Fräulein v. Klettenberg ihm nur auf seinen Kirchenstuhl ein Darlehen gegeben habe. Aber ihrem jungen Freund Goethe gelang es in seiner Eigenschaft als Anwalt die Sache richtig zu stellen [73]).

In diese Zeit fällt der Schluß der Bekenntnisse. Er

beweist auch), daß sie nicht etwa mit ihrem Glauben an Christus irgendwie gebrochen hatte, daß sie vielmehr von dem göttlichen Ursprunge dieses Glaubens nach wie vor überzeugt war. Das Schlußwort der Bekenntnisse ist im wesentlichen von ihr selbst verfaßt. Nur der letzte Absatz dürfte nicht von ihr herrühren, sondern von Goethe hinzugefügt sein, als sein eigenes Urteil über die Freundin seiner Jugend. Es ist wenigstens sehr zweifelhaft, ob sie selbst folgende Worte geschrieben hat: „Ich folge mit Freiheit meinen Gesinnungen und weiß so wenig von Einschränkung als von Reue." (!) Wenn auch der Hinweis auf die göttliche Gnade sich sofort anschließt, so ist doch diese Versicherung so wenig mit der Schriftlehre wie auch anderweitigen Äußerungen Susannas an Lavater übereinstimmend, daß wir annehmen müssen, der Dichter habe in den letzten Worten der Bekenntnisse selbst eine Charakteristik der schönen Seele gegeben. Denn aus befreundetem Munde klingen die Worte weniger be fremdlich, als wenn sie von Fräulein v. Klettenberg herrührten.

XI.

Lavater und Cordaia.

In das letzte Lebensjahr Susannas, welches in den Bekennt=
nissen nicht mehr geschildert wird, fällt ihre Befreundung mit
Lavater, die in vielfacher Hinsicht für sie bedeutend wurde.
Schon längere Zeit hatte sie ihm ein gewisses Interesse entgegen=
gebracht, das aber anfangs noch mit einem gewissen Mißtrauen
zu kämpfen hatte, bis es durch die unmittelbare Berührung mit
ihm zu begeisterter Hingebung sich steigerte. Sein Name war ihr
zum erstenmal bekannt geworden, als er im Jahre 1764 auf der
Durchreise Herrn v. Moser aufsuchte [74]); doch ist nicht anzunehmen,
daß sie ihn damals persönlich kennen lernte. Nachmals erfuhr
sie Näheres über ihn durch ihren Freund Schultheß, der öfter nach
Frankfurt kam. Er gedenkt Lavaters zum erstenmal in einem Briefe
an Claus im Jahre 1767, indem er dem Freunde eine Predigt
dieses „hiesigen berühmten jungen Geistlichen" beilegt. Es war
dies die Zeit, in der Lavaters Stern eben erst aufleuchtete.
Noch bei der Niederschrift ihrer Bekenntnisse aber stand Susanna
diesem neu aufgegangenen Lichte mit einer gewissen Kühle gegen=
über, wie ihre Bemerkungen über Gebetserhörung beweisen, bei
welchen sie offenbar Lavaters Schriften im Auge hatte. In=
zwischen lernte sie einzelne Glieder des Lavaterschen Kreises, be=
sonders aus der Schultheßschen Familie, genauer kennen und las
sich immer mehr in seine Werke hinein. Ihre Frankfurter Ge=
sinnungsgenossen zeigten sich zwar rückhaltender; aber Susanna

war eine viel zu selbständige Natur, als daß fremde Bedenken sie auf die Dauer von einer Annäherung an diesen Mann abgehalten hätten, auf welchen gewiß auch Goethe sie hingewiesen hat, der damals ihn noch sehr bewunderte.

Am 9. Januar 1774 hat sie zum erstenmal die Feder angesetzt, um mit ihm in einen schriftlichen Austausch ihrer Gefühle einzutreten. Sie nennt aber ihren Namen nicht, schreibt vielmehr am Schluß des Briefes: „Meinen Namen, den neuen, werden Sie in der Stadt Gottes hören. Der, den ich jetzo führe, kann Ihnen sehr gleichgültig sein. Ich bin von Herzen dero ergebene Freundin." Zwar spricht sie von der nicht zu schildernden Wonne, welche sie beim Lesen des dritten Teiles seiner Aussichten in die Ewigkeit empfunden; aber sie gesteht ehrlich, es seien in dieser Schrift auch viele Dinge, die sie nicht brauchen könne, die nicht für sie geschrieben seien; ja sie schreibt geradezu: „Ich kenne, schätze und lese mit Nutzen Ihre Schriften. Aber ich bete Ihnen (Frankfurter Provinzialismus!) nicht an und sage beileibe nicht zu allem Ja und Amen."

Den Unterschied zwischen seiner und ihrer Eigenart bezeichnet sie damit, daß sie mehr gefühlt als gedacht habe, was er sage, daß er ihr nenne, was sie gefühlt. Sie kann ihm nicht verschweigen, daß er die unaussprechliche Empfindung der von seinem Verstand erkannten Wahrheit noch nicht habe. Doch fügt sie tröstend hinzu: „Sie werden hier in Ihrem Körper noch die Gabe des Sehens, des Empfindens, des Schmeckens bekommen. Die Stunde steht bei dem Herrn." Sehr bedeutsam ist der Rat, den sie Lavater erteilt, um zu gleicher Glaubensstufe mit ihm zu gelangen: „Machen Sie sich viel, ja unablässig viel mit Christus als Mensch zu schaffen — und zwar sind mir die Stunden seiner Menschheit, darinnen er durch die Umstände so ganz von anderen Menschen ausgezeichnet ist, in der Krippe, am Kreuz u. s. w. die seligsten, die fruchtbarsten..." „Das heißt gefallt", schreibt sie ihm weiter, „drücken Sie es philosophisch so eigentlich als möglich aus und genießen mit den

sanftesten Empfindungen eines Kindes die Segen der Menschheit
Jesu." Wir würden Susanna mißverstehen, wollten wir in diesen
Worten eine Leugnung der kirchlichen Lehre von der Gottessohn-
schaft Christi finden; aber sie hat die bedeutsame Erkenntnis gewonnen, die doch auch in den Bekenntnissen schon klar durch-
schimmert, daß der Weg zum Verständnisse des Göttlichen im
Erlöser über das Verständnis des Menschlichen in ihm führt.
Diese Errungenschaft erklärt es auch, daß sie auf dogmatische
Korrektheit weniger Gewicht legt als ehedem, während doch der
gleichzeitige Brief an Moser beweist, daß sie für ihre Person
noch an dem Gedanken der Offenbarung Gottes im Fleische im
hergebrachten Sinne festhielt. Jedenfalls hat Lavater die Brief-
schreiberin bald ermittelt und ihr geantwortet, da ihm die originelle Art der Anknüpfung besonders anmutete.

Im Mai 1774 schreibt ihm denn auch Susanna wieder, und
zwar mit ihrem jungen Freunde Goethe gemeinsam [75]. Dieser
Brief mag hier seinem ganzen Umfange nach stehen, weil er in
mancher Hinsicht bemerkenswert ist.

„ER! Der weiter keinen Namen braucht, hat mich einst in
einer seligen Stunde versichert, daß Er mir immer viel mehr
geben wollte, als ich vermuten könnte, unbeschreiblich hat Er bisher sein Versprechen erfüllt.

„Die brüderliche Verbindung und Bekanntschaft mit Lavater
ist eins von diesen Geschenken, und ein noch größeres, das nicht
ausbleiben kann — wird die namenlose Freude sein, einst aus
dieses Bruders Munde die Erklärung zu hören: nicht, weil du
es sagst, sondern weil ich es erfahre, glaube ich, daß Gott in
Christus ist.

„Er wandelt mit Lavater und mit Goethe — ich kenne Ihn
am Gang, noch werden ihre Augen gehalten, daß sie Ihn nicht
erkennen. Aber, ein Etwas — ein sanfter Zug — eine Empfindung, die alle Empfindungen übertrifft, so lebhaft diese beiden
sonst fühlen können, macht, daß sie sich von dem Unbekannten
nicht trennen mögen.

„Entfernt Er sich manchmalen, oder Ihr Euch vielmehr von Ihm, so ruft Ihn doch gleich sehnlich zurück, ruft Ihn auch in Abwege, die eben nicht die schönsten sind, Er kommt doch. Er ist nicht zu zärtlich, auch durch die Hecken zu brechen.

„Sie, lieber Bruder, hier zu sehen, wird ebenfalls eines Seiner die Erwartung übertreffenden Geschenke sein. Aber Strafe, Plage und Kummer wäre für mich jede zärtliche Verbindung, wenn die Gewißheit nicht mit verknüpft wäre, daß sie ewig dauern sollte — ja wir werden Ihn und uns bei Ihm ewig schauen erneuet, und viel lebhafter als jetzo leben und lieben.

„Goethe besorgt den Schattenriß — dreimal bin ich gemalt, dreimal gezeichnet — und nie getroffen worden, ich will gerne sehen, was Sie, geliebt's Gott, diesen Sommer bei Vergleichung des Originals mit dem Schattenriß sagen werden. Vielen herz= lichen Dank für die gedruckten Blättchen. Der, dessen Blut der Golgatha auftrank, segne Sie mit seinem besten Segen — der ist für mein Herz, der erneute gefühlvolle Eindruck, daß Er Mensch war, als Mensch starb, noch Mensch ist — und ich so gewiß sein werde, was und wie Er ist als Er war, was und wo ich bin.

„Frankfurt, am 20. Mai 1774. Cordata."

(Von Goethes Hand auf demselben Blatt.)

„Hier ist das Bild, das ich gemacht habe, und das ihr gleicht wie eine Schwester der anderen. Es ist die Familie, sie ist es nicht.

„Im Schattenriß bezeichnet sich diese himmlische Seele noch weniger.

„Sie wird Dir, wenn Du kommst, mehr sein als ich; ob sie mir gleich so viel ist, als Dir, so bin ich doch in meinem schwärmenden Unglauben, der Ich! Und wie ich bin, Dein Bruder."

Von Interesse ist hier schon die Unterschrift „Cordata". War es ein Name, den Susanna sich selbst beigelegt, oder war er ihr von Freunden gegeben und von ihr nur angenommen worden? Möglich ist, daß Lavater selbst sie so genannt hat, da er in seinem Tagebuch mit Vorliebe von Cordata redet.

Doch, da sie sich in den Bekenntnissen anfangs Phyllis nennt, ist es auch denkbar, daß sie sich in reiferen Jahren das Pseudonym Cordata selbst erwählt hat. Das Wort bedeutet so viel als „verständig", bildet also einen passenden Gegensatz zu der unbewußt tändelnden Art, an welchen jener aus der Hirtenlieder-zeit bekannte Name erinnerte. Für diese Annahme fällt der Umstand ins Gewicht, daß sie in dem Aufsatze: „Von Beob- achtung der sittlichen Pflichten in der Freundschaft" einen Cor- datus vorführt, was bei der Seltenheit des Namens beachtens- wert ist. Und jener Cordatus vertritt gerade im Gegensatze zu dem wohl frommen, aber wenig gebildeten Justus den Stand- punkt einer billigen Höflichkeit, wie ihn die schöne Seele selbst immer von Christen gefordert hat. Man könnte aber auch das Wort Cordata mit „Vertraute" wiedergeben, da sie an Moser schreibt: „Hierauf cordate Antwort an Cordata." Jedenfalls hatte sie selber an dem Namen ein gewisses Wohlgefallen, da sie ihn mehrfach anwandte.

Jener Brief ist aber deshalb wichtig, weil er uns zeigt, wie mild Susanna am Lebensabend bei aller persönlichen Liebe zum Heilande über andere geurteilt hat. Die Anspielung auf die Scene von Emmaus ist ungemein ansprechend und wohlthuend. Wenn auch ihre Hoffnung inbezug auf ihren jungen Freund, daß ihm die Augen noch einmal völlig aufgehen würden für die Herrlichkeit des Erlösers, sich nicht ganz verwirklicht hat, so kann man doch für das Christliche, das in Goethes Wesen und Schriften uns immerhin bedeutungsvoll entgegentritt [76]), kaum einen zutreffenderen Ausdruck finden, als es in diesem Briefe geschieht. Der Dichter selbst rühmt ja auch an ihr die- selbe Nachsicht, wie sie uns hier entgegentritt. „Sie blieb im- mer so freundlich und sanft und schien meiner und meines Heils wegen nicht in der mindesten Sorge zu sein."

Es ergiebt sich ferner aus diesem Briefe, daß Susanna
v. Klettenberg mehrfach porträtiert wurde, und daß auch Goethe
sie zweimal gezeichnet hat. Der von ihm erwähnte Schattenriß
war für Lavaters physiognomische Studien wichtig, für welche der
Dichter sich eine Zeit lang sehr interessiert hat. Daß Susanna
auch selbst Beobachtungen dieser Art machte, beweist die Stelle
der Bekenntnisse, wo sie erzählt, daß sie und ihr Hausarzt die
Ähnlichkeit der Kinder ihrer Schwester mit den Bildern der Vorfahren genau verglichen hätten.

Der angekündigte Besuch Lavaters erfolgte im Juni 1774.
Am 23. Juni abends stieg er im Goethehause ab, das er am
28. wieder verließ. Mit ihm war ein junger Frankfurter Theo-
loge gereist, Passavant, der Jugendfreund Goethes, der seit einigen
Monaten als Gehilfe bei ihm geweilt hatte, und nun gerne die
Gelegenheit ergriff, die Vaterstadt wieder zu sehen[77]). Auch durch
ihn hatte Lavater viel von Cordata erfahren. Schon am Abend
bildete sie einen Hauptgegenstand des Gesprächs zwischen Goethe
und seinem Gaste, und gleich am nächsten Tage eilte Lavater zu
ihr hin, wobei auch zwischen ihnen über den jungen stürmischen
Dichter viel geredet wurde. Aus den Aufzeichnungen Lavaters
wurde bereits manches berichtet; im Grunde ist alles interessant,
weil aus jeder Zeile die Eigenart des Mannes uns entgegentritt.
Hier sei nur auf das Wichtigste hingewiesen.

Man redete unter anderem über Spalding, den man einen Vertreter der „frommen Aufklärung" genannt hat. Susanna äußerte
über ihn: „Er hat Recht vis à vis den Pietisten — sie kenne
sie — das Falsche seines Buches widerlege er selbst in den zwei
letzten Seiten." Zur Erläuterung mag eine Stelle aus Spalding:
„Vom Wert der Gefühle im Christentum" (S. 338) dienen, die
sich im Nachlasse Susannas gefunden hat. „Überhaupt ist die
Verbindlichkeit unwidersprechlich, daß ein jeder vernünftig über-
zeugter und gerührter Christ die Empfindung von dem großen
Zwecke seines Daseins und allen damit verknüpften Wahrheiten
durch Betrachtung und Gebet so lebhaft zu machen suche, als

möglich), damit sie auch bei ihm gewissermaßen eine Leidenschaft und folglich so viel thätiger werde, nur aber dabei immer unter der Leitung der deutlichen Erkenntnis bleibe."

Als Lavater seine Ansicht, wie der Mensch zur unmittelbaren Gemeinschaft mit Gott gelangen könne, entwickelt hatte, gab ihm Susanna die charakteristische Antwort, sie unterschreibe sie, nur habe Gott verschiedene Wege. Sie scheute sich auch nicht, ihm einen freundlichen Verweis für eine briefliche Äußerung an Goethe zu erteilen. Lavater hatte geschrieben, es sei ihm so wohl, daß er Demütigung befürchte. Daraufhin sagte sie ihm, er habe kein gutes Herz zum Herrn; er müsse ihm auch herzlich zutrauen, daß er ihm alle Freuden ohne Züchtigungen gönne, und daß er das Salzen so einzurichten wisse, daß er keiner Züchtigung noch zur Korrektion bedürfe. Wie tritt uns auch in dieser Äußerung die in den Bekenntnissen so mannigfach sich offenbarende Gesinnung der schönen Seele klar entgegen! Und wie demütig hat der sonst um seiner Eitelkeit willen über Gebühr verschrieene Lavater die Rüge hingenommen! Tief bewegten ihn die Anfangslieder Cor datas, die er mit Thränen der Rührung las und teilweise sich aufzeichnete. Auch über Kunst wurde zwischen ihnen verhandelt. Ein Freund Lavaters, Schmoll, fing sogar wieder an, sie zu zeichnen. Über ihre Art zu reden, finden wir die anerkennende Äußerung: „Wovon sie sprach, sprach sie mit ausnehmendem Verstand und einer Bestimmtheit, die nur durch Erfahren geübt und Selbstdenken erreicht werden kann." Seine Aufzeichnungen schließen mit den Worten der Bewunderung: „So frei, so edel, so erhaben, so tief konnt ich kaum einen Menschen glauben. Doch war sie es, ich sah's und hört's."

Die Briefe, die Lavater an die Freunde in Zürich schrieb und seine mündlichen Berichte brachten Cordata seinen Vertrauten selbst so nahe, daß Frau Barbara Schultheß, seine treue Freundin, noch nach zwanzig Jahren, als Goethe ihr die Bekenntnisse zu= sandte, ihm schrieb: „Dank, Lieber, für Deine Sendung — das letzte Buch deines Wilhelm Meister brachte viele Erinnerungen in meine Seele ... viele Erinnerungen von einer Seele, die ich so hoch ehrte, so innig liebte — ohne ganz ihren Weg zu gehen [78]."

Aber die Begeisterung war keineswegs auf Lavaters Seite allein. Susanna war von der eigentümlichen Gewalt, die diese originelle Persönlichkeit ausübte, mächtig ergriffen worden und trat mit ihm in ein vertrautes Freundschaftsverhältnis ein, wie es sich in einer Reihe von Briefen wiederspiegelt. Diese Schreiben atmen ganz den Geist der Sturm= und Drangperiode und unter= scheiden sich im Stile sehr von den früheren Briefen Susannas. War sie schon durch den Verkehr mit ihrem jungen Freund Goethe zu einer lebendigeren Schreibart angefeuert worden, so brachte doch erst die persönliche Berührung mit Lavater diese bedeutsame Umgestaltung mit sich. Die Sätze sind kürzer, Ausrufungszeichen und Gedankenstriche häufig. Susanna redet ihren neuen Freund mit Du an, nennt ihn ihren liebsten Bruder, den geliebten La= vater, und unterzeichnet sich: „Die Deine", ja, „bis über den Ausdruck Dein."

Als Lavater in Ems weilte, erhielt er bereits einige Briefe von ihrer Hand [79]). Sie dankt ihm am 2. Juli für die über= sandten Pfingstpredigten dieses Jahres und rühmt darin die geist= liche Armut. Sie tröstet ihn darüber, daß er sich selbst so arm erscheine. Besonders tief greift die folgende Stelle: „Ich gebe Dir aus den Vermischten Gedanken vom Jenner die Worte zurück: Wo Kraft und Wirkung ist, da ist ein Wirkender. Und wer ist der? Just der, den Du in dem Aufsatz von der Freundschaft Gottes in Christo so lebhaft suchest. Alle und jede Gefühle kommen von Ihm. Ohne Ihn ist alles kalt und tot. Er ist die Nahrung und Belebung der geistigen Kräfte, mehr als das Licht die Nahrung und Belebung der Körper. Ist die bitterste Pflanze weniger eine Ausgeburt des Lichtes als die süßeste Traube? Ist Verlangen, Schmachten, Durst, nur Durst n a ch D u r s t, ist es weniger E m p f i n d u n g als Freude, Wonne, Genuß? Wo Wir= kung ist, da ist ein Wirkender. Möchtest Du, liebster Bruder, die schmerzenden Gefühle so teuer achten, als eine Entzückung in dritten Himmel. Sind es nicht Seine Wirkungen? Sind die Kinder eines Vaters nicht von gleichem Adel? Ist die Wermutpflanze weniger würdig, weniger Ihn verherrlichend als der Orangenbaum? — Stelle Dir anbei die Seligkeit sanfter Gefühle auch nicht gar zu himmlisch vor. Die Hülle Gottes wohnet hier noch unter den Dachsfellen — dorten! — Es ist hier alles nur Angeld, Schmachten und Genießen; nur Angeld ist eins wie das andere, Beweis, daß Er in uns, daß wir in Ihm sind, daß wir Unsterblichkeit haben!"

Bei aller Schwärmerei wagt sie übrigens doch dem so ver= ehrten Freunde über seine Lieder mit seltener Freimütigkeit ihr Urteil zu sagen: „Mein Savoir faire", schreibt sie in demselben Briefe, „ist nicht groß genug sie zu verschönern; einige, so ich mit NB. gezeichnet, konnte ich gar nicht genießen. Verzeihe mir meine Leckerhaftigkeit, die wirst Du noch oft inne werden."

Ein Schreiben vom 7. Juli ist sehr ernsten Inhalts. Der Anfang des Briefes enthält die Mitteilung, daß Susanna am Sterbebette einer Anverwandten stehe, wobei sie die Beobachtung machen könne, daß Wahrheit sei, was sie selbst und Lavater geschrieben hätten, denn diese Kranke sterbe im eigentlichen Ver= stande. Ein Nachtrag vom 8. enthält den Ausdruck ihres Beileids an den Freund, dem inzwischen ein Kind gestorben war, während er in der Ferne weilte. „Bester", schreibt sie ihm, „das werden Aussichten in die Ewigkeit sein, ganz andere als die schönsten gedruckten Aussichten, die man nicht schreiben noch drucken kann" (eine Anspielung auf Lavaters Werk, das diesen Titel trug).

Ein Brief vom 27. Juli nach) Ems enthält das Urteil Su= sannas über Lavaters Predigten, die ihr nicht nur Segen und Erquickung gegeben, sondern auch ihr den großen Nutzen ver= schafft hätten, ihn kennen zu lernen. Sie nimmt die früheren Äußerungen über ihn nicht zurück, gesteht aber: „Darin habe ich gefehlt, daß ich glaubte, wer das sähe (einsähe), was ich sähe, müßte auch fühlen, was ich fühle. Du siehest mehr und fühlst

weniger." Höchst bedeutsam ist die Äußerung über die Reise
Lavaters. „Du hast auf deiner Reise eine Menge Menschen
kennen lernen. Wie viele Sünder waren darunter, wie viele
Herzen, die sich als gottlose fühlten? Und wer sich nicht so fühlt,
auf dem seinen Glauben an Jesum gebe ich nichts, er steht
im Kopf und auf der Zunge. Den Armen, ganz allein den
Armen, wird das Evangelium gepredigt." Das ist die klassische
Sprache christlicher Frömmigkeit, wie sie sich zu jeder Zeit, auf
jeder Bildungsstufe und unter jeder Zone äußert. Wir haben
auch hier einen Beweis dafür, wie wenig Susanna sich in den
Fundamentalgedanken des Christentums hatte erschüttern lassen.

Noch einmal berührte Lavater Frankfurt auf dem Rückwege
von Bad Ems. Er hielt damals auf Verlangen des reformierten
Pfarrers Krafft eine Predigt am 31. Juli in dem Bethause zu
Bockenheim, wo die deutsche reformierte Gemeinde Frankfurts ihre
in der Stadt ihr versagte Andachten abhielt. Personen aller christ=
lichen Religionsparteien strömten zusammen, den viel gefeierten
Kanzelredner zu hören, der auf besonderen Wunsch den Text der
Predigt 1 Kor. 1, 30 zugrunde legte: „Jesus Christus ist uns ge=
macht von Gott zur Weisheit, zur Gerechtigkeit, zur Heiligung
und zur Erlösung" [80]). Damals hat Susanna ihn zum letzten
mal gesehen. Wie sehr sie für ihn begeistert war, beweist ein
Brief der Fürstin Auguste Friederike von Ysenburg-Büdingen an
ihre Schwester vom 29. September 1774 [81]). Sie schreibt, daß
eine Freundin das Fräulein v. Klettenberg angefüllt von dem
Großen gefunden habe, was Gott in Lavater unseren Tagen
geschenkt. Seine Physiognomie hatte Susanna außerordentlich
freundlich und aufrichtig gefunden. Sie war bemüht, sich alle
seine Werke zu verschaffen.

Interessant ist die Art, wie Goethe über die Unterhaltungen
zwischen Lavater und Susanna zu Frankfurt urteilt. „Fräulein
v. Klettenberg verhielt sich zu ihrem Heiland wie zu einem Ge=
liebten, dem man sich unbedingt hingiebt, alle Freude und Hoff
nung auf seine Person legt, und ihm ohne Zweifel und Bedenken

das Schicksal des Lebens anvertraut; Lavater hingegen behandelte den seinigen als einen Freund, dem man neidlos und liebevoll nacheifert, seine Verdienste anerkennt, sie hochpreist, und eben deswegen ihm ähnlich, ja gleich zu werden bemüht ist! Welch ein Unterschied zwischen beiderlei Richtung! wodurch im allgemeinen die geistigen Bedürfnisse der zwei Geschlechter ausgesprochen werden."

Es folgen hier einige weitere Mitteilungen aus dem späteren Briefwechsel mit Lavater, da wir dadurch noch einen Blick in das Seelenleben Susannas kurz vor ihrem Ende werfen können. Zugleich begegnen uns auf Schritt und Tritt formelle und sachliche Berührungen mit dem Gedankenkreise der kurz zuvor niedergeschriebenen Bekenntnisse, welche deren Abfassung durch Fräulein v. Klettenberg bestätigen. Als Susanna zum erstenmal an Lavater nach dessen Abreise von Frankfurt schrieb, stand sie noch ganz unter dem Eindrucke des Abschieds von dem kaum gewonnenen Freunde. Sie schilderte ihm die Wunde, welche die Trennung ihr bereitet, konnte ihm aber auch mitteilen, daß der Paroxysmus, den sie selbst als bedenklich ansah, bereits gebrochen sei. Das Pauluswort 2 Kor. 5, 16: „Darum von nun an kennen wir niemand mehr nach dem Fleisch", hatte ihr zur Überwindung des Schmerzes geholfen.

In diesem Zusammenhange gedenkt Susanna auch ihrer Beziehungen zu Herrn v. Moser in einer höchst bedeutsamen Weise. „Genug, mir ist es unendlich sanft, niemand nach dem Fleische zu kennen. Mein kleiner Freund, den Du nun in etwas kennen wirst, ist mir eine kräftige Übung dieser Lektion schon oft — o wie oft — in einem Freundschaftsgang von 20 Jahren geworden. Nun, wie gefällt er Dir, mein Bester? Du darfst es mir ganz frei sagen. Seiner Verdienste wegen habe ich ihn nie geliebt. Kennt Liebe Verdienste? Waren es Davids Verdienste, die ihm das Herz Jonathans auf ewig verbanden? Und würde Jonathan aufgehört haben, Davids Freund zu sein, wenn er die Auftritte mit Bathseba u. dgl. erlebt hätte? Nein, der liebt nicht, der, wenn sein Freund die Galeeren verwirkt hätte, ihm nicht auf den Ruderbänken noch zugethan ist. J'en appelle à votre coeur." Es ist dies die letzte Erwähnung Mosers von Su=sannas Hand. Es scheint fast, daß Lavater, der viel mit ihr über den Freund geredet hatte, nicht eben günstig über ihn ge=urteilt hat, so daß sie sich wegen ihrer fortdauernden vertrauten Beziehungen zu Moser zu rechtfertigen veranlaßt sah.

Am 10. August erhielt Susanna einen allerliebsten Brief von Bäbe Schulthheß, welche sie „die denkende, fühlende, liebkosende Seele" nennt. Sie läßt im folgenden Schreiben an Lavater die neugewonnene Freundin oder Pfenninger bitten, ihr sogleich die Ankunft Lavaters in Zürich zu melden, da sie sich sehnte, ihn wieder in seiner Heimat zu wissen. Dieser Brief (vom 13. August) enthält einige merkwürdige Stellen in einer Zeichensprache, die jedenfalls zwischen ihr und Lavater verabredet worden war, viel=leicht auch sonst in dessen Freundeskreise angewandt wurde, um die Entdeckung von Geheimnissen zu verhindern, falls Briefe ver=loren gehen oder in fremde Hände fallen sollten.

Wie sehr Fräulein v. Klettenberg an Lavater Anteil nahm, ergiebt sich aus dem nächsten Schreiben, das nach Zürich gerichtet ist. Sie schreibt einmal in den Bekenntnissen, daß sie durch an=haltende eigene und fremde Leiden ein halber Arzt geworden sei und Dr. Metz ihre Kenntnisse in dieser Beziehung noch erweitert habe; hier tritt uns nun ihre Neigung entgegen, Leidenden ein=gehende Ratschläge zu erteilen. Sie schreibt dem Freunde nicht nur eine ganz genaue Diät vor, sondern warnt ihn auch vor den damals schon, wie heute noch viel gebrauchten Hoffmann=schen Tropfen, während sie dagegen die Cortex Peruviana em=pfiehlt. Aber in diesem Briefe deutet manches darauf hin, daß Lavater nicht bloß körperlich leidend war, daß er vor allem seelisch litt.

Der Verlust seines innig geliebten Vaters hatte ihn schon tief erschüttert und Zweifel an der Auferstehung in ihm wach=gerufen; der bald darauf erfolgte Tod eines Sohnes hatte die

Bedenken noch verschärft. Sein ganzer Glaube kam ihm in Frage, er verzweifelte fast an seiner Seligkeit. Es fing, wie es scheint, damit an, daß er selbst über Gefühllosigkeit klagte. Darauf hatte ihm Susanna geantwortet (13. August): „Hier bitte Dein Motto anzuwenden: ‚Es muß gewartet sein‘. Inzwischen koste, benutze die bitteren Gefühle, und sage, so lange sie dauern, niemalen mehr von Gefühllosen.“ In ähnlichem Sinne schreibt sie dann in jenem medizinisch gehaltenen Briefe: „Lebe wohl und hange an dem unsichtbaren, nähen, nahen Freund, den Du so lebhaft fühlest, wenn er Dir in die Seele haucht: ‚Lavater, wie kalt bist du!‘ Krieche in Seine Strahlen, in das Zeugnis von Ihm und wärme Dich!“ Wie fein weiß sie ihm gerade aus dem Ge= fühle seiner Armut einen Balsam des Trostes zu bereiten! Wir verstehen es, wenn Lavater sie für die „christlichste Christin“, die er kenne, erklären konnte.

Wie hoch sie den Einfluß der göttlichen Gnade stellte und wie sehr sie alle Ansichten abwies, welche ihrer Meinung nach die Bedeutung der Gnade abschwächten, beweist ihr nächstes Schreiben, in dem sie auf eine Arbeit des mit Lavater befreundeten Rektor Hasenkamp in Duisburg eingeht. Er hatte geschrieben: „Das Lebendigmachen eines geistlich toten Menschen ist ein Wun= der — ist Mitteilung eines neuen Lebens — aber dieses Wunder thut Gott an niemand, der nicht vorher aus natürlichen Kräften thut, was er thun kann, ein besserer Mensch zu werden.“ Sie übersetzt diese Gedanken folgendermaßen in ihre Sprache: „Die Auferweckung eines verstorbenen Menschen ist ein Wunder. Aber kein Verstorbener kann auferweckt werden; zu keinem naht sich der erhabene, wunderthätige Arzt, als zu solchen Körpern, die sich waschen, reinliche Kleider anziehen und in einen wohl zugerich= teten Sarg liegen.“ Diesen Worten fügt sie die Frage hinzu: „Habe ich es übersetzt oder ridiculisiert? Sage es mir, letzteres wollte ich nicht.“ Dem guten Hasenkamp schrieb sie denn auch kein Wort darüber, sondern antwortete ihm „kurz und liebreich, ihrem Herzen gemäß.“

13*

Zwei weitere Schreiben behandeln die Wunderfrage. Es lag ein besonderer Anlaß dazu vor. Lavater hatte ihr Briefe jenes viel genannten Gaßner geschickt, dessen Wunderkuren damals in aller Munde waren. Sie hatte sich zwar schon gegen Bäbe Schulthes weitläufig ausgesprochen, kam aber nochmals darauf zurück: „Wunder mögen geschehen, ich weiß es nicht, Gebet muß erhört werden, ist also ein Ding. Warum wissen wir so wenig davon? Weil wir nicht viel bitten. O des schänd lich bösen Herzens, das lieber mit einem Hündchen tändelt, als mit Christo redet!" Von Gaßner scheint sie viel gehalten zu haben, wenn sie auch nicht gerne zu früh miracle! rufen will. Die Sache wird ihr sogar Anlaß zu einem Bedenken gegen die Haltung der evangelischen Kirche bezüglich der Wunderfrage. „Bewahrheitet sich die Sache, hat der Mann nur die zwei kranken Nonnen hergestellt, dann, ja dann, verewigte Reformatores der Kirchen, dann nehmt es mir nicht ungütig, wenn ich glaube, ihr habt die Kirche nicht nur reformiert, sondern auch retranchiert, und wie leicht geschiehet so was! Wie leicht ist mit dem Schutt des Aberglaubens auch der so unansehnliche — mächtige Kinder= glaube hinausräsonniert worden." Sie fügt übrigens zur Be- ruhigung für den Freund, dem diese Folgerung doch zu weit gehend erscheinen mochte, hinzu: „Aber katholisch werde ich doch nicht, ich werde eigentlich nichts, als immer mehr durch Gottes Gnade das, was ich bin." So tritt uns auch hier dieselbe Gleichgültigkeit gegen die konfessionellen Unterschiede entgegen, wie sie uns oft in ihren Äußerungen begegnet. In dieser Stimmung konnten sie ebenso wohl die Schriften Sweden= borgs bestärken, dessen neue Kirche die drei christlichen Kon= fessionen verwarf, als auch der junge Dichter, der ihr damals so nahe stand. Hätte Susanna übrigens einige Jahre länger gelebt, so würde sie den üblen Ausgang der Gaßnerschen Kuren erlebt haben. Sie zollte auch hier dem Geiste der Zeit ihren Tribut. Selbst ihr Freund Goethe, dessen sie mehrfach in den Briefen gedenkt, interessierte sich für die Sache. Was aber der

„Jüngling", wie sie ihn kurzweg einmal nennt, darüber dachte, geht nicht aus der Korrespondenz hervor.

Am 15. November 1774 feierte Lavater seinen 33. Geburts= tag, welcher Susanna zu den letzten Versen, die wir von ihrer Hand besitzen, veranlaßt hat. Auch hier macht sich die Sorge um das Heil des Freundes geltend. Sie stellt als Motto über ihren Glückwunsch die Stelle der Schrift Luk. 24, 34. 35 und fügt die zart empfundenen Verse hinzu:

„Begegne auch dem Freund, der sehnlichst nach Dir dürst't,
Du Auferstandener, ihm, holder Lebensfürst!
Sollt' etwa (unbemerkt) Dir was im Wege steh'n,
Raum's weg, Du kannst ja durch verschloss'ne Thüren geh'n."

Am 29. November schrieb sie zum letztenmal an Lavater. Hier liegt eine wunderbare Urkunde ihres Wesens vor, aus der noch einmal alle Eigen schaften der schönen Seele uns in wahr= haft typischer Weise entgegentreten. Der ganze Brief beschäftigt sich mit der inzwischen noch sehr gesteigerten Seelennot des Mannes, der so viele ermahnt hatte, die lässigen Hände und die müden Knice wieder aufzurichten, und der nun selbst so verzagt geworden war, daß er ewig verloren zu gehen fürchtete. Ein bloßer Auszug aus diesem letzten Schreiben Susannas würde ungenügend sein, deshalb folgt das Schreiben hier seinem ganzen Umfange nach:

„Mein L...! mein Bruder! von dem mich keine Ent= fernung, ja selbst das Grab nicht trennet, in welchem Trauerton schreibst Du mir?

„Kein Tag gehet hin, wo ich nicht mit Deinem und meinem Freund von Dir und über Dich rede mit Gefühl und Trost. Thomaswonne, die ich Dir so gerne gönnete, erslehete ich Dir eine Stunde vorher, ehe ich Deinen Brief vom 23. empfing.

„Wie immer, so auch da war mein Herz voll froher Zu= versicht der gewissesten, der unsehlbarsten Erhörung, und nun erhalte ich Dein Billet. Ist das Erhörung? Ja es ist.

Keine Minute bin ich wankend geworden. Freilich ist es Erhörung. Du bist krank, so gehört der Arzt vor Dich. Wärest
Du Deinem Gefühl nach gesund, ruhig, und ich hätte doch eben
nicht einfach zu glauben, daß schon eine gründliche Ausheilung
bei Dir vorgegangen, wie viel banger wäre mir!

„Du stirbst nicht, mein Teuerster. Er ist gestorben, Du
sehnest Dich nach Ihm, und solltest sterben? Ehe wird Himmel
und Erde vergehen. Aber Deine Leiden, o wie durchbohren sie
mein Herz, Dir wird geholfen, meine Seele saget mir's, meine
Seele, die das unwandelbare Wort wie einen Anker fasset, der
in das innerste Heiligtum gehet und den dicken Vorhang, mit
welchem es verhüllet ist, durchdringt. Allein die Menschheit
seufzt: ‚O du Herr, wie lange!‘ Auch das hört Er und sagt
mir darauf, ja Lieber Bruder, mit unbeschreiblichem Empfinden
sagt Er mir: ‚Fürchte Dich nicht, glaube nur.‘

„Mit einer Kühnheit, die Er schenkte, durfte ich Ihm gestern
Abend sagen: Meine Seligkeit hängt an Lavaters Seligkeit;
geht der verloren, so gehe ich auch verloren, errettest Du den
nicht, wie sollte ich glauben, daß ich errettet bin und den Tod
überwinden werde, und unbeschreiblicher Friede und Versicherungen,
die man fühlen muß, um ihren Wert zu kennen, brachten ein
lautes, ein frohes, ein ganz zuversichtliches Amen hervor, ein
Amen, das mit Dank verknüpft ist. Ja Du, mein Lieber! ja
ich, ich nicht minder wie Du, wir werden Ihm noch in der
Zeit und unaufhörlich in der Ewigkeit vor diese Angststunden
danken.

„Ich leide, aber ich bete tief in Staub gebückt seine
Wunderführung an, die mich mit Dir verbunden, die mich zu
einem Zeugen, mehr als Zeugen, zum Mitgenossen Deiner Leiden
machet, denn der Ausgang ist gewisse Seligkeit.

„Unbeschreibliche Wonne, o Jesu! strahlt mir durch diese dicken
Finsternisse entgegen, wenn ich im Glauben die Stunde ahnte
(ahnde?), in welcher Du Dich dem Jammervollen als Besieger der
Sünde und des Todes offenbaren wirst. O wahre Thomaswonne,

getroſt in Tod und todesmäßige Angſt hineingegangen. Nach durchrungener Nacht geht die Sonne auf, erſcheinſt da in Deiner Lebenskraft. Amen, Amen. Wirf Dein Vertrauen nicht weg, mein Herzensfreund, der geringſte Grad hat große Belohnung. „Deinem ängſtlichen: ‚Verloren!‘ antworte ich mit den großen Worten Ev. Joh. 3, 14. 15 (Und wie Moſe in der Wüſte eine Schlange erhöhet hat, alſo muß des Menſchen Sohn erhöhet werden, auf daß alle, die an ihn glauben, nicht verloren werden, ſondern das ewige Leben haben). Und das, Geliebter, iſt das einzige, was ich ohne Ausnahme von Dir fordere: Wie ein von Schlangen Gebiſſener, ſo ſehe den gekreuzigten Nazarener an. Denke nichts dabei als: Dein Blut komme über mich; iſt Er Gott oder bloßer Menſch, laß es Dir gleich viel ſein. Er iſt Dein Helfer. Laß Dir erſt helfen, hernach forſche, wer der Wunderthäter iſt. Die Rechte der Majeſtät iſt eine ſchwindelnde Höhe, erfliegen läſſet ſie ſich gar nicht, langſam muß ſie erſtiegen ſein, und der Weg geht über Golgatha.

„Da, mein Freund! Da unter Seinem Kreuze verlaſſe ich Dich wie Johannes. Was wußte der, wer ſein Freund eigent= lich war? War ihm auch nicht nötig zu wiſſen. Er liebte den Gekreuzigten, er hing an ihm, genug. Das andere, er konnte nicht ahnen, der Gekreuzigte, weiter konnte kein Gedanke, kein Gefühl gehen. So ſei es Dir. So bleibe es mir, bis ich Ihn ſehe, und bis dahin bin ich über den Ausdruck Dein.

Den 29. November 74.

„Herzliche Grüße an Pfenninger, an Bäbe, bald antworte ich ihr.“

Man wird durch dieſes ſtürmiſche Ringen um des Freundes Seligkeit unwillkürlich erinnert an die Scene, da Dr. Luther, an Melanchthons Krankenbette ſtehend, um das Leben des ſo innig geliebten Mannes gleichſam mit ſeinem Gotte kämpft. Luthers Kühnheit im Beten, Zinzendorfs Vertraulichkeit mit dem Er= löſer und — der überſchwengliche Freundſchaftsſinn der Sturm=

200

und Drangperiode erscheinen hier in eigenartigster Verbindung.
Die Worte: „Mit einer Kühnheit, die Er schenkte, durfte
ich ihm gestern Abend sagen: ‚Meine Seligkeit hängt an La=
vaters Seligkeit‘, wären geradezu bedenklich, wenn nicht Susanna
hervorgehoben hätte, daß diese Kühnheit ihr selbst als ein
Gnadengeschenk erschiene. Besonders wichtig ist der Rat, den sie
dem zagenden Freunde erteilt, womit sie in der That den Kern
der Sache trifft: „Ist Er Gott, oder bloßer Mensch, laß es Dir
gleich viel sein. Er ist Dein Helfer, laß Dir erst helfen, hernach
forsche, wer der Wunderthäter ist.“ Der Weg zum heilfrohen
Glauben läßt sich nicht treffender bezeichnen. Bald sollte sich's
im letzten Kampf bewähren, daß sie von der Realität ihres
Glaubens überzeugt war, ob auch manche ihrer früheren Ansichten
sich geändert hatten.

XII.

Seliger Heimgang.

— —

Wenige Tage vor ihrem Ende sollte Susanna dem jungen
Freund Wolfgang noch einmalals Ratgeberin in einer für ihn hoch=
wichtigen Frage dienen. Im Spätherbste besuchten die Prinzen
von Weimar Goethe und forderten ihn auf, mit ihnen nach Mainz
zu reisen. Der Vater sprach sich entschieden gegen Annahme
dieser Einladung aus; die Mutter aber eilte zu der damals krank
darniederliegenden Freundin, auf deren Gutachten hin der gestrenge
Herr Rat den Widerspruch aufgab. Die Entscheidung Goethes
in dieser Sache gab den Ausschlag für sein künftiges Schicksal,
und es ist immerhin beachtenswert, daß die schöne Seele auch
hierbei einen so bestimmenden Einfluß ausgeübt hat. Der Dichter
ahnte damals nicht, daß er die Freundin nicht wiedersehen sollte.

Noch wenige Tage vor ihrem Ende war sie bei Legationsrat
Moritz zu Besuch gewesen (7. Dezember); aber in der Nacht er=
krankte sie heftig. Ihre Kräfte nahmen rasch ab, obwohl der
treue Dr. Metz redlich das Seine that. Pfarrer Claus und seine
Frau besuchten sie mehrmals und rühmten an ihr die gesetzte
Gemütsart, wie sie dieselbe in gesunden Tagen an ihr gewohnt
gewesen. Als Frau Claus mit ihr betete, gefiel Susanna beson=
ders der Ausdruck sehr wohl, der Herr wolle ihr ihres Herzens
Wunsch geben. Das Ende ist am 13. Dezember 1774 nach=
mittags ein Viertel nach 2 Uhr erfolgt. So lautet der Eintrag
im Sterberegister; die Angabe des 16. Dezember beruht auf der

Verwechselung mit dem Tage der Beerdigung. Sie hat ein Alter von 50 Jahren, 11 Monaten und 23 Tagen erreicht, ist also unmittelbar vor ihrem 51ſten Geburtstage heimgegangen. Lappenberg bringt noch einen zweiten Bericht nach mündlicher Überlieferung. Danach ſagte die Sterbende zu Frau Pfarrer Claus: „Ach Rebekka, ſiehſt du denn nicht, das Lamm Gottes, der Heiland iſt da!" Darauf ſtimmte ſie einen Vers von Woltersdorf an:

> „Viktoria! mein Lamm iſt da,
> Mein Bürg iſt bei mir im Gerichte,
> Mein Mittler bleibt mir im Geſichte,
> Gott, der Recht ſpricht, der iſt nah!"

Sie ging mit Entzücken in die Ewigkeit, es war kein Tod, es war ein Lobgeſang der Himmel auf Erden.

Ein weiterer Bericht iſt erſt neuerdings bekannt geworden. Er rührt von jenem Kappel her, der mit ihr zuſammen wohnte[82]): „Bei ihrem Ende war Frau Rat Goethe, Frau Rat Moritz, Frau Pfarrer Claus und meine Frau zugegen. Das Ende war getroſt und dem Herrn ergeben. Sie iſt nun droben und genießt, was ſie hier von Jeſu geglaubt hat." Reihen wir noch die Mitteilung Goethes an, daß ein frommer Tod ſich an ein ſeliges Leben angeſchloſſen und ihre gläubige Heiterkeit ſich bis ans Ende ungeteilt erhalten habe, ſo kann es nicht zweifelhaft ſein, daß Fräulein v. Klettenberg den Glauben, den ſie ſo oft freudig bekannt hatte, auch im Sterben feſtgehalten hat. Sie hat, wie wir geſehen, ſich nicht gegen die geiſtige Bewegung ihrer Zeit ängſtlich abgeſchloſſen, ſie hat auch in ihren letzten Jahren unter dem Einfluſſe der ſelbſt in ihr ſtilles Kämmerlein hereinflutenden Wogen einer neuen Zeit manche frühere Anſchauung abgeſtreift — aber ſie iſt nicht als Zweifelnde oder Schwankende in das Jenſeits hinübergegangen, ſondern in der Geſinnung, in der ſie an Lavater geſchrieben hat: „Ich werde ſo gewiß ſein, was und wo Er iſt, als Er war, was und wo ich bin."

Wir haben alſo Grund, mit der Fürſtin Pleß zu ſprechen[83]):

„Nun, der Herr helfe uns, ihr Ende anzuschauen, ihrem Glauben
nachzufolgen, auf dem Wege, den sie gegangen, zu gehen, und
an den Ort zu kommen, wo sie ist und gewiß eine vorzügliche
Stelle einnehmen wird. Der Herr mache jeden Eindruck, den
sie auf mein Herz gemacht, an meiner Seele recht lebendig!"
In ähnlichem Sinne hat sich auch ihre Schwester, die Fürstin
von Büdingen, geäußert, als sie die Nachricht von der Heim=
holung ihrer Freundin erhalten, an die sie, „wie an eine Amme"
gewohnt gewesen sei. „Meine sehr nassen Augen hindern
mich gottlob nicht, ihr nachzublicken. Sie ruhet und weidet
ohne alle Furcht! Die wenigen mir unvergeßlichen Stunden, in
denen diese Braut des Lammes mit mir mündlich redete, wer=
den, so wie ihre sehr fleißige Korrespondenz [84]) mit mir Armen,
unter den Werken sein, die ihr nachfolgen. Unserer Freundschaft
Band war in Ihn gelegt, den sie jetzt schaut; Rat und Beistand
verliere ich an ihr, aber dafür deucht mir eine stärkere Konnexion
mit der siegenden Kirche bekommen zu haben. Er gewöhnt mich
nun doppelt an Sein Herz, daß ich niemand sehe, denn Jesum
allein, bis auch ich, die Elende, dahin komme, wo Er ist."

Wir reihen hier noch einige Stellen aus einem Schreiben
des alten Schultheß an Claus vom Neujahrstag 1775 an: „Das
selige Fräulein war viele Jahre jünger als ich. Sie wartete
auf ihre Brautstunde!! O wie bewegt mich dieser ihr ange=
nehmster Ausdruck! Sie bestätigt, was wahr ist: Daß die gott=
geheiligte Seele nicht erschrickt, diesen nahen, wichtigen Schritt
zu thun. Ihre edle Freudigkeit verließ sie nicht. Sie war eine
reine Braut des Lammes. Sie wird in Zürich sehr bedauert,
in ihren letzten zwei Jahren hat sie hier gute Seelen kennen ge=
lernt. Ich danke dem Herrn, der mir dies edle Beispiel hat lassen
bekannt werden."

Auch Goethe selbst hat das Ende seiner Freundin in einem
Brief an Sophie La Roche im Dezember 1774 erwähnt [85]). Es
sind nur wenige Worte, aber für sein Verhältnis zu der schönen
Seele immerhin bedeutungsvoll. „Meine Klettenberg ist tot.

Tot, ehe ich eine Ahndung einer gefährlichen Krankheit hatte. Gestorben, begraben in meiner Abwesenheit, die mir so lieb! so viel war. Mama, das richt die Kerls und lehrt sie die Köpfe strack halten — Für mich - - noch ein wenig will ich bleiben." Der Tod der frommen Freundin erscheint ihm also, wenn wir den Sinn der etwas derben Worte richtig fassen, wie eine Be= festigung im Glauben, wie eine Mahnung an Lukas 21, 28: „Hebet eure Häupter auf, darum, daß sich eure Erlösung nahet."

Ob gelegentlich des Begräbnisses eine Trauerrede gehalten wurde, ist nicht bekannt; da aber das Testament nichts darüber enthält, so ist anzunehmen, daß kein Geistlicher die Leiche be= gleitet hat. Dieser Umstand hat übrigens nichts Auffallendes, da Reden am Grabe überhaupt damals in Frankfurt nicht Sitte waren und Leichenpredigten in der Kirche nur gehalten wurden, wenn sie ausdrücklich verlangt wurden. Sogar der Kirche treu ergebene Personen wurden ehedem ohne kirchliches Geleit zur Ruhe gebracht. Dagegen scheint es trotz der prunklosen Art der Bestattung an den üblichen Leichengedichten nicht gefehlt zu haben, da Schultheß um deren Zusendung gebeten hat; doch leider sind dieselben nicht bekannt geworden.

Bestattet wurde Susanna nicht in dem Begräbnisse der Fa= milie Klettenberg, das noch erhalten ist, sondern nach ihrer An= ordnung in dem der Familie Jordis, auf dem zweiten Teile des Peterskirchhofes, gleich linker Hand. Indessen hat sich kein Grab= stein erhalten, der an die Stätte erinnert, wo die Überreste der schönen Seele in den Schoß der Erde gebettet wurden, wie auch ihr Haus nicht mehr existiert. So läßt sich auf sie in gewissem Sinne anwenden das Wort des Psalmisten (Ps. 103, 15. 16): „Ein Mensch ist in seinem Leben wie Gras, er blühet wie eine Blume auf dem Felde. Wenn der Wind darüber geht, so ist sie nimmer da und ihre Stätte kennt sie nicht mehr." Allein nicht minder dürfen wir hier fortfahren mit den Worten (Vers 17): „Die Gnade des Herrn währet von Ewigkeit zu Ewigkeit über die, so ihn fürchten."

Von den Freunden der schönen Seele in Frankfurt lebte weitaus am längsten der Dichter, dessen Schutzgeist sie in stürmisch bewegter Zeit gewesen war. Die übrigen Glieder ihres Kreises sind früher heimgegangen. Frau Pfarrer Griesbach starb bereits ein halbes Jahr nach Susanna, im Jahre 1775. Die hochbetagte Maria Franziska v. Klettenberg, welche zuletzt in recht dürftigen Verhältnissen lebte, folgte der Nichte, die so treu für sie gesorgt hatte, im Jahre 1776, als eines der letzten Glieder der Familie, welche bald darauf im Mannesstamm erlosch. Pfarrer Griesbach wurde im Jahre 1777 abgerufen. Johann Daniel v. Olenschlager starb 1778 als ein hoch angesehener Mann. Herr v. Moser verschied 1798 zu Ludwigsburg in demselben Jahre, in welchem auch Susannas herrnhutischer Freund Loretz heimging. Frau Rat Goethe ward im Jahre 1808 abgerufen; auch sie hat bis zuletzt der Freundin ein treues Andenken bewahrt.

In Frankfurt wurde die Tradition über den Freundeskreis der schönen Seele am längsten durch die beiden Geistlichen Claus († 1815) und Passavant († 1827) gepflegt.

XIII.

Charakterbild der schönen Seele.

Wir gedenken hier zunächst einiger Urteile, welche über Su=
sanna v. Klettenberg gefällt wurden. Die Goethesche Schilderung
ihres Charakters in Dichtung und Wahrheit wurde schon früher
besprochen; aber es sind auch die Äußerungen über die schöne
Seele zu beachten, welche in Wilhelm Meister selbst uns ent=
gegentreten. Der Oheim erkennt allerdings an, daß sie ihr sittliches
Wesen, ihre tiefe, liebevolle Natur mit sich selbst und mit dem
höchsten Wesen übereinstimmend zu machen gesucht, aber er weist
doch auf eine gewisse Einseitigkeit in ihrem Wesen hin, indem er
hinzufügt, daß man auch den sinnlichen Menschen in seinem Um=
fange zu kennen und thätig in Einheit zu bringen suchen müsse.
Er spricht sich deshalb dahin aus: „Wir sehen daraus, daß man
nicht wohl thut, der sittlichen Bildung einsam, in sich selbst ver=
schlossen nachzuhängen; vielmehr wird man finden, daß derjenige,
dessen Geist nach einer moralischen Kultur strebt, alle Ursache hat,
seine feinere Sinnlichkeit zugleich auszubilden, damit er nicht in
Gefahr komme, von seiner moralischen Höhe herabzugleiten, indem
er sich den Lockungen einer regellosen Phantasie übergiebt, und in den
Fall kommt, seine edlere Natur durch Vergnügen an geschmacklosen
Tändeleien, wo nicht an etwas Schlimmerm, herabzuwürdigen.“
Sehr richtig bemerkt dazu Filtsch [86]): „Der Rat beruht durchaus
auf dem Zuge seiner (Goethes) Natur, Ethisches und Ästhetisches
in Einklang zu setzen. Der von der Anschauung der Antike zur

Überzeugung durchgedrungene Dichter, daß auch in der Kunst eine Art Fleischwerdung des Göttlichen gegeben sei, verlangt auch von dem Christentum, das seinem gesamten Wesen nach universell ist, daß es sich auch diese Seite der Offenbarung Gottes aneigne, um den ganzen Menschen zum Heil zu führen, und erblickt im Gegensatze zum gröberen Pietismus, der die Kunst verachtet, wo sie nicht Stoffe der heiligen Geschichte behandelt, in dem Geist der Antike in tieferem Sinn eine Vorahnung der Grundlehren des Christentums."

Ähnlich ist die Kritik, welche Natalie an ihrer Tante übt. Sie spricht zu ihrem Freunde Wilhelm: „Eine sehr schwache Gesundheit, vielleicht zu viel Beschäftigung mit sich selbst und dabei eine sittliche und religiöse Ängstlichkeit, ließen sie das der Welt nicht sein, was sie unter anderen Umständen hätte werden können. Sie war ein Licht, das nur wenigen Freunden und mir besonders leuchtete." Immerhin freut sie sich, als Wilhelm ihr mit Begeisterung über die Bekenntnisse der schönen Seele redet und fügt hinzu: „So sind Sie billiger, ja, ich darf wohl sagen, gerechter, gegen diese schöne Natur als manche andere, denen man auch dieses Manuskript mitgeteilt hat. Jeder gebildete Mensch weiß, wie sehr er an sich und andern mit einer gewissen Rohheit zu kämpfen hat, wie viel ihn seine Bildung kostet, und wie sehr er doch in gewissen Fällen an sich selbst denkt und vergißt, was er andern schuldig ist. Wie oft macht der gute Mensch sich Vorwürfe, daß er nicht zart genug gehandelt habe! und doch, wenn nun eine schöne Natur sich allzu zart, sich allzu gewissenhaft bildet, ja, wenn man will, sich überbildet, für diese scheint keine Duldung, keine Nachsicht in der Welt zu sein. Dennoch sind die Menschen dieser Art außer uns, was die Ideale im Innern sind, Vorbilder, nicht zum Nachahmen, sondern zum Nachstreben."

Ohne Zweifel hatte Goethe, als er Natalie im achten Buch von Wilhelm Meister diese Worte sagen ließ, einzelne Urteile über das bereits einige Jahre vorher erschienene sechste Buch des

Romans im Auge. Während Schiller sich wesentlich anerkennend über die Bekenntnisse und den Charakter der schönen Seele aus-sprach, hat sich Wilhelm v. Humboldt in seinem Briefwechsel mit Schiller sehr ungünstig über Susanna geäußert. Er nannte sie eine sehr uneigentlich schön genannte und mehr kleinliche, eitle und beschränkte Seele, die nur einige größere Seiten hatte. Er bemerkt ferner: „Eine gänzlich isolierte, ewig krankende Einbildungs-kraft, die mit Kälte und gänzlichem Mangel an wahrem und tieferem Gefühl begleitet ist, muß notwendig unangenehm und trocken sein." Auch Friedrich v. Schlegel bezeichnet, wenn er gleich freundlicher urteilt, doch ihren Charakter als den Gipfel der ausgebildeten Einseitigkeit, dem das Bild reifer Allgemeinheit eines großen Sinnes – in dem Oheim — entgegenstehe.

Goethe verteidigt einerseits durch Natalie die alte Freundin gegen verkehrte Beurteilung; anderseits läßt er durchfühlen, daß auch er für seine Person ihren Standpunkt nicht völlig gut heißen kann. Vielmehr soll Natalie ja die Form des Christentums dar-stellen, welche dem Dichter selbst als die höchste vorschwebt, und insofern bildet ihre Gestalt selbst eine Art Kritik gegenüber der schönen Seele.

„Die in That umgesetzte christliche Gesinnung ist in Na-talien gezeichnet, auf deren Gestalt sich im achten Buch alle Licht-strahlen von allen Seiten vereinigen. Schon in den Bekennt nissen ist auf ihren Drang Hilfsbedürftigen, Notleidenden zu helfen, dem Nächsten nützlich zu sein, hingedeutet. — So ist Natalie eine Geistesverwandte Iphigeniens, ein Musterbild edler Weiblichkeit, die, in dem ihr von der Natur angewiesenen Kreise, einer Elisa beth Fry und Amalie Sieveking im Charakter nicht unähnlich, in segensreicher Liebesthätigkeit Befriedigung sucht und findet. — Die That ist und bleibt also auch hier die Philosophie Goethes. Jenes Christentum ist ihm das reinste und edelste, das über das stille Innenleben des Individuums, über die beschauliche Selbst bespiegelung, über den verfeinerten Egoismus eines in sich selbst versunkenen Gemütes hinauswächst, zum rüstigen Schaffen und

Wirken, dem dann der Segen von oben von selbst zufallen
muß!" [87])

Einer Zeit, wie die unsrige ist, in der die soziale Frage alle
Herzen bewegt, dürfte Natalie besonders sympathisch erscheinen;
aber der Segen der stilleren Naturen, die mehr an sich selbst als
an anderen arbeiten und damit denn doch mittelbar auf andere
bedeutungsvoll einwirken, ist auch heute nicht zu verkennen. Es
ist der alte Gegensatz von Martha und Maria, der uns hier
entgegentritt. Darauf hat Susanna selbst nicht nur in dem lieb=
lichen Gedicht: „Laßt mir mein Maria=Teil", sondern auch in
den Bekenntnissen hingedeutet, wo sie einmal über ihre frühere
Stellung zur Kunst bemerkt: „Auch ich selbst hatte viel gezeichnet;
aber teils war ich zu sehr mit meinen Empfindungen beschäftigt
und trachtete nur das Eine, was not ist, erst recht ins Reine zu
bringen, teils schienen doch alle die Sachen, die ich gesehen hatte,
mich wie die übrigen weltlichen Dinge zu zerstreuen."

Sehr wichtig ist das bereits früher kurz erwähnte Zwie=
gespräch, das Goethe im hohen Alter, im Jahre 1829, mit einem
jungen Verwandten, Dr. Alfred Nicolovius, über die treue
Freundin seiner Jugend geführt hat. Der Dichter rühmt auch dabei
ihre Geduld und Ergebenheit, sowie den Einfluß, den die schöne
Seele auf seine moralische Herzensbildung ausgeübt; ja er gesteht,
daß ihn öfter der Gedanke beschlichen habe, ob er wohl recht daran
gethan, von einer Richtung sich abgewendet zu haben, die seinem
Geiste und auch seinem Herzen lange Zeit äußerst wohlthätig er=
schienen war. Doch war er geneigt, ihre Frömmigkeit einzig aus
ihrem Leidenszustande sich zu erklären —, „aber freilich sie war
krank", wiederholte er mehrfach. Dem gegenüber ist nochmals zu
betonen, was Susanna selbst mehrfach hervorhebt, daß sie keines=
wegs immer krank gewesen sei. Vielleicht hat Goethe bereits als
Jüngling ihr gegenüber die Bedeutung des Leidens für ihre psy=
chische Entwickelung zu stark hervorgehoben, so daß sie sich ge=
drungen fühlte, wider diese Ableitung ihrer Frömmigkeit aus kör=
perlichem Wehe in ihrer Selbstbiographie eine Art Protest einzulegen.

Von Urteilen aus älterer Zeit ist noch hier anzureihen die
Schilderung, welche der Großvater von Alfred Nicolovius, Goethes
Schwager Schlosser, gegeben hat [88]). „Du fragst, lieber Sohn,
nach der Klettenberg. Ich habe sie oft gesprochen, die Mutter
(Johanna Fahlmer, Schlossers zweite Frau) noch öfter. Es war
das Gefühl der Satisfaktion, mit dem man von ihr ging. Die
Vorzüge ihres edlen Geistes wurden durch ihren bescheidenen, ich
möchte sagen, schamhaften Sinn noch gehoben. Ihre kleinen,
oft wunderbaren Aufsätze teilte sie immer nur im Vertrauen mit,
wie ihr denn überhaupt jede Ostentation zuwider war. Dem
Lobe war sie nicht zugänglich. Sie war aber sehr erfreut, und
noch mehr, möchte man sagen, gerührt, wenn sie eine Übereinstimmung der Gefühle wahrnahm. Gegen diejenigen, so sie vertrauen konnte, war sie mitteilend, die größeren Kreise machten
sie stumm. Sie waren ihr unangenehm. Dies nicht wegen ihrer
Körperleiden, sondern weil ihr Geist sich dort nicht kommode
fühlte. Es war besonders eine große, seltene Reinheit ihres
Wesens, was jeden ansprach.“

Dieses Urteil deckt sich durchaus mit dem Charakterbilde, das
aus den Bekenntnissen, wie aus den übrigen Aufzeichnungen
Susannas, uns entgegentritt. Wir sehen davon ab, uns mit den
Urteilen in neueren Werken auseinander zu setzen. Im ganzen
scheint man meist nicht genug zu beachten, daß Susanna v. Klettenberg das wirklich Einseitige in ihrer frühen religiösen Entwickelung fast durchweg mit der Zeit überwunden hat und daß die
Bekenntnisse auf einem solchen Fortschritt in ihrem inneren Leben
deutlich genug hinweisen! Da aber ihre Selbstbiographie offenbar in der letzten Zeit ihres Lebens entstanden ist (um **1773**),
so haben wir das volle Recht, ja die Pflicht, sie wesentlich nach
diesem ihrem geistigen Vermächtnisse zu beurteilen.

Am richtigsten hat Dünzer ihre innere Entwickelung in seinen Erläuterungen zu Wilhelm Meisters Lehrjahren [89]) angedeutet.
„Wie die schöne Seele auch von diesem Tändelwerke (der Brüdergemeinde) abgebracht und zur Schätzung der Natur und

der Menschen, in denen uns auch Gottes Odem wunder=
bar entgegenweht, gebracht wurde, dies hat Goethe mit
meisterhafter Feinheit geschildert, und hierin gerade finden die
Bekenntnisse der schönen Seele ihren Abschluß. Der Glaube,
der die Quelle ihres ganzen Glückes, ihres Friedens, ist ihr in
voller Innigkeit geblieben, aber sie wendet sich nicht mehr von
der schon als Kind mit verständigem Blick betrachteten Natur
und von der sinnlichen Welt ab, sondern genießt sie mit einem
zarten Sinn, sie zerstört nicht ihr leibliches Dasein, indem sie dem
Gedanken an das Jenseits sehnsüchtig nachhängt, sondern fühlt
sich auch auf Erden in Gott, der ihr das hohe Glück verliehen,
dessen sie sich jetzt voll erfreut." Die vorhergehende Darstellung
der inneren Entwickelung der schönen Seele hat den Beweis ge=
liefert für das Zutreffende dieser Beurteilung.

Es sei uns gestattet, nachdem über die religiöse Entwickelung
Susannas oft und eingehend die Rede gewesen, noch auf einige
Züge ihres Wesens hinzuweisen, die gewöhnlich übersehen
werden, aber doch dazu dienen mögen, ihr Bild etwas anschau=
licher und individueller zu gestalten. Vielen schwebt die schöne
Seele lediglich als eine abstrakte, vielleicht sogar etwas monotone
Zusammenfassung aller möglichen engelhaften Vorzüge vor, wäh=
rend sie durchaus konkrete Charakterzüge aufweist. In dieser
Hinsicht können ihre Briefe, Aufsätze und Gedichte uns einen
guten Dienst zur Berichtigung verkehrter Urteile leisten.

Man begegnet vor allem der Meinung, als ob in Susannas
Wesen das weibliche Element ausschließlich hervortrete. Da
gegen zeigt sich schon bei dem Kinde neben der Zartheit des Em
pfindens ein Interesse an wissenschaftlichen Dingen, wie es
bei Frauen selten in solchem Maße sich findet. Und diese Hin
neigung zur Gelehrsamkeit hat sie bis an ihr Ende bewahrt, trotz
der scherzhaften Absage an die Bücher in dem Gedichte an die
Spindel. Und wenn sie auch in mancher Lage des Lebens etwas
passiv erscheint, so erklärt sie doch selbst, daß sie bei der Aufhebung
ihrer Verlobung einen geradezu männlichen Trotz bewiesen

14*

habe. Wer jemals in einem ähnlichen Konflikte zwischen Neigung und Pflicht, zwischen fremden Ansichten und der Stimme der eigenen Überzeugung gestanden, weiß, daß Susannas Verhalten in der That viel mehr Kraft und Mut erforderte, als es im ersten Augenblicke scheint. So hat sie sich auch bei aller Duldung gegen anders geartete Naturen selbst nicht gescheut, auch gegen geistig ihr weit überlegene Männer, wie Lavater und Goethe, freimütig die eigene Ansicht zu vertreten, ja ihnen eine Rüge zu erteilen, wenn es ihr nötig dünkte. Während sie, wo es sich um An- bequemung an fremde Anschauungen handelte, eine beinahe be- denkliche Fähigkeit besaß, sich die Ausdrucksweise anderer anzu- eignen, tritt sie doch allen Versuchen des Bischofs Reißer, sie von sich abhängig zu machen, entschieden entgegen. Wenn man ihr zum Vorwurfe gemacht hat, daß sie nicht versucht habe, thätig einzugreifen, so ist zu bedenken, daß sie trotz ihres oft leidenden Körpers sowohl an den Eltern als an den Kindern ihrer Schwester treulich ihre Pflicht erfüllt hat, und daß einer vornehmen Dame des 18. Jahrhunderts sich keine Gelegenheit zu jener Vereinsthätigkeit darbot, wie sie sich in der Gegenwart der Frauenwelt so reichlich bietet — um davon zu schweigen, ob die geschäftige Teilnahme an allen möglichen Vereinen immer von reinem Segen begleitet ist.

Daß Susanna auch bei aller Geduld sich nicht von Reizbar- keit völlig frei wußte, beweist eine Äußerung im Aufsatze vom billigen und unzeitigen Nachgeben.

„Wir finden an uns allen, daß wir viel leichter in großen Dingen nachgeben können, als in den kleinen Vorfallenheiten, die sich bei genau verbundenen Personen täglich ereignen. Diese ganz besondere Schwachheit, so wohl eine weitläufigere Abhand- lung verdiente, als hier kann gegeben werden, äußert sich in vielen Fällen. Ich habe einstens einen diamantenen Ring von Wert und ein goldenes Etui verloren und bin nicht aus meiner Fassung gekommen; aber ein Blatt Papier, ein wenig Siegellack oder sonst eine Kleinigkeit, die ich nicht an einem Orte wiederfinde, wo ich sie hingelegt, kann mich so aufbringen, daß ich, wenn ich mich durch stilles Seufzen nicht bald in meine Festung retiriere, gewiß Schaden nehme."

Dieses Geständnis mag manchen stören, dem bei dem Namen der schönen Seele das konventionelle Bild von Überweiblichkeit und Passivität vorschwebt, in Wirklichkeit wird sie uns durch solche offene Äußerungen menschlich näher gebracht, wenn auch etwas von dem schablonenhaften Nimbus schwindet, der ihr Haupt umgiebt.

Wir weisen auch noch einmal auf die humoristische Ader hin, welche in den Bekenntnissen, aber auch in anderen ihrer litterarischen Produkte, uns entgegentritt. Wie schalkhaft schildert sie ihre erste Liebe, bei der sie anfangs nicht einmal recht weiß, ob der ältere oder der jüngere Bruder ihr Liebhaber werden solle! Wie treffend ist die Äußerung über den Grafen v. Zinzendorf, die sicher nicht von Goethe ihr in den Mund gelegt wurde: „Unfehlbar hätten wir uns verstanden, und schwerlich hätten wir uns lange vertragen." Wie scherzhaft spricht sie sich über die Wiederkehr des ehemals abtrünnigen Herrn v. Bülow aus: „Nun wurde der Neuangekommene gleichsam im Triumphe allen besonders geliebten Schäfchen des Oberhirten vorgestellt."

Wie scharf sie überhaupt beobachtete, ergiebt sich aus zahlreichen Beispielen, welche ihre Aufsätze über Freundschaft enthalten. Ein solches Beispiel sei hier angeführt [90]): „Florus ist ein überaus großer Blumenliebhaber; alle Augenblicke, die ihm die Sorge für seine Seele und die Abwartung seines Berufes übrig lassen, werden der Pflege seines Gartens geschenkt. Justus achtet Blumen im Garten für gar nichts; kommt er zu Florus, so wird er im Garten empfangen, er zeigt ihm bald dieses, bald jenes Blümchen, und bittet ihn, seine besonderen Schönheiten zu bemerken. Justus sieht alles sehr gleichgültig an, und zuletzt sagt er, er wäre gar kein Liebhaber von Blumen, und müßte es gestehen, daß es ihm unbegreiflich wäre, daß jemand sich so damit beschäftigen könnte. Florus bricht sogleich die Blumenunterhaltung ab, er wollte herzlich gern einen anderen, Justus

gefälligeren Diskurs anfangen, aber es will ihm nicht recht von
statten gehen; das macht: die rauhe Art, mit welcher Justus ihm
seine lieben Blümchen verachtet hat, ist ihm auch wider seinen
Willen ein wenig empfindlich gewesen. Ein Gemüt, das erst ein
wenig aufgebracht worden, kann sich hernach so leicht nicht wieder
setzen. Hätte Justus mit wohlanständiger Freundlichkeit sein
unschuldiges Vergnügen gebilligt und die Unterredung nach und
nach von den Geschöpfen auf den Schöpfer gelenkt, so würden
sie beide ungemein viel mehr Erbauung und Vergnügen bei
einander genossen haben, als auf die andere Weise nicht geschah!"
Die Gestalt des Justus ist überhaupt sehr drastisch und ganz
nach dem Leben gezeichnet; eine gewisse Art von frommscheinen=
der Rücksichtslosigkeit ist hier trefflich geschildert. Andere Beispiele,
welche aus dem ehelichen Leben genommen sind, beweisen, wie
Susanna auf diesem Gebiet gleichfalls die Augen für Licht= und
Schattenseiten offen hatte. Bemerkenswert ist auch der Mangel
an Ziererei; sie bespricht die natürlichen Dinge dezent, doch ohne
ängstliche Scheu, nach dem apostolischen Worte: „Den Reinen
ist alles rein." Auch in diesem Zuge offenbart sich die Gesund=
heit ihres Wesens im Gegensatze zu einer falschen Empfindsamkeit,
wie sie gerade bei zartbesaiteten Gemütern leicht sich entwickelt.

Zum Schlusse noch ein Wort über den Vorwurf der Ein=
seitigkeit, der von Friedrich Schlegel gegen die schöne Seele
erhoben wurde und auch mehrfach in neuen Darstellungen durch=
schimmert. Es giebt eine Einseitigkeit, die offenbar der Herr
und seine Jünger selbst gefordert haben, — sie spricht sich aus
in dem Worte Jesu: „Gehet ein durch die enge Pforte" und
der Mahnung des Apostels Paulus: „Trachtet nach dem, was
droben ist, nicht nach dem, was auf Erden ist!" In diesem
Sinne ist Susanna v. Klettenberg allerdings einseitig gewesen,
sofern sie von früher Jugend an das ewige Ziel unserer Be=
stimmung unverrückt im Auge behalten hat. Es ist auch zuzu=
gestehen, daß sie zeitweise wirklich in manchen Fragen eine zu große
Bedenklichkeit bewiesen hat. Aber man wird sie doch wesentlich

beurteilen müssen nach ihrem geistigen Vermächtnisse, in dem uns das entgegentritt, was sie geworden ist, und nicht nach ihrem Verhalten in der Zeit des Werdens. Blickt man nun von der Höhe, die sie erstiegen, zurück auf den Weg, den sie zurück= gelegt, so wird man viel mehr über ihre Vielseitigkeit als über ihre Einseitigkeit erstaunen müssen. Hat sie doch nachein= ander Einwirkungen vom Hallischen Pietismus, von der Brüder= gemeinde, von Swedenborg und von der frommen Aufklärung in sich aufgenommen und das ihr Verwandte aus allen diesen Systemen sich zu assimilieren versucht, ohne sich ganz an eines derselben zu binden. Eine kleinliche und beschränkte Seele, wie Wilhelm v. Humboldt sie genannt hat, spinnt sich in enger Zelle ein; hier aber tritt uns eine Weitherzigkeit entgegen, die uns befremden würde, wenn nicht in jener suchenden Zeit voll Gärung viele der edelsten Geister eine ähnliche Entwickelung durchgemacht hätten. In ihrem Werdegange spiegelt sich sogar ein gut Stück Kirchen= geschichte des 18. Jahrhunderts ab, was ihre Biographie be= sonders interessant macht. Bedenklich wäre ihre Empfänglichkeit für die mannigfaltigsten Anregungen auf religiösem Gebiete nur dann geworden, wenn ihre Liebe zu dem Erlöser und ihr Streben nach dem ewigen Heil in ihr jemals erschüttert worden wären. Daß dies nicht der Fall war, haben ihre Briefe an Lavater und die Berichte über ihr Ende unwiderleglich bewiesen.

So schreiben wir denn getrost auf ihren Leichenstein das Wort der Schrift:

„Das Gedächtnis der Gerechten bleibet im Segen."
(Sprüche Sal. 10, 7.)

XIV.

Chronologisches.

— —

1723, 19. Dez. Susanna Katharina v. Klettenberg geboren.

1725. Marianne Franziska v. Klettenberg geboren.

1726. Maria Magdalena v. Klettenberg geboren.

1742. Kaiser Karl VII. wählt seine Residenz in Frankfurt.

1742, 23. Sept. Dr. jur. Johann Daniel Olenschlager wird im Hause des Stadtschultheißen Textor verwundet.

1743 im Frühling Verlobung Susannas mit Olenschlager.

„   Fresenius wird als Pfarrer an St. Peter berufen.

1747. Aufhebung der Verlobung mit Olenschlager. Beginn des „zehnjährigen Christenstandes" des Frl. v. Kettenberg unter dem Einflusse des Hallischen Pietismus.

1748. Dr. v. Olenschlager vermählt sich mit Sara Orth. Fresenius wird Senior in Frankfurt a. M.

In diese Zeit fällt die Reise Susannas mit ihrer Schwester Magdalena zu einem fürstlichen Hofe. Nach der Heimkehr Blutsturz.

1751. Erkrankung der Frau v. Klettenberg. Friedrich Karl Moser siedelt sich in Frankfurt an.

1754. Enger Freundschaftsbund zwischen Moser und Susanna. Das Buch: „Der Christ in der Freundschaft" heraus gegeben. Abschluß der sieben Jahre „diätetischer Vorsicht".

1756. Susannas Mutter gestorben.

1757. Die Entscheidungsstunde. Die Anfangslieder. Anschluß an die Freunde der Brüdergemeinde. Die Neuen Lieder.

1761, 4. Juli. Senior Dr. Fresenius gestorben.

1763. Vermählung von Magdalena v. Klettenberg mit Herrn v. Trümbach.

1764. Besuch Hamanns in Frankfurt.

1765. Marianne Franziska v. Klettenberg gestorben. Dr. Metz kommt nach Frankfurt.

1766 im Juni. Ernestine v. Trümbach geboren.

„ 4. Juli. Susannas Vater gestorben.

1767 im August. Karl Friedrich v. Trümbach geboren. Reise Susannas nach Marienborn. Briefwechsel mit auswärtigen Gliedern der Brüdergemeinde.

1768. Frau v Trümbach gestorben. Susanna wieder schwer erkrankt. Im Spätsommer Goethes Heimkehr von Leipzig. Inniger Verkehr desselben mit Frl. v. Klettenberg.

1769. Goethes Ausflug nach Marienborn.

1770. Goethe geht nach Straßburg. Susanna macht ihr Testament.

1771, August. Goethes Rückkehr nach Frankfurt.

1773. Entstehung der Bekenntnisse. Goethes zwei religiöse Schriften.

1774, 23. bis 28. Juni. Lavater in Frankfurt.

„ 29. Nov. Letzter Brief Susannas an Lavater.

„ 13. Dez. Susanna v. Klettenberg gestorben.

„ 16. Dez. Begräbnistag.

Anmerkungen.

Zu Seite 70:

1) Ausführliches darüber findet sich in dem trefflichen Büchlein von J. M. Lappenberg: Reliquien der Fräulein Susanna Katharina v. Klettenberg nebst Erläuterungen zu den Bekenntnissen einer schönen Seele. Hamburg, Rauhes Haus, 1849. Der Verfasser hat hier die Resultate jahrelanger rastloser Forschungen zu Goethes hundertjährigem Geburtstage den Verehrern des von ihm hochgeschätzten Dichters dargeboten.

Mancherlei Ergänzungen bietet die Schrift von Franz Delitzsch: Philemon oder von der christlichen Freundschaft. 3. Auflage. Gotha, Gustav Schloeßmann, 1878. Delitzsch bietet Aufsätze, welche Susanna und Magdalena v. Klettenberg mit Friedrich Karl v. Moser im Jahre 1754 veröffentlicht haben und fügt denselben zwei aus seiner eigenen Feder hinzu. Auch ist die 3. Auflage durch ein Bild der schönen Seele bereichert worden, das, von ihr selbst in Aquarell entworfen, sie in der Tracht einer Nonne darstellt. Wichtig sind ferner die Erläuterungen zu Wilhelm Meisters Lehrjahren von Heinrich Dünzer. 2. Auflage. Leipzig, Ed. Wartig, 1875. Während in den beiden erstgenannten Werken der religiöse Gesichtspunkt im Vordergrunde steht, so wird hier besonders die litterargeschichtliche Seite gewürdigt.

Auch verweise ich auf meinen Aufsatz: Die religiöse Entwickelung von Susanna Katharina v. Klettenberg, in der Christlichen Welt 1894 Nr. 38 und 39 erschienen (auch im Frankfurter Kirchenkalender für 1895 mit einigen Zusätzen abgedruckt).

Sehr wertvoll sind die im Goethe-Jahrbuch für 1895 (S. 83 f.) von Prof. Heinrich Funck veröffentlichten zehn Briefe von Susanna Katharina v. Klettenberg an J. K. Lavater.

Sehr eingehend sind bei vorliegender Darstellung benutzt vier Aktenfascikel aus dem Nachlasse des Fräulein v. Klettenberg, welche sich im Archiv der deutsch-reformierten Gemeinde in Frankfurt befinden. Das Wichtigste aus diesen Urkunden war bereits mitgeteilt worden in einem Aufsatze von Stadtarchivar Dr. R. Jung: Aus dem Nachlasse des Fräuleins Susanna Katharina v. Klettenberg, in den Berichten des freien deutschen Hochstifts 1891, Neue Folge, Bd. VII, S. 55 bis 68; doch fand sich noch vieles, was für eine ausführliche Biographie verwertet werden konnte. Wir citieren diese Alten kurzweg mit „Nach=laß". Auch der Nachlaß der Frankfurter Geistlichen, Fresenius und Claus, konnte mehrfach benützt werden. Erst in letzter Stunde wurde ich auf einen Aufsatz (von Harks) in der Zeitschrift Herrnhut 1874, Nr. 34—38, 40—43 über Susanna Katharina v. Klettenberg auf=merksam gemacht, der manches Neue bietet, aber nur noch an einzelnen Stellen berücksichtigt werden konnte.

Zu Seite 71:

2) Böttiger, Litterarische Zustände und Zeitgenossen 1, 169.

3) Siehe Düntzer, Erläuterungen zu Wilhelm Meister, S. 13.

Zu Seite 73:

4) Briefe von Goethes Mutter an ihren Sohn, Christiane und August v. Goethe, herausgegeben von Bernhard Suphan, Verlag der Goethe=Gesellschaft 1889, S. 96. Ich bemerke, daß ich, da diese Biographie nicht nur gelehrten Zwecken dienen soll, auch in Citaten die neue Orthographie zur Anwendung bringe.

5) Siehe den Aufsatz von Stadtarchivar Dr. Jung, S. 58.

Zu Seite 74:

6) Jung a. a. O., S. 65.

Zu Seite 75:

7) Der Vater von Susanna v. Klettenberg hatte allerdings, wie aus den Nachlaßakten hervorgeht, einen (bis dahin unbekannten) Bruder gehabt, der Johann Wilhelm hieß; aber dieser war seit 1720 nach einer Schlacht gegen die Türken vermißt worden. Er hatte sich als venetianischer Lieutenant am 11. Oktober 1718 zu Nördlingen mit einer Tochter eines dortigen Bürgers vermählt und hinterließ eine Tochter, Luise Eleonore, die 1739 in das Katharinenkloster auf=genommen wurde und 1766 mit dem verwitweten Ysenburgischen Hofrat Menco Heinrich v. Mettingh sich vermählte.

Eine Enkelin dieses Herrn v. Mettingh (aus erster Ehe) war Lisette Nees v. Esenbeck, die Freundin der unglücklichen Dichterin Karo=line v. Günderode.

Zu Seite 79:

8) Dieser Adelsbrief mit Abbildung des Wappens befindet sich im Nach=
laß, wie auch ein ausführlicher Auszug aus dem Baur v. Eyssened=
schen Stammregister, wodurch sich manche Angaben von Lappenberg
ergänzen und berichtigen lassen. Auch eine bis 1598 zurückreichende
Aufzeichnung über die Familie Jorbis, welcher Susannas Mutter an=
gehörte, hat sich erhalten.

Zu Seite 81:

9) Die Angabe von Löpers, wonach Susanna im Hause zum kleinen
Rahmhof in der Papageigasse gewohnt habe, ist unrichtig. Dieses
Haus hatte allerdings dem Urgroßvater Susannas gehört, war aber
in den Besitz eines anderen Zweiges der Familie übergegangen. (Vgl.
Batton, Örtliche Beschreibung der Stadt Frankfurt a. M. V, 188.
Frankfurt 1869.)

Zu Seite 82:

10) Lappenberg a. a. O., S. 297.

Zu Seite 87:

11) Vgl. Professor Dr. Riese: Erklärung einer Goetheschen Erzählung
nach den Akten in den Berichten des freien deutschen Hochstifts, Jahrgang
1892, Bd. VIII, S. 247 f.

12) Die in den Akten erwähnte Base Luise Eleonore v. Klettenberg,
23 Jahre alt, ist die Tochter des 1720 umgekommenen Oheims von
Susanna. Diese Cousine wird zwar in den Bekenntnissen nirgends
erwähnt, doch scheint der Vater Susannas sich ihrer liebevoll an=
genommen zu haben.

Zu Seite 94:

13) Denkwürdigkeiten und vermischte Schriften. Bd. VI.

Zu Seite 95:

14) Wir reihen hier eine Bemerkung von Professor W. Beyschlag an
(Vorträge für das gebildete Publikum. Elberfeld, Friedrichs, 1862.
II. Sammlung, S. 86): Goethe hat Tausenderlei geschrieben und
gedichtet, das als Kunstwerk hoch über allem steht, was seine fromme
Freundin schreiben und dichten konnte, aber es ist doch nichts darunter,
was als Inschrift eines Menschenherzens und als Grabschrift eines
Menschenlebens so schön wäre, wie der einzige kleine Vers von ihr:
Lieber arm, als ohne Jesus u. s. f.

Zu Seite 96:

15) Vgl. den Aufsatz von K. Meinhof: Susanna Katharina v. Klettenberg und ihre Freunde (Zeitschrift für kirchliche Wissenschaft und kirchliches Leben 1881, S. 424 f.).

Zu Seite 99:

16) Über diese ganze Episode ist nichts Genaueres bekannt. Beide
Schwestern standen später zu dem Hofe von Ysenburg-Büdingen in
naher Beziehung. Hätten sie aber längere Zeit in Büdingen geweilt,
so hätte Susanna v. Klettenberg so viel Gelegenheit gehabt, die in
dieser Stadt gelegenen Herrnhuteranstalten der Wetterau kennen zu
lernen, daß eine Andeutung davon in den Bekenntnissen zu erwarten
wäre. Obwohl Goethe von einem „benachbarten" Hofe redet, ist doch
wohl an das Haus Stolberg-Wernigerode zu denken, welchem auch die
Fürstin Auguste Friederike von Ysenburg-Büdingen entstammte. Dafür spricht ein (im Nachlaß erhaltener) Eintrag in ein Stammbuch
(von Magdalena oder Susanna), der am 28. Februar 1753 zu
Wernigerode erfolgt ist, offenbar gelegentlich des Abschieds von der
Besitzerin des Büchleins:

„Dem Leibe nach getrennt,
Im Geiste doch verbunden,
In einem Element,
In Jesu Blut und Wunden.
Da ist der reine Ort,
Wo Jünger Jesu sein,
Wer darin bleiben wird,
Der wird ganz selig sein."

Es findet sich ferner noch ein Brief (vom 2. Juni 1762) einer
Hofdame, Frau Iler, welche eine Vertrauensperson am Hofe von
Wernigerode war, aus dem sich entnehmen läßt, daß auch die Adressatin
zu dem Stolbergschen Hause in nahen Beziehungen stand. Frau Iler
verspricht Susanna verschiedene Gelegenheitsgedichte inbezug auf dortige
Festlichkeiten, sie tauscht ferner ihre religiösen Gedanken aufs innigste
mit ihr aus, endlich teilt sie ihr mit, daß die Gräfin Stolberg sich
ihr aufs zärtlichste empfehlen lasse. So erklärt es sich auch, daß Susanna Taufzeugin einer Prinzessin Christiane zu Anhalt-Pleß war,
wie eine Widmung mit dem Spruch Röm. 6, 4 beweist (Nachlaß);
die Fürstin Luise Ferdinande von Anhalt-Pleß war nämlich auch eine
Tochter des Stolberg-Wernigerodeschen Hauses. Die Beziehungen zu
Ysenburg-Büdingen scheinen demnach erst später durch die Beziehungen
zu Wernigerode entstanden zu sein. Harts (Zeitschrift Herrnhut
Nr. 35) nimmt an, daß die zu Frankfurt wohnende gräfliche Familie,

deren Susanna in den Bekenntnissen gedenkt, auch die Wernigerobische gewesen sei, ohne aber einen bestimmten Grund für seine Vermutung zu nennen.

Zu Seite 100:

17) Ein noch erhaltenes Gesinde=Büchlein (im Goethehause zu Frankfurt aufbewahrt) enthält Aufzeichnungen Susannas über die Dienerschaft des Hauses, welche mit dem Jahre 1754 beginnen und bis 1774 weiter geführt sind.

18) Die beloved ones sind die ihr durch christliche Freundschaft besonders verbundenen Seelen. Diese Wendung ist nicht auffallend, da Susanna in ihren Briefen an den Bischof Wenzel Neißer mehrfach englische Sätze eingeflochten hat.

Zu Seite 101:

19) Daß Fresenius auch jener Geistliche gewesen sei, über dessen Kon= firmandenunterricht sich Goethe mit wenig Anerkennung ausspricht, wurde zwar früher angenommen, beruht aber auf einem Irrtum. Vgl. meinen Aufsatz im Goethe=Jahrbuch 1890, Bd. XI, S. 159—164, wo auch einige andere falsche Angaben über Fresenius berichtigt sind.

Zu Seite 102:

20) Siehe den Anhang zu der Leichenpredigt für Fresenius, S. 51.

Zu Seite 105:

21) Susanna redet einmal in den Bekenntnissen von sieben Jahren, in denen sie nur biätetische Vorsicht ausübte, bis sie durch die Be= ziehungen zu Philo allmählich zu einer tieferen Auffassung von der Heilung des Sünders geführt worden. Diese sieben Jahre sind von der Aufhebung der Verlobung im Jahre 1747 an zu rechnen, da mit diesem Jahre der „zehnjährige Christenstand" der schönen Seele be= ginnt. Daß sie erst im Jahre 1754 Herrn v. Moser näher getreten ist, bestätigt auch ein Brief an Lavater vom 4. August 1774, in welchem sie von einem Freundschaftsgange von zwanzig Jahren mit Moser redet.

22) Vgl. den ausführlichen Artikel von Dr. Heidenheimer in der All= gemeinen deutschen Biographie.

Zu Seite 107:

23) Vgl. H. v. Busche, F. C. v. Moser (Stuttgart 1846), S. 160.

Zu Seite 108:

24) Geschichte und Litteratur der Staatswissenschaft II, 421. Erlangen 1856.

Zu Seite 109:

25) Vgl. auch Lappenberg S. 33.

Zu Seite 115:

26) Unter Susannas nachgelassenen Papieren befindet sich ein Gedicht, welches von ihrem Vater auf den Tod der Mutter verfaßt wurde. Es ist an einen Freund gerichtet, der gleichfalls seine Frau verloren. Aus diesen Versen spricht demütige Ergebung in Gottes Willen, da beide ihre Weiber, die entseelt, viel mehr vielleicht als ihn geliebt hätten, weshalb sie nun auch den verdienten Zorn ertragen müßten. Ist das Gedicht auch nicht bedeutend, so ist es als Zeugnis für die Gesinnung des alten Klettenberg doch nicht ohne Interesse.

Zu Seite 116:

27) Susanna vergleicht ihren Freund dem in dem heiligen Hain von Delphi erzogenen Agathon, der in mancherlei Versuchungen gerät. Sie denkt dabei an den bekannten Roman Wielands, „Die Geschichte des Agathon". Da aber dieses Buch erst 1767 erschienen ist, so gehört der Vergleich offenbar einer späteren Zeit an. Es ergiebt sich auch daraus, daß die Aufzeichnungen der schönen Seele, welche Goethe vorlagen, in ihren letzten Jahren entstanden sind, und es sich nicht etwa um tagebuchartige, mit den Ereignissen gleichzeitige, Eintragungen handelt.

28) Über die erwähnten Verbrecher ist folgendes zu sagen: Girard war ein Jesuit, der 1731 wegen grober Vergehen, u. a. auch gegen das sechste Gebot, verurteilt wurde. Cartouche war der berüchtigte Dieb, der 1721 gerichtet wurde; Damiens wurde am 28. März 1757 wegen eines Attentats auf Ludwig XV. mit einem qualvollen Tode bestraft.

29) Diese Angabe bereitet einige Schwierigkeit. Noch am Sterbebette ihrer Mutter und einige Zeit danach befand sich Susanna nach den Bekenntnissen in dem Zustande ungetrübter Heiterkeit. Da nun die Mutter im November 1756 gestorben ist, so müßte man die von ihr geschilderte Gnadenstunde etwa in das Jahr 1758 ansetzen, während man gewöhnlich das Jahr 1756 angiebt.

Man wird deshalb ihre Bekehrung frühestens Ende 1757 anzusetzen haben. Damit stimmt auch die Stelle eines Briefes an Bischof Reißer vom 15. Dezember 1768 überein: „Nun geht es in das zwölfte Jahr, daß Er sich mir als den für mich Gekreuzigten offenbarte." Ebenso harmoniert mit jenen Angaben eine Stelle aus einem Briefe an Lavater vom 9. Januar 1774 (Goethe-Jahrbuch 1895 S. 86), wo sie über jene ihre Erfahrung schreibt: „Das habe ich empfunden, die Empfindung währet 17 Jahre, und nimmt immer zu und wird werden (währen), bis ich vor seinem Throne stehe."

Im Widerspruch damit steht allerdings die Angabe auf einer für Rat Schlosser gefertigten Abschrift der „Neuen Lieder von Fräulein Klettenberg", welche die Jahreszahl 1756 trägt (Lappenberg S. 222). Da diese Lieder sichtlich bereits auf jene Entscheidungsstunde hin= weisen, so läßt sich nur annehmen, daß die Jahreszahl von Susanna oder der abschreibenden Person nicht richtig angegeben ist. Diese Ver= mutung hat jedenfalls mehr für sich, als die Annahme, daß die oben angeführte chronologische Angabe der Bekenntnisse irrig sei. Wir setzen also auch die „Neuen Lieder" in das Jahr 1757.

Auch der oben erwähnte Umstand, daß die That von Damiens einen besonderen Eindruck auf Susannas Seele machte, beweist, daß sie noch im Jahre 1757 in jenem Zustande der Spannung sich be= fand, der seine Lösung erst nach einer längeren Zeit des Harrens finden sollte. Damit stimmt endlich die früher mitgeteilte Notiz aus der Lebensbeschreibung von Fresenius überein, nach welcher im Jahre 1747 viele junge Leute durch ihn zur Lösung der subtilen Bande der weltlichen Eitelkeiten trotz den Spott ihrer früheren Gesellschaften ge= führt worden wären. Auch danach ist das Ende des „zehnjährigen Christenlaufes" in das Jahr 1757 zu verlegen. Auch Harts (Zeitschrift Herrnhut Nr. 40) ist zu einem ähnlichen Ergebnisse ge= kommen.

Zu Seite 123:

30) Zum erstenmal veröffentlicht aus einem Tagebuch von Lavater durch Meinhof nach einer Mitteilung von Prof. Arndt a. a. O., S. 441.

Zu Seite 126:

31) Harts bestreitet ohne Grund (Zeitschrift Herrnhut Nr. 40) die Dar= stellung dieser ersten Beziehungen zur Brüdergemeinde als unwahr= scheinlich, ja innerlich unwahr, in der Voraussetzung, daß sie von Goethe herrühren. Es handelt sich aber um einen Bericht der schönen Seele selbst, an dessen Richtigkeit nicht zu zweifeln ist.

Zu Seite 127:

32) Vgl. meinen Aufsatz in der Zeitschrift für Kirchengeschichte 1893, S. 21—68: Die Beziehungen des Grafen von Zinzendorf zu den Evangelischen in Frankfurt am Main.

Zu Seite 129:

33) Obige Mitteilungen sind einem Schreiben entnommen, das im Nach= lasse von Senior Fresenius (augenblicklich im Archiv des lutherischen

Predigerministeriums zu Frankfurt) sich befindet. Es ist die Abschrift eines Briefes, den ein Freund von Fresenius in Darmstadt an Herrn v. Bülow am 17. Juni 1746 gerichtet hat. Auch das Schreiben des Herrn v. Bülow selbst befindet sich an derselben Stelle.

Zu Seite 130:

34) Der christliche Hausfreund, Samstagsblatt zur Erbauung der Seelen in Christo (herausgegeben von dem Evangelischen Verein in Frankfurt a. M.) enthält in seinem VI. Jahrgang (1839) unter dem Titel: „Lebenslauf eines vollendeten treuen Dieners des Herrn" eine Selbstbiographie des erst im Jahre 1815 verschiedenen Pfarrers Claus, in der sich jene Mitteilungen finden. Das Wichtigste daraus siehe Lappenberg S. 234.

Wir weisen bei diesem Anlaß nochmals darauf hin, daß die Identifizierung der Pfarrer Claus und Claudi auf einem Irrtum beruht, da dieselbe trotz meinem Hinweis im Goethe-Jahrbuch Bd XI, S. 164 mir immer wieder begegnet, und teilweise sogar irrige Schlüsse zur Folge hat. Johann Daniel Claudi, dessen Vater, Großvater und Urgroßvater bereits Geistliche in Frankfurt gewesen waren, wurde am 11. Mai 1725 geboren. Er wurde 1756 ins Pfarramt in Frankfurt berufen und starb am 25. Juni 1769. Es wird von ihm nur berichtet, daß er ein geschickter deutscher Poet gewesen, im übrigen ist nichts von ihm bekannt geworden. Johann Andreas Claus wurde am 2. November 1731 geboren, kam 1773 nach Sachsenhausen, 1778 nach Frankfurt und starb am 25. März 1815. Er war in seinen letzten Jahren völlig erblindet. Sein Nachlaß befindet sich in den Händen seiner Urenkelinnen, der Fräulein Blum in Frankfurt a. M. Unter den an ihn gerichteten Briefen sind besonders wichtig sechs Briefe von Hans Jakob Schultheß dem älteren in Zürich aus den Jahren 1767—1776, in welchen nicht nur Fräulein Susanna v. Klettenberg, sondern auch fast alle übrigen Mitglieder jenes frommen Kreises oft erwähnt werden.

35) Auch Zinzendorf hat seinerseits gegen Fresenius sich aufs schärfste geäußert, so daß auf beiden Seiten gefehlt wurde. Auch in dem noch erhaltenen Briefwechsel von Fresenius mit zeitgenössischen Theologen tritt uns die Hitze des Kampfes sehr entgegen. Es soll aber nicht verschwiegen werden, daß Zinzendorf auch einmal in milderem Sinne sich über seinen Gegner äußert, indem er ihn als einen Mann bezeichnet, der „des Heilands Sache" treibe (Rede am 2. März 1752).

Zu Seite 131:

36) Diese Predigt nebst den Trauergedichten war damals viel begehrt; nach Wernigerode allein wurden aus dem Klettenbergschen Hause 14 Exemplare versandt, was wohl durch das Interesse für das Gedicht der Maria Magdalena, die dort viele Bekannte hatte, sich erklärt. Ich besitze ein Exemplar der Trauerrede, das dadurch interessant ist, daß es von dem Gegner des Senior Fresenius, Dr. med. Senckenberg, mit beständigen Randglossen versehen ist, welche teils gegen die Person des Toten, teils gegen die Volkskirche sich richten, die diesem wunderlichen Mann als Separatisten beständig ein Dorn im Auge war. Auch über das Gedicht des Fräulein v. Klettenberg hat er spottende Bemerkungen hinzugefügt, obwohl er an den Privaterbauungen teilgenommen hatte. Diese Bemerkungen Senckenbergs verdienen übrigens ebenso wenig ernstliche Beachtung, wie die meisten seiner Angriffe, die leider immer noch zu sehr berücksichtigt werden, weil die dankbare Erinnerung an eine wirklich großartige Stiftung zugunsten seiner Vaterstadt viele veranlaßt, seinem Urteile ein kaum verdientes Gewicht beizumessen. Vgl. über ihn Kriegk, Die Brüder Senckenberg (Frankfurt, Sauerländer, 1869.

37) Ich entnehme diese Notiz einer handschriftlichen Aufzeichnung in meinem Exemplare des Guaittaschen Verzeichnisses der evangelischen Prediger in Frankfurt a. M.; die Quelle ist nicht angegeben.

Zu Seite 132:
38) Meinhof a. a. O., S. 444.

Zu Seite 135:
39) Jung a. a. O., S. 60.

Zu Seite 136:
40) Im Goethehause zu Frankfurt wird noch ein anderes Bild aufbewahrt, welches Susanna v. Klettenberg darstellen soll; doch ist es fraglich, ob diese Annahme Grund hat. Eine Nachbildung befand sich zwar in der ersten Auflage des Bilderatlas zur Geschichte der deutschen Nationallitteratur von Könnecke (Marburg, Elwert, 1886), wurde aber in der zweiten Auflage durch das Bild in Nonnentracht ersetzt, weil die Echtheit jenes Bildes zweifelhaft erschien. Vgl. über jenes Porträt den Aufsatz von Dr. Kelchner, Ber. des deutschen Hochstifts 1885/86.

Zu Seite 137:
41) Der Ausdruck „Puppenwerk", der etwas hart erscheint, erinnert an die frühere Charakteristik der herrnhutischen Tändelei mit der Liebe zu

Christus im Buche von der Freundschaft, wo Susanna auch behaup=
tet, daß man in der Brüdergemeinde die höchsten und heiligsten Dinge
zu einem bloß sinnlichen Spielwerk mache.

42) Die Proklamation ist zwar am 22. Mai eingetragen; aber es fehlt
im Frankfurter Traubuch jeder Vermerk über die Kopulation. Daß
diese am 7. Juni 1763 stattgefunden, ergiebt sich aus dem Hochzeits=
gedichte, das Moser verfaßt hat; daß Pfarrer Griesbach die Trauung
vollzog, aus einer handschriftlichen Notiz (im Nachlaß). So ist es
wahrscheinlich, daß die Feier nicht in der Stadt selbst, sondern auf
einem zu einem Nachbarorte gehörigen Gute vollzogen wurde, wie
z. B. auch die Trauung der Eltern Goethes in dem Garten des Herrn
v. Loen stattgefunden hat.

Zu Seite 141:

43) Der Brief Mosers vom 26. August 1763 befindet sich in Hamanns
Schriften VIII, 168; die Mitteilungen Goethes in Dichtung und
Wahrheit (Buch XII).

44) Ein Teil dieses Briefes ist mitgeteilt in der Vorrede der zweiten
Schrift: Die Kunst, glücklich zu leben, Königsberg 1765. Weiteres
über Trescho siehe in der Allg. deutschen Biographie.

Zu Seite 145:

45) In volkstümlicher Weise hat Glaubrecht über diese Anstalten berichtet
in dem Büchlein: Zinzendorf in der Wetterau. Frankfurt a. M.,
Heyder & Zimmer, 1865. Drei Teile. Nach dem Marienborner
Diarium kam Susanna am 21. August 1766 mit Hofrat Moser und
dessen Bruder nebst deren Frauen nach Marienborn und verließ den
Ort erst am 25. August. „Ihr Abschied von uns war zärtlich", heißt
es, „und sie bezeugten, daß ihnen herzlich wohl in unserer Mitte ge=
wesen ist."

Zu Seite 146:

46) Nach dem Briefe einer Frau Grebel aus Halle an Claus vom
4. Juli 1767.

Zu Seite 147:

47) Die Sitte, den Vorstehern der Brüdergemeinde einen Handkuß zu
geben, war von den Grafen selbst eingeführt und beobachtet worden,
wurde aber durch den Synodus von 1769 abgeschafft.

Zu Seite 148:

48) Siehe Briefe und Journale (herausgegeben von Gräfin Anna zu
Stolberg=Wernigerode, Dresden 1884 [als Handschrift gedruckt]) I, 230.

15*

Dieses Werk enthält manches Interessante über die Beziehungen des Fräulein v. Klettenberg zu Wernigerode. Mitteilungen daraus bietet der Aufsatz von Erich Schmidt: „Die schöne Seele" in der Viertel= jahrsschrift für Litteraturgeschichte 1893, S. 592—597.

Zu Seite 149:

49) Die Vermutung von Lappenberg, daß es ein Dr. Gottfrieb Wilhelm Müller gewesen sei, ist nicht zutreffend, wie v. Löper nachgewiesen hat.

50) Dieses Buch befand sich in deutscher wie in englischer Ausgabe im Nachlaß. Schriften dieser Art wurden durch Claus aus dem Waisen= hause von Halle für die Glieder seines kleinen Kreises regelmäßig besorgt.

51) Anspielung auf das Wort aus Hamlet: „that is the question".

Zu Seite 151:

52) Diese Urkunde, in welcher der Rat Johann Kaspar Goethe den Empfang der den v. Trümbachschen jungen Geschwistern zuständigen Sparkassen= gelder den Vorstehern der deutsch=reformierten Gemeinde bestätigt, ist in meinem Besitz.

Zu Seite 153:

53) Ein Bruder des Stadtschultheißen Textor, Johann Nikolaus, hatte eine Katharina Elisabeth v. Klettenberg, eine Cousine von Susannas Vater, zur Gattin.

54) Siehe Goethe=Jahrbuch XII, 176. 1891.

Zu Seite 154:

55) Siehe Düntzer, Goethes Leben (Leipzig 1883), S. 23.

56) Goethe=Jahrbuch XII, 124. 1892.

57) Siehe meinen Aufsatz: Das Bild der Frau Rat Goethe nach ihrem neuestens herausgegebenen Briefwechsel. Deutsch=evangelische Blätter, Jahrgang 1890. Heft IX, S. 622—631.

Zu Seite 155:

58) I, 246.

Zu Seite 158:

59) Jung a. a. O., S. 65 f.

Zu Seite 159:

60) Weimarer Ausgabe, Abt. IV. Briefe. Bd. I, S. 279.

Zu Seite 160:

61) Dichtung und Wahrheit. Bd. XII.

Zu Seite 161:

62) Siehe meinen Aufsatz: Die Streitigkeiten der Frankfurter Geistlich=
keit mit den Frankfurter Gelehrten Anzeigen im Jahre 1772 im Goethe=
Jahrbuch 1889 (Bd. X, 169 — 195), sowie meinen Aufsatz:
Zur Frankfurter Kirchengeschichte in den Tagen des jungen Goethe in
Beyschlags deutsch=evangelischen Blättern 1889, Heft V, in dem eine
theologische Würdigung jener Streitigkeiten versucht ist.

63) Frankfurter Gelehrten Anzeigen 1772, Nr. LXXII. Obwohl die
Rezension von Goethe selbst unter seine Werke aufgenommen worden
ist, hat Scherer dieselbe ihm abgesprochen. Goethes Autorschaft ist
aber um so gewisser festzuhalten, als der Dichter in dem Prozesse gegen
die Frankf. Gel. Anz. als Verteidiger des Herausgebers Deinet eine
Zeit lang für seinen Schwager J. G. Schlosser selbst mitgewirkt hat,
also über die Sache genau orientiert war.

Zu Seite 163:

64) Dieses Fragment, sowie andere auf die schöne Seele bezügliche Ur=
kunden werden demnächst von Herrn Schimmelbusch der Öffent=
lichkeit übergeben werden.

Zu Seite 164:

65) Goethes religiöse Entwickelung von Dr. Eugen Filtsch. Gotha,
Perthes, 1894. S. 190.

66) Aus meinem Leben, Buch XV. Die oben geschilderte Scene ist sinnig
wiedergegeben in einer Illustration von Julius Hamel im Daheim,
Jahrgang 1865, Nr. 14. (Beilage zu einem Artikel von Ludwig
Diestel: „Goethe und die schöne Seele".)

Zu Seite 169:

67) Varnhagen v. Ense, Vermischte Schriften, Tl. III, S. 30.
(Lappenberg, Nr. XI.)

Zu Seite 171:

68) Jung a. a. O., S. 68.

Zu Seite 172:

69) Zeitschrift für kirchliche Wissenschaft und kirchliches Leben (1881),
S. 611—616. Professor Dr. L. Weis: Susanna Katharina v. Kletten=
berg und Swedenborg. Die Annahme von Harts, daß die Be=
ziehungen Susannas zu Swedenborg in die Zeit ihres Suchens (vor
1757) anzusehen seien (Zeitschrift Herrnhut Nr. 37) ist unzutreffend,
da die Schriften dieses Denkers erst später in Deutschland bekannt
wurden.

Zu Seite 173:

70) Erläuterungen zu W. Meisters Wanderjahren (Leipzig, Wartig, 1836),
. S. 138.

Zu Seite 175:

71) Die wahre christliche Religion. § 76.

Zu Seite 176:

72) Goethe=Jahrbuch 1889, Bd. X, S. 139 f.: Ein Brief v. Susanna
v. Klettenberg (21.—27. Januar 1774), mitgeteilt von L. Geiger. Das
Goethe=Jahrbuch bietet übrigens nur einzelne Stellen dieses langen
und für Susannas Verhältnis zu Moser sehr wichtigen Briefes. Ich
habe deshalb mit gütiger Erlaubnis des Herrn Rudolph Brockhaus,
der den Autographen besitzt, auch die übrigen Teile des Schreibens
benutzt, da der Sinn der bereits früher veröffentlichten Stellen viel=
fach erst aus dem ganzen Zusammenhang klar zu stellen ist. Hoffent=
lich wird einmal das ganze Schreiben abgedruckt werden, wozu hier
leider der Raum fehlt.

Zu Seite 181:

73) Vgl. Kriegl, Deutsche Kulturbilder (Leipzig, Hirzel, 1874), S. 478 f.

Zu Seite 183:

74) Herbst, Bibliothek christlicher Denker. Ansbach 1831. Bd. II, S. 35.

Zu Seite 185:

75) Bernays, Der junge Goethe (Leipzig, Hirzel, 1875) III, 18.

Zu Seite 187:

76) Vgl. die noch immer lesenswerte Schrift von Ooerzee: Goethes Stel=
lung zum Christentum. Bielefeld, Velhagen & Klasing, 1858. Ferner
das schon erwähnte Buch von Filtsch, in welchem das christliche Wesen
des Dichters eingehende Behandlung und warme Anerkennung findet.

Zu Seite 188:

77) Vgl. meinen Aufsatz: Pfarrer Passavant, der Jugendfreund Goethes
(Archiv des Vereins für Geschichte und Altertumskunde in Frankfurt
a. Main 1887. II. Folge. Bd. I, S. 20 f.).

Zu Seite 190:

78) Brief vom 27. Dezember 1795. Goethe=Jahrbuch XIII, 16.

79) Die zwei ersten dieser Briefe sind im Goethe=Jahrbuch 1895 nicht mit
abgedruckt, sind aber für vorliegenden Zweck nicht ohne Bedeutung.
Die Benutzung wurde mir durch Herrn Antistes Finsler gestattet.

Zu Seite 192:

80) Die Predigt wurde nachmals in Druck gegeben und viel gelesen. Die Vorrede von Pfarrer Krafft ist deshalb interessant, weil er den Vorschlag macht, daß hervorragende Geistliche sich nicht auf ihre eigene Gemeinde beschränken möchten, sondern auch Wanderpredigten halten sollten, um auch anderswo Segen zu stiften. Es schwebt ihm also etwas von dem vor, was in unseren Tagen Evangelisation genannt wird, damals aber noch nicht bekannt war.

81) Erich Schmidt a. a. O., S. 593.

Zu Seite 202:

82) Erich Schmidt, S. 595. Der Verfasser dieses an Pfarrer Münch in Bübingen gerichteten Schreibens war offenbar jener Bruder Kappel, der als treues Glied des Klettenbergschen Hauses oft im Briefwechsel zwischen Claus und Münch erwähnt wird. Einen Pfarrer Koppel (wie der Name bei Schmidt angegeben ist) hat es weder in der lutherischen noch in der reformierten Gemeinde Frankfurts gegeben.

83) Erich Schmidt, S. 594.

Zu Seite 203:

84) Die Briefe der Fürstin an Susanna wurden auf deren Bestimmung ihr später uneröffnet wieder zugestellt.

85) G. v. Löper. Briefe Goethes an Sophie von La Roche und Bettina Brentano. Berlin, Wilhelm Hertz, 1879. S. 91.

Zu Seite 206:

86) a. a. O., S. 194.

Zu Seite 209:

87) Filtsch a. a. O., S. 195 f.

Zu Seite 210:

88) Lappenberg, S. 277.

89) Erläuterungen zu den deutschen Klassikern. Erste Abteil. III, S. 117.

Zu Seite 213:

90) Lappenberg, S. 23.

Druck von Friedrich Andreas Perthes in Gotha.